KB041122

티그리스
의
개

fio
ret

티그리스의 개 3

초판 1쇄 인쇄 2017년 1월 13일
초판 1쇄 발행 2017년 1월 20일

지은이 이현성
발행인 오영배
기획 박성인
책임편집 김보나, 박주애
표지 · 본문 디자인 RAEHA
제작 조하늬

펴낸곳 (주)삼양출판사 · 피오렛
주소 서울시 강북구 도봉로 173
대표 전화 02-980-2112 **팩스** / 02-983-0660
편집부 전화 02-980-2116 **팩스** / 02-983-8201
블로그 blog.naver.com/dan_gul
출판등록 1999년 3월 11일 제9-00046호

ISBN 979-11-283-9017-3 (04810) / 979-11-283-9014-2 (세트)

fio ret 은 (주)삼양출판사의 로맨스 판타지 문학 브랜드입니다.

이현성 장편소설

ROMANCE FANTASY

티그리스
의
개

3

fio
ret

티그리스
의
개

C O N T E N T S

10장

"본부에서는 코흐만의 위치를 모른다고 했어요."

쿠빌레로 돌아온 루가 말했다.

"그럴 리가. 서커스단 단원들에게 마법을 사용했으니 수정구가 위치를 알아냈을 텐데."

"이 목걸이요."

루가 코흐만에게서 빼앗은 목걸이를 꺼냈다.

"이걸 차고 있으면 한 장소에서 단숨에 다섯 번 이상 마법을 사용하지 않는 이상, 수정구의 추적이 발동하지 않는대요."

"어디 봐 봐."

알리가 그것을 받아 들고 이리저리 살폈다.

"이런 건 처음 보는데."

"티그리스 간부들에게만 주어지는 특권이라던데요."

"흐음. 새로운 권리가 생겼나? 아무튼 이건 잘 놔뒀다가 대장이 돌아오면 살펴보라고 하는 게 좋겠어."

알리가 목걸이를 돌려줬다.

"고생했어, 루. 정말로."

유진의 말에 루가 씩 웃었다.

"별거 아니었어요."

'별거 아니다'라니. '그런 것보다'라는 말을 들었을 때만큼이나 황당했지만, 세 남자는 체통을 지키기 위해 아무렇지도 않은 척 고개를 끄덕였다.

"그럼 올라가서 쉬어, 루. 서커스장은 우리가 정리해 둘 테니까."

루가 방으로 올라간 후, 세 남자는 서로의 얼굴을 마주 보고는 크게 한숨을 내쉬었다. 현실감이 없었다. 모든 것이 믿어지지 않았다.

죽음을 각오하고 있었는데 황당할 정도로 쉽게 일이 해결됐다. 루는 자신의 몸에 상처 하나 입지 않고 코흐만을 죽였다. 아무리 파필리아에서 배운 '여자들만의 기술'이 있었다고 해도, 믿기 힘든 승리였다.

"루는 대체 무슨 짓을 한 걸까? 여자들만의 기술이라는 거, 그게 대체 뭐지?"

나즐이 혼란스러운 표정으로 중얼거렸다.

"짐작도 안 돼. 게다가 옷을 그렇게 막 벗어젖히다니. 루를 도통 모르겠어. 대장은 대체 어디서 루를 주워 온 거야?"

"그러게 말이다."

파필리아의 괴물이라고 불리며 사람들에게 괴롭힘을 받는 루가 불쌍해서 데리고 왔을지도 모른다고, 유진은 생각하고 있었다. 케이가 남을 쉽게 동정하는 성격은 아니지만, 간만에 대도시에 들어오는 바람에 마음이 조금 약해졌었던 거라고 생각했었다.

잘못된 생각이었던 것 같다.

'대장은 루가 이렇게까지 강하다는 걸 알아본 걸까?'

마법에 걸린 서커스 단원들을 쿠빌레로 옮겼다. 며칠 지나면 마법의 힘이 사라져 정상으로 되돌아올 것이다.

그 후에 천막을 정리했다. 천막 안에는 진귀한 마법 도구들이 많이 있었다.

뜻밖의 수확이었다.

　　　　　*　　　*　　　*

배를 고쳐 스투루티오 섬에 무사히 입항한 지 일주일이 지났다. 대부분 정글로 이루어진 스투루티오 섬의 마을은, 섬 중앙에 위치하고 있었다. 찾기 힘든 곳은 아니지만, 케이는 그 안으로 들어갈 수가 없었다.

"이거 큰일이네요."

정글에 있는 동굴의 깊은 곳에서, 쥬엔이 중얼거렸다.

"그렇군."

케이는 동굴의 축축한 벽에 등을 기대고 앉아 있었다. 어두운 동굴 안에는 케이와 쥬엔뿐이었다. 쥬엔은 드레스가 엉망으로 찢긴 참담한 모습이었다. 쥬엔의 드레스를 찢은 사람은 다름 아닌 텐치와 휴이였다.

"그들에게 대체 무슨 일이 벌어진 걸까요?"

스투루티오 섬의 정글을 헤치고 들어가 마을을 발견한 것이 어제의 일이다. 마을 근처에는 눈에 익은 사내들이 있었다. 며칠 전 바다 괴물을 만났을 때 배에서 뛰어내린 자들이었다.

대부분이 무사한 것 같다고 생각한 것도 잠시.

케이와 쥬엔을 제외한 토스카 단원들이 돌변하여 둘을 공격하기 시작했다. 처음에는 장난을 치는 줄 알고 적당히 상대하던 쥬엔은, 그들의 눈동자에 생기가 없음을 깨닫고 진심으로 상대하기 위해 단도를 꺼냈다.

쥬엔이 괜히 시카족 족장의 딸인 게 아니었다. 그녀는 빠르게 텐치의 목덜미를 향해 단검을 던졌지만, 케이가 그것을 막아 내고는 쥬엔의 손목을 잡고 도망치기 시작했다.

그렇게 도망쳐서 몸을 숨긴 것이 이 동굴이다.

"홀린 거겠지. 마을에 마법사가 있는 것 같군."

케이가 담담하게 말했다.

"마법사라면…… 티그리스의 단원이겠지요?"

"글쎄."

"만약 그렇다면 앞으로 어쩌죠? 당신은 마법을 사용해선 안되잖아요. 제 힘으로는 그들을 전부 상대할 수 없어요."

"내가 설마 계집에게 모든 걸 맡기고 숨어 있을 것 같은가?"

"그런 건 아니지만……."

"마법사라면 마법을 사용하기 전에 죽이면 그만이지. 체력이 약할 테니 장기전으로 끄는 것도 괜찮고. 문제는 홀린 녀석들인데."

케이의 검술은 쿠반과 비슷한 정도였다. 월등히 강하지 않은 이상, 상대를 죽이지 않고 싸움을 끝내기는 힘들었다.

"그 녀석들을 전부 상대하면서 마법사까지 상대할 순 없어."

정신을 지배당한 단원들은 케이가 대장이라는 것을 알아보지 못하고 죽이려 들 것이다. 게다가 홀린 사람들은 토스카 단원뿐이 아니었다. 이번에 동행한 다른 원정팀 중 살아남은 자들도 있었다.

"수십 명에게 정신 마법을 사용한다는 건, 강한 마법사라는 거지. 티그리스라면 간부급이라는 건데……."

떠오르는 이름이 하나 있었다.

코흐만.

실력이 출중하여 선대가 아끼던 자였는데, 단원들이 오르딘 공작의 권력에 취해 반기를 들었을 때 가장 앞장서서 선대를 죽인 자이기도 했다. 삼촌처럼 따랐던 자의 배신을 알게 되었을 때 느꼈던 절망과 분노를, 어제의 일처럼 기억하고 있다. 아버지를 죽이던 코흐만의 비열하고 잔인한 눈빛도.

"정신 지배 마법은 흑마법이고, 흑마법은 달의 힘을 받아 더 강해지지. 공격을 하려면 내일 낮에 하는 게 좋을 거다."

"우리끼리 가능할까요?"

"글쎄. 내가 마법사를 상대하는 동안, 네가 다른 녀석들을 적당히 상대해."

"저는 죽기 싫어요."

"죽으라고는 안 했어."

"죽으라는 거예요, 케이. 다른 사람들은 모르겠지만 쿠반이절 공격하면 전 죽어요."

"죽기 전에 죽여. 그 정도는 용서해 주지."

"아니, 못 죽여요. 그를 죽이느니 제가 죽는 게 나아요."

쥬엔의 말에 케이는 인상을 찌푸렸다.

"그게 무슨 뜻이지?"

쥬엔이 미소를 지었다.

"그가 없는 세상을 살아가느니, 차라리 제가 죽는 게 낫다는 거예요. 전 그를 죽일 수 없어요. 그가 제 목을 베고, 제 심장을 조각내더라도."

"그건 이상하군. 세상에 제 목숨보다 중요한 게 있단 말인가?"

"그럼요. 당신은 없나요? 그 사람이 없는 세상을 상상도 못 하게 만드는 이가."

어째서일까.

쥬엔의 질문을 듣는 순간 떠오른 것은 여인이 아니었다. 루였다.

희고 작은 얼굴과 대충 자른 짧은 머리카락, 선이 고운 눈썹과 그 아래에 자리 잡은 고양이 같은 눈, 그리고 하늘이나 바다보다 새파란 눈동자가 떠올랐다.

그 깨끗한 푸른빛이 사라진 세상을 상상할 수 없다고, 케이는 생각해 버리고 말았다. 그 눈동자가 빛을 잃는 것을 보느니 이쪽이 죽는 게 낫다고, 그 눈동자를 지키기 위해 목숨도 바칠 수 있다고, 그렇게 생각하고 말았다.

꿀꺽—

케이는 마른침을 삼키며 루의 얼굴을 지워 버리기 위해 애썼다. 푸른 눈동자와 오뚝한 코와 붉은 입술을, 때때로 키스하고 싶은 충동을 느끼게끔 만드는 그 얼굴을 털어 내려고 했다.

그러나 노력하면 노력할수록, 루의 얼굴은 더욱 선명해지기만 했다.

루가 그리웠다.

그래, 무척이나 루가 그리웠다.

인정하지 않으려고 했다. 구온 시를 떠나는 그 순간부터 느껴온 이 감정을. 돌아서는 순간부터 그리워지는 이 마음을 인정하지 않기 위해 애썼다.

하지만 인정하지 않는다고 해서, 이미 느끼는 것이 없는 일이 되는 건 아니었다.

꼭꼭 눌러두고 무시해 온 그리움은 깊은 곳에서 쌓이고 쌓여 폭발할 지경이 되었다. 루의 향기가, 체온이 그리워 케이는 심장이 터질 것만 같았다.

케이의 얼굴에 떠오른 괴로움을 눈치챈 쥬엔이 속삭였다.

"있군요. 당신에게도 사랑하는 사람이."

쿵—

케이의 심장은 터지는 대신 뚝 떨어졌다.

"방금 뭐라고 했지?"

"당신에게도 사랑하는 사람이 있다고요."

"말도 안 돼."

케이가 고개를 저었다.

"뭐가 말이 안 되나요?"

"사랑이라니. 그따위 것이 아냐. 이건 그냥…… 단순히…… 그래, 단순히 보고 싶을 뿐이야. 알게 된 후 이렇게 오랫동안 못 본 적이 없으니까."

쥬엔에게 말한다기보다는 자신에게 하는 말이었다. 이 말도 안 되는 감정을 납득시키기 위해서.

"그래요? 당신은 와칸이나 쿠반을 오랫동안 만나지 못한다고 해서 보고 싶어지나요? 그들을 위해 목숨을 버릴 수 있고, 그들이 없는 세상을 상상하기 힘들고…… 그런가요?"

"……."

"돌아서면 그리워져요. 눈을 감으면 얼굴이 떠오르고, 유독 그 향기가 맡고 싶고, 잠이 안 오는 밤이면 목소리를 듣고 싶어지죠. 안고 있으면 그대로 시간이 멈췄으면 좋겠다는 생각이 들어요. 그 사람만 있으면, 영원이라도 살 수 있을 거라고 생각하게 되고요. 그리고 그 사람의 웃는 얼굴을 보기 위해 무슨 일이든 할 수 있다고, 나답지 않은 행동까지도 하게 돼요."

쥬엔이 달콤한 음성으로 말했다. 하나하나 케이의 상태와 들어맞았다. 케이는 도망치고 싶어졌다.

"사람들은 그걸 사랑이라고 해요, 케이."

"아니, 절대로. 이건 사랑이 아냐."

사랑이어서는 안 된다. 루는 남자였다. 똑같은 게 달린 사내를 사랑하다니. 말도 안 되는 소리다. 절대 싫다.

"왜 그렇게 부정하죠? 사랑해서는 안 되는 여자인가요? 혹시…… 비비안? 아니면 또 다른 귀족의 영애라도 되나요?"

쥬엔은 완전히 잘못 알고 있었다. 차라리 다행이라고 생각하며, 케이는 쓴웃음을 삼켰다.

루는 그러한 존재였다. '혹시 루를 사랑하는 건가요?'라는 짐작의 말조차 들을 수 없게 하는, 같은 남자.

"그런 쓸데없는 소리를 할 시간에 내일의 전투에 대해서나 고민하지 그래?"

케이의 차가운 말에 쥬엔이 후후 웃었다.

"토스카의 대장은 수줍음이 많네요."

* * *

쥬엔은 피곤했는지 동굴 벽에 기댄 채 잠이 들었다. 피곤하기도 할 것이다. 바다 괴물을 만난 이후, 혹시나 하는 마음에 다들 제대로 수면을 취하지 못했다.

케이는 배낭에서 양피지 두루마리를 꺼냈다.

마력이 묻어 있는 양피지는, 십수 년 전 티그리스에서 도망 나올 때에 챙겨 둔 것이었다. 원래 마력이 담겨 있는 터라 케이가 따로 마력을 사용할 필요가 없어서, 수정구의 추적에 걸리지 않았다. 그동안 아껴 두었던 것인데 어쩌면 이번 전투에서 전부 사용하게 될지도 모른다.

'이걸 다 쓰면 다음 전투부터는 좀 힘들어지겠군.'

하지만 마법의 양피지를 아낄 때가 아니었다. 토스카 단원들 전부가 마법에 걸렸다. 녀석들을 죽게 둘 순 없다.

'피해를 최소한으로 줄여야 돼.'

케이는 깃펜으로 양피지에 마법 도식을 그려 넣기 시작했다. 투명화 마법의 도식이었다.

* * *

마을이 잘 내려다보이는 언덕에, 옆으로 비스듬히 누워 있는 주홍빛 머리카락의 사내가 있었다. 사내는 투명화 마법을 사용해 조용히 마을 안을 돌아보는 은빛 머리카락의 남자를 지켜봤다.

'재미있는 녀석이 왔군.'

주홍빛 머리카락의 사내, 라크의 입가에 옅은 미소가 떠올랐다.

'마법사를 보는 건 오랜만인데.'

라크가 이 섬에 머문 지 상당히 오랜 시간이 흘렀다. 이 섬의 주인이었던 여인에게 섬을 지켜 달라는 부탁을 받았다. 그녀의 생이 다하면서 계약 역시 끝났지만, 딱히 할 일도 없고 가고 싶은 곳도 없어서 이 섬에 머물고 있었다.

스투루티오 섬은 진귀한 식물이 많은 곳이었다. 제국에서 이 섬에 눈독을 들이는 이유는, 그 식물들을 이용해 만들 수 있는 약물들 때문일 것이다. 약초에서 독초까지, 없는 것이 없는 섬.

하지만 라크는 이 조용하고 깨끗한 섬이, 대륙의 지배자들의 발에 짓밟히는 것을 원치 않았다. 이곳의 원주민들은 진귀한 식물을 소중히 다룬다. 소중함을 아는 이들에게 맡겨 주는 편이 좋다.

그래서 라크는 섬의 중앙에 있는 거대한 토템에 마법을 걸어 두었다. 이 섬에 발을 딛는 사내들의 정신을 지배하는 마법이었다.

원주민 족장은 대대로 펜던트 하나를 물려받는데, 그것은 토템에서 나온 나뭇조각으로 만든 것으로, 토템의 힘을 빌려 쓸 수 있었다. 토템의 마법에 걸린 사내들은 펜던트를 가진 자의 명령에 따르게 된다.

이 섬은 이상하게도 여자만 태어나서, 원주민은 모두 여자였다. 그녀들은 섬을 침략한 사내들을 굴복시켜 아이를 갖고, 사내를 노예로 부리다가 쓸모가 없어지면 죽였다. 제아무리 마법의 펜던트를 가지고 있다고 해도, 수많은 사람을 지배하는 건 쉬운 일이 아니기 때문이었다.

라크는 오래전 섬의 주인인 여인의 부탁으로 토템을 만들어준 후, 원주민의 일에 개입하지 않았다. 이 언덕에 누워 침입자를, 지키는 자를, 안쓰럽게 여기는 자와 증오하는 자들을 지켜보는 것만으로도 충분히 즐거웠다.

처음에 토템의 힘은 대륙 최고의 마법사가 와도 깨뜨릴 수 없을 만큼 강했다. 시간이 흐르며 토템에 담긴 마력이 약해지기 시작했지만 문제없었다. 마법사들 역시 약해졌고, 그 수가 줄어들기 시작했기 때문이다.

현존하는 마법사 중에는 토템의 마력을 이길 만한 자가 없다고 확신했다. 은발의 사내가 나타나기 전까지는.

'간만이군. 제대로 된 마법사를 보는 건. 그런데 왜 스크롤 따위를 사용하는 거지? 그냥 마법을 사용하는 게 더 편할 텐데. 반푼이인가?'

마력이 있음에도 머릿속에서 도식을 그리지 못해, 종이나 땅에 도식을 써야만 하는 마법사들을 반푼이라고 불렀다.

라크는 누운 채로 반푼이의 움직임을 지켜봤다. 은발의 반푼이는 적진에 홀로 들어왔으면서도 느긋하게 움직였다. 원주민들과 사내들 사이를 지나치던 반푼이가 어느 사내의 앞에서 걸음을 멈췄다. 어제 상륙한 사내들 중 한 명으로, 까무잡잡한 피부에 큰 키, 짙은 갈색 머리카락과 갈색 눈동자를 가진 사내였다.

사내의 얼굴을 유심히 들여다보던 반푼이가 고개를 휘휘 젓고는 다시 걸음을 옮겼다.

'저 녀석이 어제 들어온 녀석들의 대장인가?'

확실히 반푼이이기는 해도 나름의 위엄을 갖추고 있었다. 게다가.

라크는 벌떡 상체를 일으켰다. 그의 녹색 눈동자가 흥미롭게 빛났다. 그는 한동안 반푼이를 응시하다가 씩 웃었다.

'그리운 냄새를 묻히고 왔군, 반푼이.'

기계와 과학이 발달하며 신과 마법이 잊히는 세상. 두 번 다시는 맡지 못하리라 생각했던 향기가, 반푼이에게 묻어 있었다. 반푼이 본인의 냄새는 아니었고, 이 섬에 들어온 반푼이 부하들의 냄새도 아니었다.

라크는 아주 오랜만에 두 다리로 일어나 서서 반푼이의 행동을 지켜봤다. 반푼이가 토템 앞에 멈췄을 때에도, 품에서 꺼낸 양피지로 토템의 마법을 무력화시켰을 때에도, 정신을 차린 반푼이의 부하들이 원주민들을 모조리 죽일 때에도, 또한 며칠 전 섬에 흘러들어 온 표류자들 역시 제거해 나갈 때에도. 라크는 묵묵히 응시하기만 했다.

그리고 이튿날, 반푼이와 부하들이 섬을 떠나기 위해 배로 향할 때에, 라크는 모습을 감추고 그들의 뒤를 따라갔다.

몇백 년 만에 세상에 태어난, 그리고 어쩌면 마지막일지도 모를, 대지의 축복을 받은 아이를 만나기 위해.

*　　　*　　　*

케이는 심각한 표정으로 선실에 앉아 있었다.

스투루티오 섬의 일은 생각보다 쉽게 끝이 났다. 토템이 발휘하는 마법을 무력화시키자마자, 원주민들은 우왕좌왕했다. 그들을 제거하는 건 어렵지 않은 일이었다.

다른 원정팀을 죽인 이유는, 목격자를 남겨서는 안 되기 때문이었다. 토스카의 대장 케이는 이번 원정에서 목숨을 잃었다고 알리고, 다른 모습으로 바꿔 살아갈 계획이었다. 티그리스의 귀에 들어갈지도 모르니, 은빛 머리카락과 붉은 눈동자로 활동하는 것은 자제해야만 했다.

모든 것이 예정대로 흘러가고 있는데도 케이가 심각한 이유는, 토템에 걸려 있던 마법 때문이었다.

'누가 그런 마법을 걸어 둔 거지?'

상당히 오래된 마법이라서, 무력화시키는 것은 어렵지 않았다.

'적어도 천 년 이상 된 마법이었어. 그런데도 그런 강한 힘을 발휘하고 있었다니.'

평범한 마법사가 걸어 둔 마법이 아니다. 코흐만은 강하지만 그 정도 실력은 아니었고, 천 년 이상 살았을 리도 없다.

'설마 드래곤?'

그러다가 피식 웃음을 흘렸다.

'아니, 그럴 리가 없지. 마법을 사용한 자가 누구든, 이미 죽고 없을 거야.'

케이는 바보 같은 상상을 털어 내고 침대에 누웠다.

스투루티오 섬을 떠난 지 일주일이 지났다. 이제 며칠만 더 있으면 구온 시에 도착한다. 그리고 구온 시에 도착하면 루를 볼 수 있다.

─당신에게도 사랑하는 사람이 있다고요.

순간 쥬엔의 말이 떠올라 벌떡 일어나 앉았다.

"아니야."

듣는 사람도 없는데 변명하듯 말했다.

"사랑하는 사람 따위가 아냐. 나는 사내놈에게 욕정을 느끼는 변태가 아니야."

단호하게 말하는 케이를, 모습을 감춘 라크가 지켜보고 있었다.

'호오. 반푼이가 사내놈을 사랑하고 있는 모양이군. 재미있는데.'

사랑에 빠진 인간은 늘 흥미롭다. 기이한 힘을 발휘할 때가 있기 때문이다.

케이라는 이름의 반푼이는 보면 볼수록 재미있었다. 몸 안 가득 마력을 가지고 있으면서도 그것을 사용하지 못하는 반푼이인데, 부하들에게는 존경을 받는 한편 무시를 당하기도 하고, 심지어 같은 남자를 사랑하고 있다.

쉽게 만나기 힘든 녀석이다.

라크의 입가에 미소가 떠올랐다.

'따라오길 잘했어. 앞으로 한동안은 즐겁겠군.'

＊　　　＊　　　＊

루에게는 하루하루가 더디게 흘러갔다.

그리움이 깊어질수록 시간은 느리게 흘렀다.

'보고 싶다.'

매일 아침 눈을 뜰 때, 밥을 먹을 때, 그리고 숨을 쉴 때와 잠들기 직전, 그를 생각한다. 그의 은빛 머리카락, 붉은 눈동자, 그리고 은은하게 퍼지는 아카시아 향기.

어느 날엔가는 그가 너무 그리워, 그의 방에 들어가 옷가지에 얼굴을 묻었다. 그의 옷에서 나는 아카시아 향을 맡으며 잠시나마 그와 함께하는 기분을 느꼈다. 그러다가 퍼뜩 정신을 차리고 도망치듯 방을 나왔다.

계집 같은 행동을 해서는 안 된다. 계집 같은 생각을 해서는 안 된다.

그렇게 다짐하면서도 불현듯 튀어나오는 행동마저 억누르기는 힘들었다.

토스카가 원정을 떠난 지 두 달이 조금 지났다. 그들이 무사히 도착해 전투를 치렀다면, 이제 얼마 안 있어 돌아올 것이다. 그들의 소식을 알 수 없어서 애가 탔다. 할 수만 있다면 당장에라도 바다를 건너가, 무사한지, 밥은 잘 먹고 있는지, 다친 곳은 없는지 확인하고 싶었다.

똑똑―

문을 두드리는 소리에 상념에서 벗어났다.

"루, 잠깐 볼래요?"

라일이었다.

문을 열자, 라일이 예의 그 태양 같은 미소를 지으며 서 있었다.

"오늘 훈련은 끝났어요?"

"네, 끝났습니다."

바흘에게는 매일 훈련을 받고 있었다. 처음에는 고되기만 했던 훈련이었는데, 체력이 붙기 시작하면서 점점 편해졌다.

"요샌 바흘의 검술을 배우고 있다면서요?"

"네, 비술이라는 것을 엄청 강요하더라고요."

"아마 진짜일 거예요. 바흘의 검술 스승 가문에만 전해지던 비술이라고 그랬거든요. 그 스승이 후계가 없어서 바흘에게 가문의 비술을 알려 준 거라고."

"아아."

그런 중요한 것을 가르치면서도 바흘은 늘 이야기했다.

―이건 곁가지야. 가장 중요한 건 네가 지금 사용하고 있는 검술이야. 그 검술에 이걸 보탠다는 생각으로 움직여야 돼. 이 검술을 중심으로 삼을 생각은 하지 마.

'내가 지금 사용하는 검술은 검술이 아닌데.'

검술이라기보다는 루가 움직이기 편한 대로 휘두르는 것일 뿐이었다. 그런데도 바흘은 그것이 무척 중요하다는 듯 말했다.

―너만의 검술을 잊어서는 안 돼.

라일이 있다는 것도 잊고 바흘의 가르침에 대해 떠올리고 있는데, 양쪽 볼에 따뜻한 것이 닿았다. 문득 정신을 차리고 보니, 라일의 얼굴이 아주 가까운 곳에 있었다.

그의 녹색 눈동자는 에메랄드처럼 투명하고 반짝거렸다. 숨결이 얽힐 만큼 가까운 거리에서, 그가 낮은 음성으로 속삭였다.

"내가 앞에 있을 때는 다른 남자 생각하지 말아요, 루. 질투 나니까."

예전이었다면 그의 이러한 스킨십에 크게 당황했을 것이다. 하지만 이제는 익숙해졌다.

"당신의 부하에 대해 생각하고 있었는데요."

루는 담담하게 대꾸했다.

"그게 누구일지라도 싫어요."

"알겠으니까 이 손 좀 치워 주시죠."

라일이 웃으며 손을 치웠다. 하지만 그의 얼굴은 여전히 가까이에 있었다. 잘못 움직이면 코끝이 닿을 것만 같았다.

그가 이런 장난을 칠 때마다 심장이 두근거렸다. 그의 눈동자는 루를 오롯이 여자로 보고 있었다. 진지하고 깊은, 열기로 가득한 눈빛. 자칫 잘못하면 단숨에 루를 집어삼킬 것만 같은 진지한 눈빛.

"얼굴도 치워 주세요."

"이런이런. 너무 매몰차요, 루. 이 얼굴에 무슨 문제라도 있나요?"

"문제는 없어요."

'너무 잘생긴 게 문제라면 문제겠지.'

루가 검지로 그의 이마를 쿡 찔러 밀어내자, 그는 순순히 뒤로 물러났다.

"어쩐 일이에요?"

"날씨가 좋아서요. 나가서 좀 걸어요, 우리."

"난 지금까지 밖에서 뛰다 왔어요, 라일."

루가 가볍게 거절한 이유는, 그와의 산책이 싫기 때문은 아니었다. 간혹 그와 산책을 하곤 했는데, 그럴 때마다 설레는 마음이 싫었다. 타인과 부딪칠 것 같을 때마다 조심스럽게 어깨를 감싸 끌어당기고, 가게에 들어가기 전 문을 열어 주는, 여자에게만 하는 그 배려에 심장이 뛰는 게 두려웠다.

"그렇다면 가까운 곳으로 안내하지요."

루의 거절에도 그는 불쾌한 기색을 내비치지 않았다. 오히려 싱긋 웃으며 말하는 통에 더욱 거절하기 힘들어졌다.

"당신은 고집불통이에요."

루의 말에 그가 하하하 호쾌하게 웃었다.

"루, 당신에게만요."

그와 함께 쿠빌레를 나와서 걷기 시작했다. 해는 뉘엿뉘엿 저물어 가며 오렌지빛 노을을 흩뿌렸다. 주홍빛으로 물든 하늘에 몇 조각의 구름이 느릿하게 흘러갔다.

원정을 떠나기 전에는 춥기만 했던 날씨가 많이 따뜻해졌다. 이제 곧 봄이 올 것이다.

골목에서 벗어나 큰길을 걷고 있을 때, 급히 달려온 사람이 루와 부딪칠 뻔했다. 그 전에 라일이 루의 팔을 끌어당겼다. 아무 생각 없이 하늘을 보며 걷던 루는 휘청, 그의 품으로 쓰러졌다.

"아, 고마워요."

"루, 앞을 보고 걸어야지요."

그가 자연스럽게 루의 허리를 감싸며 말했다. 루는 그를 벗어
나려 했지만, 그의 팔이 루의 허리를 단단히 감싸고 있었다. 그
에게 닿아 있는 가슴과 배가 무척이나 신경 쓰였다. 옅게 스미는
그의 향기도, 체온도 거슬렸다.

밀어내야 하는데, 여인처럼 소중히 안긴 기분이 싫지 않았다.
아니, 오히려 심장이 쿵쾅쿵쾅 뛸 정도로 좋아서, 루는 그의 가
슴을 밀치지 못했다.

"라일, 놔줘요."

그래도 그를 올려다보며 소심한 반항을 해 보았다. 허리를 감
싼 팔이 떨어져 나가면 이 체온에 미련을 갖지 않을 테니까.

하지만 라일은 루를 놔주지 않았다.

그의 녹색 눈동자는 이 세상에 루만 존재한다는 듯 오롯이 루
만을 담고 있었다. 그 에메랄드빛 눈동자에 삼켜질 것만 같아서,
루는 시선을 옆으로 피했다. 하지만 청각을 자극하는 그의 음성
까지 막을 수는 없었다.

"사랑해요, 루."

"그런 말 하지 마세요, 라일. 말했다시피 나는……."

"내일 이 도시를 떠나게 됐어요."

생각지도 못한 말에 루가 입을 다물고 눈을 크게 떴다. 루가

놀라는 것이 즐거운 듯 그가 옅은 미소를 지었다.

"난 내일 수도로 가요. 같이 가요, 루."

"그게 무슨……."

"수도에는 루가 보지 못한 많은 것들이 있을 거예요. 많은 귀족과 사람들을 만날 수 있고, 또 많은 것을 배울 수 있죠. 루가 원한다면 수도 근처의 아카데미에서 교육을 받게 해 줄게요. 아름다운 옷을 입고 귀족들과 어울리며 살아갈 수 있을 거예요."

"잠깐만요, 라일."

"루, 당신은 여자를 버렸다고 했지만 알고 있을 거예요. 아무리 외형을 바꿔도, 타고난 성별을 버릴 수 없다는 걸. 당신의 고운 손에 이런 검은 어울리지 않아요. 아름다운 드레스와 진귀한 보석으로 당신을 꾸며요. 험한 싸움터에서 귀한 몸을 굴리지 말고, 아늑한 저택에서 평화로운 시간을 보내요."

부드러운 그의 음성이 루의 귀를 파고들어 왔다.

"당신이 원하는 걸 다 해 줄 수 있어요. 나는 그럴 만한 능력이 있어요. 세상에 하나뿐인 보석을 원한다면 가져다줄 수 있고, 하나뿐인 저택을 원한다면 지어 줄 수 있어요. 그 누구도 당신을 무시하지 못할 거고, 그 누구도 감히 당신을 조롱하지 못할 거예요. 나와 함께 가면, 당신은 그 누구보다도 사랑받는 귀한 여인이 될 거예요."

  —우리 예쁜 공주님.

순간, 루의 머릿속에 잊고 있었던 아버지의 음성이 떠올랐다.

—루엘라인, 너는 세상에서 가장 귀한 아이야.

어머니의 음성도.

—우리 딸이 원하는 건 다 해 줄 거야. 세상에서 가장 행
복한 아이로 키울 거야.
—멋진 저택에서 예쁜 옷을 입고, 누구보다도 고귀한 여
인으로 자라야지.
—언젠가 루엘을 위해 모든 걸 해 줄 수 있는, 그런 멋진
남자가 나타나면 좋겠어.

어느 멋진 가을 저녁, 루를 품에 끌어안고 나누던 부모님의 대
화가 떠올랐다. 새까맣게 잊고 있던 기억, 그 목소리.
부모님은 늘 이야기했다. 예쁘고 아름답게, 가장 고귀한 여인
으로 자라게 해 줄 거라고. 그래서 언젠가 루만을 사랑하는, 루
를 위해 뭐든 다 해 줄 수 있는 그런 남자가 나타나면, 우리 딸
잘 부탁해, 우리 딸을 세상에서 제일 행복하게 해 줘야 돼, 그런
말을 하며 보내 주겠다고.
그 행복하고 아름다운 기억을 잊은 이유는, 이루어질 수 없는

소망이기 때문이었다. 세상에서 가장 고귀한 여인이 되길 바라는 부모님의 그 소원을, 루는 이루어 줄 수 없었다. 그래서 기억에서 지웠다.

하지만 지금 라일이 말하고 있다. 그리 만들어 주겠다고, 세상에서 가장 귀한 여인으로 만들어 주겠다고. 그만큼이나 사랑한다고.

가슴이 죄여 왔다.

행복한 꿈을 꾸는 듯한 부모님의 표정이 떠올라, 그 음성이 떠올라 가슴이 찢어질 듯 아팠다.

그리웠다. 부모님과 함께했던 그 시간들이, 사실은 몹시도 그리웠다.

"당신을 울게 하지 않을 거예요."

루의 눈가에 고인 눈물을, 라일이 엄지로 살짝 닦아 내며 속삭였다.

"당신을 세상에서 가장 행복한 여자로 만들어 줄 거예요. 나는 그럴 수 있어요, 루."

"……."

"이 눈은 당신만 담고, 이 손은 당신만 만질 거예요. 내 입이 만들어 내는 세레나데는, 당신만이 들을 수 있을 거예요. 당신은 나, 라일라체를 갖게 될 거예요."

"라일라체."

"그래요. 내 이름이에요."

루는 눈을 질끈 감았다. 그의 눈빛도, 음성도 감미로웠다. 정신을 차리지 않으면 빠져들 만큼, 그리하여 헤어 나올 수 없게 될 만큼 달콤했다.

그의 손을 잡고 싶었다. 오래전, 부모님과 함께할 때의 아늑함과 안전함, 그 평화로움을 다시 누리고 싶었다.

'괜찮잖아, 루. 부모님이 네가 복수하는 삶을 살기를 바랐을 것 같니? 네 부모님이 바라는 건 네 행복이었어. 네가 손에 검을 쥐고 피를 묻히기를 바라지 않았어. 너도 알잖아.'

머릿속에서 누군가가 라일의 것만큼이나 달콤한 목소리로 속삭였다.

'넌 이제 아름다워졌어. 언제까지 이런 삶을 살 거야? 오르딘 공작을 이길 수 있을 거라고 생각해? 못 이겨. 그는 황제보다 큰 권력을 가진 자야. 게다가 티그리스를 손에 넣었지. 아무리 발버둥 쳐도 그에게 복수할 수 있는 날은 오지 않을 거야. 그렇다면 차라리 복수를 포기해. 저 손을 잡고, 세상에서 가장 행복한 여인이 되도록 해. 그게 진정한 복수야.'

목소리의 말이 옳았다.

마지막 순간, 아버지는 말했다. 있는 힘껏 행복해지라고.

* * *

도박장에서 신나게 돈을 따고 돌아온 나즐은 유진에게 인사도 하는 둥 마는 둥 하고 루의 방으로 뛰어올라 갔다가, 아무도 없어서 터덜터덜 계단을 내려왔다.

"유진, 루 어디 갔어?"

"아까 라일이랑 나가더라."

"흐응. 라일 말이야. 루가 여자라는 걸 알고 있는 걸까?"

"아마 알고 있을걸. 처음부터 루를 '레이디'라고 불렀거든."

"하긴, 같은 사내놈한테 그렇게까지 잘해 줄 순 없겠지. 최근에 매일 데이트하는 것 같던데."

"흐음."

"루는 어떤 것 같아? 루도 라일에게 관심이 있으니까 라일이랑 데이트를 하는 거겠지?"

"그렇겠지. 라일 정도면, 뭐."

"하긴, 키도 크고, 잘생겼고, 귀족인데 성격도 좋고. 괜찮은 녀석이야. 내가 여자였더라도 라일에게 반했을 거야."

"그렇게 부러우면 너도 라일한테 데리고 가 달라고 그래."

"응? 어딜?"

"수도에."

"수도?"

나즐이 고개를 갸우뚱하며 유진을 쳐다봤다.

"내일 수도로 떠난다더라."

"엑! 이렇게 갑자기?"

"갑자기는 아니지. 라일이 귀족이라면 본인의 저택이 있을 텐데, 너무 오래 비워 둔 거잖아. 슬슬 돌아가 봐야 하지 않겠어?"

"으. 그 녀석 있으면 이것저것 많이 사 줘서 좋은데. 도박장에서 판돈도 크게 걸 수 있고."

"라일을 이용해 먹는 건 적당히 해. 아무리 그래도 라일은 귀족이잖아. 잘못 건드렸다가 큰일 날 수도 있어."

"아냐, 라일은 그런 녀석 아냐. 정말 괜찮은 녀석이야. 사심이 없더라고."

상대의 생각을 읽는 나즐의 말이니, 아마도 그 말이 맞을 것이다. 나즐은 굳이 생각을 읽지 않더라도, 사람을 잘 판단했다. 표정과 행동, 눈빛만 보고서도 상대에게 다른 꿍꿍이가 있는지, 없는지 알아내는 것이 가능했다.

꼭 나즐의 말이 아니더라도, 유진은 라일이 마음에 들었다. 쿠빌레에 묵는 두 달 남짓한 시간 동안, 라일은 늘 정중하고 배려가 있었다.

"아니다. 사심이 아주 없는 건 아니구나. 내일 라일이 수도로 간다면, 아마 루를 데리고 가려고 할 거야."

나즐이 말했다. 유진은 그다지 놀라지 않았다. 막연히 그러지 않을까 생각해 왔기 때문이다.

"루가 라일을 따라갈 것 같아?"

나즐의 질문에 유진이 어깨를 으쓱했다.

"나야 모르지. 궁금하면 루의 생각을 읽어 보지그래?"

"아무 때나 막 읽을 수 있는 게 아니잖아. 게다가 루의 생각은 특히 읽기 힘들어. 뭔가가 방어를 하고 있는 것 같아서, 띄엄띄엄 읽게 되더라고."

"하긴. 넌 루가 여자라는 걸 일부러 숨기고 있다는 것도 제대로 읽지 못했지."

"응, 형 생각은 어때? 루가 라일을 따라갈 것 같아?"

"글쎄. 루가 대장에게 충성하고 있긴 하지만, 기본적으로는 여자잖아. 라일처럼 접근을 하면 마음을 열고 따라가고 싶어지지 않을까?"

"가겠다고 하면 어쩔 거야?"

"한 번은 말리겠지. 하지만 계속 붙잡진 않을 거야."

"왜? 형은 루를 좋아하지 않아?"

"좋아하지. 좋아하니까 걔가 행복해졌으면 좋겠어."

"행복이라."

"예쁘고 사랑스러운 애잖아. 검을 들고 전장에 서는 것보다는 남자에게 사랑을 받으면서 사는 편이 훨씬 어울려. 걔 복수는 우리가 대신해 주면 되지, 뭐."

"하긴, 힘들게 살아온 녀석이니까. 하지만 이대로 보내면 대장이 돌아와서 화내지 않을까?"

"화내겠지. 하지만 어쩌겠어? 상대는 귀족인데."

"형은 여전히 대장한테 막 하는구나."

"막 하다니. 객관적으로 생각하고 판단하는 거야. 대장은 루를 아끼니까, 루가 행복하길 바랄 거야. 루가 행복할 수 있는 방법은 귀족인 라일을 따라가서, 그의 사랑을 받으며 사는 거고. 그러니까 대장도 결국은 납득하게 되겠지."

* * *

산들바람이 불어와 케이의 머리카락을 스치고 지나갔다. 케이는 뱃전에 서서 끝이 없을 것 같은 진청빛 바다를 응시했다. 해가 바다 뒤로 저물어 가고 있었다.

이틀 후면 구온항에 도착한다.

오늘 아침, 케이는 눈동자와 머리카락, 그리고 피부색을 바꾸는 약을 마셨다. 끔찍한 맛이지만 효과가 좋았다. 피부색은 거무스름하게, 머리카락과 눈동자는 갈색으로 바뀌었다. 머리카락과 눈동자가 워낙 눈에 띄는 색이었기 때문에, 그걸 평범하게 바꾼 것만으로도 완전히 다른 사람처럼 보였다.

케이는 눈을 감았다.

이 바람은 어디서 시작된 바람일까? 구온 시를 돌아 이곳까지 왔다면 루의 향기가 묻어 있지…….

'빌어먹을! 내가 별생각을 다 하게 됐군.'

케이는 퍼뜩 정신을 차리고 눈을 떴다. 히센이 이상하다는 표정으로 케이를 빤히 응시하고 있었다.

"대장, 약 먹었어요?"

"뭐?"

"아니, 뭐에 취한 표정이라서요."

"나한테 볼일이라도 있나?"

"아아. 얘 때문에요."

히셴이 품에서 흰 털뭉치를 꺼냈다. 꼬물꼬물 움직이는 그것은, 히셴이 스투루티오 섬에서 주운 새끼 늑대였다.

"이거, 루한테 줘도 되죠?"

야생의 짐승은 케이가 무섭지도 않은지, 눈이 마주치자 이를 드러내고 으르렁거렸다. 그래 봐야 자그마한 송곳니인지라, 옷도 뚫지 못할 것 같았다.

"대체 늑대 새끼를 루에게 주려는 이유가 뭐냐? 그 녀석 시켜서 루를 암살하려는 거냐?"

케이의 뒤쪽에서 대답이 들려오자, 히셴이 코를 찡그렸다.

"너한테 물어본 거 아냐, 쿠반. 그리고 이건 개라고, 개!"

"아니, 넌 대체 왜 자꾸 그걸 개라고 우기냐고! 그건 늑대야! 늑대!"

"어딜 봐서 늑대란 거야? 이 초롱초롱한 눈망울과."

살기로 가득했다.

"고른 이빨과."

작지만 날카로웠다.

"북슬북슬한 꼬리를 보라고!"

확실히 꼬리는 강아지처럼 보였다.

"됐다고. 루는 그런 거 안 키워. 게다가 흰 늑대라니. 불길해."

예부터 털이 흰 짐승은 불길하다는 미신이 전해지고 있었다. 오래전 어느 황제가 죽을 때 옆에 있었던 것도 흰 고양이이고, 어느 영웅이 죽기 전에 본 것도 흰 독수리였단다.

"헤, 쿠반. 너 그런 거 무서워하는 놈이었냐?"

히센이 재미있는 걸 알게 되었다는 듯 씩 웃었다.

"무서울 리가 있냐? 흰 늑대 백 마리든, 천 마리든 덤비라고 해! 다 죽여 줄 테니까!"

"너, 진짜 잔인한 놈이구나? 왜 가만히 있는 흰 늑대들을 몰살하려는 건데?"

"잔인함의 대명사인 네놈한테는 그런 말 듣기 싫거든?"

"하지만 넌 말 못 하는 짐승을 죽이려고 하잖아."

"말이 그렇단 거지? 너, 비참 모르냐, 비참?"

"비참? 설마…… 비유를 말하려던 거야?"

히센의 담담한 지적에 쿠반의 얼굴이 붉어졌다. 케이는 그런 쿠반을 한심하다는 눈으로 지켜보다가 한숨을 내쉬었다. 부하 중에 정신이 멀쩡한 놈이 한 놈도 없다. 이대로도 괜찮은 걸까?

"아, 아무튼! 난 말만 그런 거고, 넌 실제로 루가 키우던 개를 죽였잖아. 잔인한 걸로 따지자면 널 따라갈 자가 없지."

"응, 맞아."

히센이 갑자기 풀이 죽어 어깨를 축 늘어뜨렸다.

"맞아, 그건 내가 정말 잘못한 거지. 그래서 이 강아지라도 주면 루가 좋아해 주지 않을까 싶어서…… 하아. 이런 거 하나로 용서를 받으려는 내가 주제넘은 생각을 한 거겠지?"

바락 대들 줄 알았던 히셴의 풀 죽은 모습에, 쿠반이 당황했다.

"어, 야. 뭐, 이런 걸로 너답지 않게 고개를 숙이고 그래? 뭐, 그래. 후회하고 반성하면 된 거지. 그 강아지 가져다주면 루가 좋아할 거야. 루는 말이지, 작은 걸로도 굉장히 즐거워하는 애거든."

"역시…… 이거 강아지 맞지?"

히셴이 고개를 들었다. 웃고 있는 히셴의 얼굴을 본 쿠반은 자신이 속았다는 것을 깨달았다. 히셴은 풀이 죽기는커녕, 새끼 늑대가 '강아지'로 인정받기 위해 연기를 했던 것이다.

빠악—

쿠반의 커다란 주먹이 히셴의 뒤통수를 사정없이 때렸다.

"아프잖아, 이 새끼야! 너, 채찍에 목 잘려 볼래?"

"오냐, 덤벼라. 안 그래도 네놈 눈빛이 마음에 안 들었는데, 오늘 그 눈알이 다른 색으로 빛나게 만들어 주마."

케이는 저절로 한숨이 나왔다. 이놈들은 대장을 사이에 두고도 참 잘도 싸운다. 징그러운 녀석들.

케이는 그들을 벗어나 선실로 내려갔다. 문을 닫고 침대에 누운 케이는 천천히 눈을 감았다.

이제 이틀.

시간이 참으로 더디게 흐른다.

이 순간 소원이 있다면 날개를 가지고 싶다. 루가 어디에 있든 만나러…….

'그만!'

*　　　*　　　*

루는 살며시 라일의 가슴을 밀어냈다. 그는 순순히 루를 놔주었다. 그의 체온이 멀어지는 것이 조금 아쉬웠지만 후회하지는 않았다.

아버지는 말했다. 있는 힘껏 행복해지라고.

그리고 루는 알고 있었다.

아무리 멋진 드레스를 입어도, 평화로운 저택에 있어도, 진귀한 보석을 가져도, 케이가 없이는 행복할 수 없으리라는 것을.

케이의 마음이 다른 곳에 있어도, 그의 곁에 있는 것이 루의 행복이었다. 그 은빛 머리칼과 붉은 눈동자를, 은은하게 퍼지는 아카시아 향을, 루는 사랑했다.

사랑하기에 곁에 있고 싶었다. 남자의 모습으로라도.

이 손에 묻히는 피는 단지 복수만을 위한 것이 아니었다. 그를 위해서였다. 루는 케이가 티그리스의 검은 호랑이가 되어 빛나기를 바랐다. 그의 은발과 붉은 눈동자가 티그리스, 마지막 남은 마법사들의 상징이 되기를 바랐다. 마법이 잊히는 세상에서 당당히 마법의 위용을 알릴 수 있기를 원했다.

다른 것이 아닌, 그것만이 루의 소망이었다.

루가 무슨 대답을 하려는지 아는 듯, 라일의 녹색 눈동자가 슬픔에 물들었다. 침잠하는 그의 눈동자를 보는 것이 가슴 아팠다. 라일은 좋은 사람이었고, 고마운 사람이었다. 그가 슬퍼지는 것을 원치 않았다. 그는 지금까지처럼 반짝반짝 빛나는 미소를 짓는 게 더 어울렸다.

그러나 어쩔 수 없었다.

"있는 힘껏 행복해지려고요, 라일."

루는 등에 메고 있던 두 자루의 검을 뽑아 양손에 쥐었다.

"나는 이 검이 대장을 위해 움직일 때가 가장 행복해요. 라일에게는 정말 고맙지만, 나는 당신을 따라갈 수 없어요."

"후회할 거예요, 루."

"아니요."

"당신은 케이를 사랑하잖아요. 케이를 위해 검을 드는 거잖아요. 하지만 케이는 당신을 봐 주지 않을 거예요."

알고 있었다. 하지만 그것을 다른 사람의 입으로 들으니, 새삼스럽게 가슴이 아팠다.

"케이는 야심이 있는 자예요. 그렇다면 그의 야심에 도움이 될 여자를 원하겠죠. 비비안 양처럼. 만약 케이가 당신에게 비비안을 지키라 명하면, 당신은 그것을 따를 수 있을까요?"

"따를 수 있어요. 나는 대장의 명령이라면 불 속에도 들어갈 수 있어요, 라일."

아픔을 드러내지 않기 위해 무뚝뚝하게 말했다.

"루, 사랑의 아픔을 우습게 보지 말아요. 때로는 그것이 화상을 입는 것보다 아프기도 하거든요."

"……."

"언젠가 케이의 옆에는 당신이 아닌 다른 여자가 있게 되겠지요. 케이는 그녀를 사랑스러운 눈으로 지켜볼 테고, 그걸 보는 당신의 마음은 만신창이가 될 거예요."

"아니요, 나는……."

"루, 내 말 들어요."

라일이 루의 입가를 가볍게 두드린 후 말했다.

"당신을 고통스럽게 하기 위해 이런 이야기를 하는 게 아니에요. 걱정이 돼서 하는 말이에요. 루, 견딜 수 없이 고통스러운 날이 올 거예요. 가슴이 찢기고 불구덩이에 들어가서 화상을 입는 것보다 괴로운 날이, 분명히 올 거예요. 그날이 오면 날 찾아와요."

"라일……."

"내게 미안해하지 말고 날 찾아와요. 언제라도 당신이 찾아오면 난 기쁠 테니까요. 그러니까 내게로 도망쳐요."

그의 다정함이 무겁도록 크게 루를 덮쳐 왔다. 그러나 다음 순간 그가 내뱉은 생각지도 못한 사실에, 루는 투둑 검을 떨어뜨렸다.

"라일라체 오르딘 백작의 영지로 찾아오면 언제든 기쁘게 맞아 줄게요."

라일라체 오르딘.

라일라체 오르딘.

오르딘.

제 귀를 의심했다.

그의 입에서 '오르딘'이란 이름이 나올 줄은 꿈에도 생각하지 못했다. 그 증오스러운 이름이, 이 고맙고 좋은 남자의 입에서 흘러나오리라고는 예상치 못했다.

심장이 툭 떨어져 나가는 기분이었다. 아니, 이미 떨어져 잡을 수 없이 먼 곳으로 굴러가 있었다.

"오르딘……."

제 것이 아닌 것처럼 쉰 목소리가 흘러나왔다.

"그게 그렇게 놀랄 만한 이름인가요?"

그는 루가 왜 놀랐는지 짐작조차 못 하는 것 같았다.

"오르딘…… 공작……."

"응, 맞아요. 내 아버지예요. 워낙 바쁘신 분이라 자주 뵙지는 못하지만."

몸이 떨렸다. 하지만 그것을 라일에게 들켜서는 안 된다. 이 증오와 분노를, 그에게 드러내서는 안 된다.

떨림을 감추기 위해 황급히 검을 집어 들었다. 서둘러 등에 도로 집어넣고 걸음을 옮겼다.

오르딘.

오르딘.

온몸에 소름이 돋았다.

라일은 좋은 사람이다. 하지만 그의 몸에는 오르딘 공작의 피가 흐르고 있다. 그것을 깨닫는 순간, 말도 못 할 분노와 증오가 흘러나왔다. 그가 잘못한 것이 아니지만, 그래도 그가 미웠다.

그의 아버지의 발에 짓밟혀, 이 몸은 부모를 잃고 떠돌아다니며 갖은 멸시를 받고 살았다. 하지만 그는 아니었다. 아무것도 모른 채로 아버지가 주는 권력과 부에 기대어 살았을, 그리하여 이토록 해맑게 자랐을 그가 증오스러웠다.

그의 손이 닿았던 부위에 소름이 돋을 만큼.

"루, 왜 그래요? 설마…… 내 신분 때문에 갑자기 나랑 거리를 두려고 하는 건 아니죠?"

그의 해맑은 목소리에, 루는 어째서인지 왈칵 눈물이 흘러나왔다. 그가 미운데, 왜 이렇게 가슴이 아픈 건지 모르겠다. 왜 아무것도 모르는 순수한 눈동자에, 태양처럼 밝게 빛나는 미소에, 미움과 동시에 아픔이 찾아오는 건지 모르겠다.

밉기만 해야 하는데. 증오스럽기만 해야 하는데. 그리하여 저 음성을 듣기도 싫고, 같은 공기로 숨을 쉬기도 싫어야 하는데.

그런 생각을 하는 자신이 미워지고, 이러한 기분이 드는 것이 미안해졌다.

—내게 미안해하지 말고 날 찾아와요. 언제라도 당신이

찾아오면 난 기쁠 테니까요. 그러니까 내게로 도망쳐요.

매몰찬 거절에도 다정하게 속삭이던 그의 음성이 귓가에 들러붙어 있었다. 그래, 그 음성 때문이다. 마지막 순간까지 다정하게 루를 감싸 안는 음성. 그것 때문에 이토록 가슴이 아픈 것이리라.

"루?"

그가 다시 루를 불렀다.

루는 동요를 감추기 위해 노력했다. 수상한 반응을 보여서는 안 된다.

"놀랐습니다."

오르딘 공작의 이름이 나에게, 그리고 케이에게 얼마나 증오스러운 이름인지 들켜서는 안 된다.

"오르딘 공작님의 아드님이셨다니. 상상도 못 했습니다."

루의 말에 그가 안심한 듯 웃었다.

"다들 그러더라고요. 아버지를 하나도 안 닮은, 한량 같은 아들이라고."

"아버지와는 친한가요?"

"글쎄요. 아까도 말했지만, 워낙 바쁘신 분이라서 자주 만나진 못해요. 하지만 존경은 하고 있죠."

존경한다고?

계집질을 하다못해 한 가족을 몰살시키는 그 잔인한 남자를 존경한다고?

토악질이 났다.

수십 가지의 감정이 안에서 휘몰아쳤다.

"수도에 가는 건, 오르딘 공작님의 호출 때문입니까?"

"아아, 그건 아니고. 황성에서 일을 좀 하고 있어요. 오래 자리를 비웠더니 불호령이 떨어졌네요."

"내가 여자라는 걸, 다른 사람들에게도 말했습니까?"

"하하하하."

그가 웃었다.

"말 안 해요, 루. 말할 리가 없잖아요. 당신이 여자라는 걸 알면 경쟁자가 많아질 텐데."

저 말이 사실인지는 모르겠지만 일단은 안심이다.

"좀 충격입니다. 라일, 당신이 그렇게 신분이 높은 분이었을 줄은 몰랐습니다."

"너무 딱딱한 태도는 싫어요, 루. 이럴까 봐, 말을 안 하려고 한 건데."

"어쩔 수 없지요."

"그러지 말아요, 루."

라일이 루의 손목을 잡았다. 순간, 그의 손을 매몰차게 뿌리칠 뻔했다. 그 직전에 간신히 자제했다. 갑자기 달라진 태도를 보이면 이상하게 생각할 것이다.

"나는 그냥 라일이에요. 그동안 당신이 알아 온 라일. 오르딘 이란 가문의 이름이 붙었다고 해서 달라지는 건 없어요."

그의 정직한 눈동자를 보는 게 가슴 아팠다. 루는 시선을 옆으로 피했다.

"알겠어요."

"그럼 우리 사이에 문제없는 거죠?"

"네, 없어요."

"하아. 다행이다. 말하기 진짜 무서웠거든요. 날 보는 눈빛이 변할까 봐."

그는 진심으로 안도한 표정이었다.

심장이 따끔따끔 아팠다.

루는 그의 얼굴을 똑바로 보지 않으려고 노력하며 생각했다.

'난 당신 아버지를 죽일 거야, 라일. 내 검에 당신 아버지의 피가 묻어도, 당신이 날 그런 눈으로 봐 줄까? 눈빛이 변하는 건, 내가 아니라 당신일 거야.'

＊　　＊　　＊

이튿날이 되니 마음이 많이 진정되어, 아무 일도 없었던 것처럼 라일을 배웅할 수 있었다. 그가 멀어진 후, 루는 유진의 손목을 잡아끌었다. 유진은 어리둥절한 표정으로 루를 따라 지하 주점으로 내려갔다.

어느 순간부터 운영을 하지 않은 지하 주점은 지저분하고 먼

지투성이였다. 루는 먼지 쌓인 테이블에 유진을 밀어붙이고 말했다.

"유진, 큰일 났어요."

"무슨 일이야, 루? 라일을 따라가고 싶어졌어?"

"아뇨, 그런 게……."

"가고 싶으면 눈치 보지 말고 가도 돼. 라일은 널 행복하게 해줄 수 있을 것 같아."

"오르딘 공작의 아들이에요."

"응?"

"라일라체 오르딘 백작."

유진의 눈이 커졌다.

"라일은 오르딘 공작의 아들이었어요, 유진."

괜찮을 거야, 라고 유진이 말했다.

"입이 가벼운 녀석은 아닌 것 같았어. 네 얘기가 오르딘 공작 귀에 들어가는 일은 없을 거야. 당분간은."

"그럴까요?"

"응, 생각해 봐. 어느 남자가 아버지한테 쪼르르 달려가서, 나 사랑하는 여자가 생겼는데 사정이 있어서 남장을 하고 있는 것 같아요, 라고 말하겠어?"

"그건 그렇죠."

오르딘 공작의 앞에 앉아 미주알고주알 수다를 떠는 라일의 모습은 상상이 되지 않았다.

"하지만 우리가 진짜로 움직이기 시작하면 조금 위험해질지도 몰라. 라일이 이쪽에 대해 어느 정도 파악하고 있으니까. 상황이 어느 정도 정리되는 대로 거점을 옮겨야겠어."

"네."

"귀족 작위를 얻는 부분도 고민을 해 봐야겠다. 아무튼 내일쯤이면 대장이 돌아올 테니까 그때 의논해 보자. 잘하면 라일을 이용할 수도 있겠지. 그 녀석은 너한테 반해 있잖아."

괜찮아진 줄 알았는데, 또다시 가슴이 따끔거렸다.

"네, 이용할 수 있을 거예요."

제멋대로 아픈 심장을 떼어 내고 싶었다.

라일은 친절하고 좋은 남자가 아니다. 오르딘 공작의 아들이다. 지난밤 잠도 자지 않고 그렇게 세뇌를 시켰지만 소용없었다. 그의 녹색 눈동자는 화가 치밀 정도로 다정하고 깨끗했다. 아무리 노력해도 나쁜 사람이라고 생각되지가 않는다.

그래서 아프다. 그런 사람을 미워해야 하고, 그런 사람을 이용해야 한다는 사실이 이 심장을 쿡쿡 찌른다.

'아니, 할 수 있어. 해야만 돼. 오르딘 공작을 제거하기 위해서라면, 라일의 목도 벨 수 있어. 대장을 검은 호랑이의 자리에 앉힐 수만 있다면, 나는 무슨 짓이든 할 수 있어.'

루는 케이의 은빛 머리카락과 루비 같은 눈동자를 떠올리기 위해 애썼다. 하지만 이 순간 루의 머릿속을 가득 채운 것은, 라일의 태양 같은 미소였다.

*　　*　　*

　루는 잠도 못 자고 고민을 한 탓인지 덜컥 감기가 걸리고 말
았다. 움직이지 못할 정도는 아니었으나, 루는 침대 밖으로 나가
고 싶지 않았다. 케이의 얼굴을 볼 낯이 없었다.

　'라일을 미워할 수가 없어.'

　그를 떠올릴 때마다 가슴이 지끈지끈 아팠다. 그의 순수한 미
소와 맑은 눈빛을 털어 내기 힘들었다.

　"루, 뭐해? 오늘 모두 돌아오는 날인데, 항구에 나가자."

　나즐은 루가 여자라는 걸 알게 된 후, 꼬박꼬박 노크를 하고
방으로 들어왔다.

　"나즐, 나 오늘 못 나가겠어요."

　"응? 어디 아파?"

　"네, 감기가 걸렸어요."

　"어디 봐 봐."

　나즐이 침대 옆으로 오더니 루의 이마에 손을 댔다.

　"어, 진짜 열 많이 나네. 알리한테 고쳐 달라고 하자."

　"네?"

　"알리, 치유력 있잖아. 몰랐어?"

　"아아."

　알리는 신력을 사용한다고 했다. 신력을 가진 사람이 가장 쉽

게 발휘하는 능력이 치유력이었다.

"괜찮아요, 나즐."

"왜? 알리라면 바로 낫게 해 줄 거야."

"아니요, 나즐."

금방이라도 달려 나갈 듯한 나즐의 손목을 붙잡았다.

"오늘은 그냥 아프고 싶어요."

"엥?"

"그냥 아플래요."

"루, 열이 너무 많이 나서 머리가 좀 이상해진 거 아냐?"

"그런가 봐요. 그런데 그냥 아프고 싶어요."

"아프고 싶어 하다니. 별일이 다 있네. 아무튼 알겠어. 그럼 우리끼리 항구에 다녀올게."

"네, 나즐."

"음. 네가 여자라는 거, 원정 멤버들은 모르는 거지?"

"와칸 형님만 알아요."

"으으. 그 형님은 빼라니까. 아무튼 와칸만 안다는 거지? 그럼 다른 사람들한테는 말 안 한다?"

"네."

그런 건 이제 아무래도 상관없다는 생각이 들었다. 이 가슴의 통증만 사라지면 뭐라도 할 수 있을 기분이다.

"넌 여자라는 걸 알리고 나면 하도 옷을 벗어젖혀서 안 되겠어. 당분간은 숨겨."

"네."

"음. 죽이라도 끓여서 주고 나갈까?"

"아뇨, 괜찮아요."

루는 진심을 담아 말했다. 나즐의 요리 솜씨는 최악이었다.

"그래, 내 요리는 최악으로 끔찍한 맛이니까. 지옥 같은 맛이라서 먹기 싫기도 할 거야."

"……부디 만들어 주세요. 형이 끓여 준 죽, 먹고 싶어요."

나즐이 한결 밝아진 표정으로 "역시 그렇지? 그럼 금방 끓여 올게!"라고 말하고는 방에서 나갔다. 루는 한숨을 내쉬었다. 가슴도 아파 죽겠는데, 끔찍한 맛의 죽까지 먹게 생겼다.

기다리고 기다리던 날인데, 최악이다.

* * *

원정단이 돌아왔다는 소식에 항구가 바글바글했다. 시청의 공무원들은 물론, 가터 백작까지 나와 있었다. 비비안이 새벽부터 나와서 기다렸음은 말할 것도 없었다.

케이는 그들의 시선을 피해 움직였다. 영광은 케이의 몫이 아니었다. 단원들과 루가 받아야 할 몫이었다.

멀리 보이는 유진에게 뒤의 일을 부탁한다고 눈짓을 했다. 유진이 가볍게 고개를 끄덕이고, 가터 백작에게 다가가는 걸 확인한 후에야 쿠빌레를 향해 걸음을 옮겼다.

반쯤 걸었을 때 누군가 따라오는 기척을 느꼈다. 루를 만날 생각으로 머릿속이 꽉 차 있어서 기척을 느끼는 게 너무 느렸다. 걸음을 멈추고 휙 돌아보자, 눈에 익은 얼굴이 보였다. 비비안이 었다.

"케이."

이래서야 모처럼 모습을 바꾼 효과가 없다. 케이는 누가 들었는지 확인하기 위해 주위를 둘러봤다. 다행히 다들 항구에 있어서 거리를 오가는 사람은 눈에 띄지 않았다.

비비안의 손목을 잡고 골목으로 들어갔다.

"비비안 양. 이렇게 쉽게 날 알아볼 줄은 몰랐군."

"얼굴이 왜 이렇게…… 된 거예요?"

비비안이 케이의 볼을 향해 떨리는 손을 올렸다. 그녀의 손이 볼을 쓰다듬도록 내버려 두었다.

"사정이 있어서 난 원정 중에 죽은 걸로 되어 있어. 당분간 셔너라는 이름으로 살아갈 거다."

"셔너."

"그래, 비비안 양은 머리가 좋으니까 알겠지? 때로는 살아 있어도 죽은 척해야 하는 상황을."

비비안이 고개를 끄덕였다.

"그래, 똑똑해서 좋군."

가벼운 칭찬에 그녀의 얼굴이 붉어졌다. 어차피 가터 백작에게는 사정을 말해 둘 예정이었으니, 비비안에게 어느 정도 일러

두는 건 괜찮았다.

"잘 들어 둬, 비비안 양. 케이는 스투루티오 섬의 전투 중에 죽었다. 셔너는 토스카가 원정을 떠나 있는 동안 귀환한 원래 토스카 단원 중 한 명이고. 앞으로 비비안 양도 날 셔너로만 대해 줘야 돼. 할 수 있겠지?"

"하, 할 수 있어요."

"전처럼 날 따라다니는 것도, 내게 애정을 표현하는 것도 자제해야 돼."

"아, 그건……."

"약속해, 비비안 양. 내가 케이라는 게 들킬 만한 행동을 하지 않겠다고."

케이의 단호한 말에 비비안은 망설이다가 곧 표정을 굳히고는 고개를 끄덕였다.

"약속할게요. 그게 당신을 위한 거라면."

"그래, 다행이군."

'너에게.'라고 케이는 생각했다.

만약 비비안이 못 하겠다고 고집을 부리면 이 자리에서 죽일 생각이었다. 케이라는 사람을 알아보는 모든 자들을 죽일 생각으로, 이 계획을 세웠다.

구온 시의 대부분이 케이의 얼굴을 똑바로 보지 못했기에, 그저 은발에 붉은 눈동자로만 기억하고 있었다. 이제 와서 이런 모습으로 다닌다고 해도, 케이라는 걸 알아보는 사람은 많지 않을 것이다.

"그럼 있어야 할 곳으로 돌아가, 비비안 양. 가서 케이의 죽음을 듣고 마음껏 슬퍼하도록 해. 조만간 저택으로 찾아가지."

비비안은 순순히 케이의 명령을 따랐다. 똑똑한 여자라 다행이다. 사랑하는 이를 잃은 연기도 제대로 해 주리라 믿었다.

비비안이 떠난 후, 케이는 서둘러 걸음을 옮겼다. 루를 빨리 보고 싶었다. 그 검은 머리칼과 우윳빛 피부, 그리고 케이만을 바라보는 푸른 눈동자를.

*　　*　　*

나즐이 끓여 준 죽을 꾸역꾸역 먹는 바람에 루는 상태가 더 악화됐다. 이제는 열이 날 뿐 아니라 속도 메스껍다.

"루."

그때 방문 밖에서 그리워 마지않던 음성이 들려왔다.

"루, 자나?"

메스꺼움도, 두통도, 그리고 따끔따끔한 아픔도 순식간에 사라졌다. 고통스럽던 루의 심장은 언제 그랬냐는 듯 설렘을 안고 뛰었다. 두근, 두근, 두근, 빨라진 심장 소리가 그에게까지 들릴까 걱정이었다.

"안 잡니다."

루가 대답하자마자 방문이 열렸다.

아카시아 향기가 루를 에워쌌다.

"왜 그렇게 이불을 뒤집어쓰고 있지?"

그가 침대로 다가오는 기척이 느껴졌다.

"감기에 걸렸어요. 대장에게 옮을까 봐 그렇습니다."

"내가 감기 따위에 걸릴 것 같은가?"

"역시 대장은 인간이 아니었나요?"

"유진과 붙어 있더니 건방져졌군, 루."

그가 갑자기 이불을 걷어 냈다.

막을 새도 없이, 두 눈 한가득 그의 모습이 들어왔다.

짙은 갈색 머리카락과 눈동자, 까무잡잡한 피부.

계획을 듣긴 했지만 이렇게까지 달라질 줄은 몰랐다. 그러나
달라진 모습이라고 해서 심장박동이 제 속도를 되찾는 건 아니
었다.

비록 은발에 붉은 눈동자가 아닐지라도, 케이였다. 그립고 그
립던 얼굴이었다. 그 얼굴을 보는 순간 왈칵 눈물이 나려고 하기
에, 루는 얼른 이불을 다시 뒤집어썼다.

'뭐지?'

루의 행동에, 케이는 당황했다.

'뭐가 이렇게 귀여운 거지?'

투정을 부리는 듯한 루의 모습에, 화가 난다기보다는 끌어안
아 주고 싶었다. 자꾸만 이불을 뒤집어쓰는 그 모습이 어찌나 사
랑스러운지……

'그만! 같은 사내놈이 사랑스럽긴 뭐가 사랑스러워!'

아무리 부정해도 사랑스러웠다. 이불 속에서 웅크리고 있는 루를, 이불째로 끌어안고 싶었다.

"루, 계속 그러고 있을 거냐?"

"감기 옮습니다, 대장. 나가세요."

"루."

"무사히 돌아와서 기쁩니다. 그래도 나가세요."

케이는 울컥 화가 치밀었다. 보고 싶어서 서둘러 달려왔는데, 원정을 떠난 내내 루를 그리워했는데, 정작 루는 얼굴을 보여 주질 않는다. 전혀 보고 싶지 않았던 모양이다.

"뭔가 오해를 하는 모양인데."

케이는 이불을 확 걷어 냈다.

"난 네 주인이다, 루."

루가 케이를 응시했다. 어째서인지 루의 눈가에 눈물이 고여 있어서, 심장이 덜컥 내려앉았다.

"왜, 왜 울어?"

"안 웁니다."

루가 손등으로 눈가를 쓱 닦아 냈다.

"울었잖아."

"안 울었어요."

"나한텐 거짓말하지 마, 루."

"그냥 열이 나서 그래요. 대장한테 감기 옮길까 봐 걱정되는데, 대장은 자꾸 이불을 들추기만 하고."

루가 투덜거려서, 케이는 또 당황했다.

입을 비쭉 내밀고 투덜거리는 모습이 귀여워 죽겠다. 너무 귀여워서 이거 정말 큰일이다. 유진이 이럴 때는 얄밉기만 한데, 루가 하면 왜 귀엽다는 마음뿐일까?

"난 감기 같은 거 안 걸린다, 루."

"인간은 누구나 감기에 걸릴 위험이 있습니다, 대장. 대장은 잘 모르시는 것 같은데, 대장도 분명히 인간이고요."

"아주 건방져졌군. 응?"

케이가 루의 볼을 꼬집었다. 루가 놀란 듯 눈을 크게 떴다가 얼른 시선을 피했다. 기분 탓인지 모르겠지만 루의 얼굴이 붉게 상기된 듯 보였다.

"코흐만."

루가 중얼거린 이름에, 루의 볼을 잡고 있던 케이의 손에서 힘이 빠졌다. 루의 입에서 그 이름이 나올 줄은 몰랐기 때문이다.

"뭐?"

"코흐만이 왔었어요, 이 도시에."

*　　*　　*

"뭐? 코흐만이 왔었다고?"

쿠반이 버럭 외쳤다. 와칸이 쿠반의 뒤통수를 때렸다.

"소리 좀 죽여, 쿠반. 보는 눈이 많다."

"제기랄. 넌 진짜 가차 없이 때린다? 아주 내 머리통 박살 내겠다?"

"아쉽군. 이번 기회에 박살 냈어야 했던 건데."

"그런 말을 진지한 표정으로 하지 마, 와칸. 진짜 같으니까."

"진짠데."

나즐이 한숨을 푹 내쉬었다.

"두 사람 다 철 좀 들어. 사람이 진지한 얘기를 하는데 말이야."

"네놈이 할 소리는 아니거든?"

"네가 할 소린 아니다, 나즐."

와칸과 쿠반이 동시에 말했다.

유진이 가터 백작에게 '작전명 케이의 죽음'에 대해 간략하게 설명하는 동안, 나즐과 알리는 모두에게 그동안 있었던 일을 이야기했다.

"루 혼자서 코흐만을?"

코흐만 사건을 다 들은 휴이가 믿을 수 없다는 듯 중얼거렸다.

"코흐만은 마법사잖아. 그걸 루가 혼자서 상대했다고?"

"응, 그렇다니까? 우리가 한 일이라고는 코흐만의 시체를 치운 것뿐이야. 아, 그놈이 가지고 온 마법 도구들도 챙겨 뒀어. 잔뜩 가지고 왔더라. 상당히 도움이 될 것 같아."

"아니, 아니. 그건 됐고. 정말이야? 루 혼자서 했다는 게?"

"뭐, 루라면 할 수 있을지도."

루의 실력을 두 눈으로 목격했던 쿠반이 고개를 끄덕였다. 휴이가 황당하다는 표정으로 쿠반을 돌아봤다.

"뭐야? 너, 이 말을 믿는 거냐?"

"믿어. 보통 실력이 아니거든."

"아무리 보통 실력이 아니어도 그렇지. 코흐만은 간부잖아. 게다가 흑마법을 사용하고. 흑마법, 상당히 거슬리는 마법인데."

"그래도 루라면 뭐, 가능하겠지."

"대체 어떤 실력인데 그래? 진짜 한번 보고 싶네."

"보면 알아. 루 그 녀석이 검을 휘두르면 뭔가 이렇고 이런 느낌이야."

쿠반이 이상한 포즈를 취하며 말했다. 그걸 본 휴이가 인상을 찌푸렸다.

"어떤 느낌인지 짐작도 안 되네. 짐작하고 싶지도 않고."

* * *

루는 코흐만과의 싸움에 대해 자세하게 설명하진 않았다. 코흐만이 도시에 들어왔고, 형님들과 힘을 합쳐서 물리쳤다, 정도의 설명이었다.

믿을 수 없다는 감정보다는 열심히 이야기하는 루의 얼굴을 보는 것이 좋았다. 오물오물 움직이는 붉은 입술에서, 반짝반짝 빛나는 푸른 눈동자에서 눈을 뗄 수가 없었다.

"아, 맞다."

루가 꼬물꼬물 움직여, 주머니에서 목걸이 하나를 꺼냈다. 검은 가죽 줄에 손톱만 한 크기의 검붉은 돌이 달려 있는 목걸이였다. 마법의 기운이 느껴졌다.

"이거 코흐만이 차고 있던 목걸이인데, 그자의 이야기로는 수정구의 추적을 막을 수 있다고 하더라고요."

귀가 번쩍 뜨였다.

"수정구의 추적을?"

"네, 간부들에게만 주어지는 목걸이래요. 한 장소에서 연속으로 다섯 번을 사용하면 그때부터 수정구가 추적을 시작한대요."

"그래?"

"어떤가요? 그자의 이야기가 사실일까요?"

"한번 살펴보지."

케이는 목걸이를 받아 들고 가만히 집중했다. 검붉은 돌에는 강한 차단 마법이 걸려 있었다.

선대가 있을 땐 이런 게 존재하지 않았다. 간부들에게만 이것을 제공했다는 것은, 간부들이 하는 못된 짓은 어느 정도 눈감아 주겠다는 의미이리라.

'점점 썩어 가는군.'이라고 생각하며 케이는 루에게 말했다.

"그래. 코흐만의 말이 사실인 것 같다."

"그렇습니까?"

루의 표정이 밝아졌다.

"그럼 이제 대장은 마법을 사용할 수 있겠네요."

루의 파란 눈동자가 생기 있게 빛나, 얼굴 전체를 반짝이게 만들었다. 동그스름한 코끝 아래로 보이는 도톰하고 붉은 입술도 유독 반짝였다.

'그만 봐야 돼.'

하지만 눈을 뗄 수가 없었다.

'더 보면 안 돼. 이 방에서 나가야 돼.'

하지만 꼼짝도 할 수 없었다.

"정말 잘됐어요, 대장. 나중에 대장이 마법을 쓰는 걸 한 번만 보여 주세요. 완전 보고 싶…… 대장?"

신나서 이야기하던 루는 벌떡 일어난 케이를 당황한 눈으로 올려다봤다. 하지만 케이는 목걸이를 꽉 움켜쥐고 도망치듯 그 방에서 나왔다.

탁—

문이 닫혔지만 진정할 수가 없었다.

심장이 두근, 두근, 두근, 무서울 정도로 빠르게 뛰었다.

케이가 마법을 쓸 수 있다는 사실을 자기 일처럼 기뻐하는 루의 순수한 눈동자와 미소 때문에 심장이 터질 것만 같았다.

케이는 이를 악물고 자신의 방으로 돌아와 문을 닫았다. 그리고 그 문에 기대어 서서 눈을 감았다.

'빌어먹을.'

노력했다.

이 감정을 부정하기 위해 있는 힘껏 노력했다.

개라서 귀여운 거라고. 선대의 마법 때문에 시선이 가는 거라고. 말도 안 되는 변명을 덧붙여, 부정하고 모르는 척했다.

하지만 이제는 인정할 수밖에 없었다.

하는 행동마다 귀여워서 만지고 싶은 이 마음을, 볼 때마다 입맞추고 싶은 이 욕망을, 이제는 인정해야만 했다.

—당신에게도 사랑하는 사람이 있다고요.

쥬엔의 음성이 머릿속에 울렸다.

케이는 쓴웃음을 지었다.

'그래, 쥬엔. 네 말이 맞아. 나는 루를 사랑해.'

케이는 창가에 걸터앉아 목걸이를 꽉 쥐었다.

루를 사랑한다.

루의 웃는 얼굴을 보기 위해 티그리스를 되찾겠다 결심한 것도, 그 푸른 눈동자를 누구에게도 보이고 싶지 않은 것도, 전부 사랑하기 때문에 생긴 감정이었다.

'그래, 난 루를 사랑하는군.'

드러내서는 안 되는 감정이지만, 인정하고 나니 마음은 편했다.

'왜 하필이면 사내놈을 사랑하게 된 거지? 머리가 어떻게 된 건가?'

절대 다른 녀석들이 알게 해서는 안 된다.

'뭐, 사랑하게 됐으니 어쩔 수 없지. 이러다 보면 언젠간 괜찮아지겠지. 루도 언젠가는 괜찮은 여자를 만나 결혼을 할 거고, 그 모습을 보다 보면 나아질 거야.'

하지만 그걸 상상하는 것만으로도 짜증이 났다. 누가 될지는 모르겠지만, 루의 배필이 될 여자를 미리 찾아내서 없애 버리고 싶었다.

사랑을 자각한 케이가 앞으로 어떻게 이 감정을 감출지 고민하고 있을 때, 라크는 루의 침대 옆에 서서 루를 응시하고 있었다.

참으로 오랜만에 만난 대지의 축복을 받은 아이는 무척이나 아름다운 외모를 가지고 있었다. 게다가 라크의 예상과 달리 여자였다.

'여자라는 걸 감추고 있는 건가?'

반푼이는 루를 남자라고 알고 있었다.

'왜 감추는 거지? 평범한 상황은 아닌 것 같은데.'

라크는 즐거워졌다. 평범하지 않다는 건 곧 재미있는 일이 생긴다는 걸 뜻했다.

침대에 누워 있던 루가 갑자기 벌떡 상체를 일으켰다. 언제 들었는지, 침대 옆에 세워 뒀던 검을 잡고 정확히 라크가 있는 곳을 겨누고 있었다. 푸른 눈동자가 라크를 노려봤다.

"누구냐?"

'이런, 이런. 역시 대지의 아이야. 감이 좋군.'

라크의 모습이 보일 리는 없었다. 아무리 대지의 축복을 받았더라도 이 몸의 마법을 이기지는 못하니까.

라크는 슬쩍 뒤로 물러났다. 루가 미간을 좁혔다.

"모습을 드러내지 않으면 베겠다."

'아니, 그건 안 되지.'

라크는 창문이 열린 것을 확인하고는 그쪽으로 몸을 날렸다. 공중에 둥둥 뜬 채로 창문 안을 확인하니, 루는 여전히 라크가 서 있던 곳을 검으로 겨누고 있었다. 그러다가 고개를 갸우뚱하더니 검을 내려놨다.

"내가 잘못 느꼈나?"

라크의 입가에 미소가 떠올랐다.

'기다려, 대지의 아이. 그동안 대륙에 무슨 일이 있었는지 좀 훑어보고 다시 돌아오지. 돌아오면 마음껏 예뻐해 줄게.'

"분명 뭔가 있었던 것 같은데."

누군가 이 안에 있었던 것 같은데 그 기척이 갑자기 사라졌다. 루는 인상을 찌푸리고 허공을 노려보다가 고개를 저었다.

아무래도 열 때문에 잘못 느낀 것 같다.

'아깐 정말 놀랐어.'

케이가 볼을 꼬집었을 땐 심장이 멎는 줄 알았다. 깜짝 놀랄 만큼 친근한 행동이었고, 그 손길에서 애정마저 느껴졌기 때문이다.

'으아. 진짜 떨렸는데.'

루는 아까 케이의 손이 닿았던 볼에 살며시 손을 얹었다. 그가 만졌던 감촉이 아직까지 남아 있다.

똑똑―

노크 소리가 들렸다.

케이인 줄 알고 긴장했다.

"누구세요?"

대답이 들려오지 않았지만 인기척은 있었다.

"누구시죠?"

다시 물었다. 조금 늦게 대답이 들려왔다.

"히셴."

케이의 접촉으로 좋았던 기분이 싹 가셨다. 심장이 서늘하게 식었다.

"가."

"잠깐 들어갈게."

"가. 네놈 얼굴 보고 싶지 않아."

"줄 게 있어."

"가."

하지만 문이 열렸다. 히셴이 머뭇거리며 안으로 들어왔다. 그는 품에 무언가를 안고 있었다.

"죽고 싶은가?"

루가 검을 손에 쥐었다.

"아니, 저기. 줄 게 있어."

"나가, 히센. 나는……."

"이거."

히센이 두 손으로 내민 흰 털뭉치를 보는 순간, 루는 할 말을 잃었다.

새하얀 털을 가진 작은.

"늑대?"

"개야!"

"늑댄데?"

"개라고! 개! 이 쫑긋한 귀와 꼬리를 봐!"

"늑댄데."

"개야!"

히센이 침대 위에 새끼 늑대를 내려놨다. 눈부시게 하얀 털을 가진 새끼 늑대는 눈과 코가 새까맸다. 반짝반짝 빛나는 눈으로 루를 빤히 응시하는 눈동자가 사랑스러워서, 루는 잠시 히센에 대한 미움을 잊었다.

"어디서 났어?"

"스투루티오 섬에서 돌아다니고 있기에 주웠다."

"얘 혼자?"

"어미가 있긴 했는데 뺏어 왔지. 뺏다가 물렸어."

"어미에게서 떨어뜨려 놓다니, 못된 놈이군."

"못됐다니. 이게 다 널 생각해서……."

"날 생각했다고?"

"아니, 뭐. 그냥. 흰 털을 가진 짐승은 불행을 가지고 온다고 하지. 네놈을 저주한다!"

"……넌 대체 뭘 하고 싶은 거야?"

"아무튼 키워!"

"명령이야?"

"키우라고. 그 섬은 망했어. 우리가 원주민을 죽였으니, 곧 제국에서 그쪽으로 사람을 보내겠지. 그놈들 손에, 그 녀석도 죽을 운명이었어. 내가 구해 준 거라고. 이 아량 넓은 내가."

히셴이 가슴을 팡팡 두드리며 말했다. 루는 그런 히셴을 지그시 노려봤다.

"나가."

"그 말 안 해도 나가려고 했어!"

하지만 히셴은 나가지 않았다.

"개 이름은 뭐로 할 거냐?"

"키우겠다는 말 안 했어."

"그럼 버리게? 너 그렇게 잔인한 놈이었냐?"

"버린다고도 안 했어."

"우유부단하구만."

"나가, 히셴."

"키울 거지?"

새끼 늑대는 루를 적이라고 판단하지 않았는지, 루의 품으로 꼬물꼬물 안겨 왔다. 루는 조심스레 흰 털을 쓰다듬었다. 부드럽고 따뜻했다.

"무릎 꿇고 애원하면 생각해 보지."

농담 삼아 던진 말이었다. 히셴이 정말로 무릎을 꿇을 줄은 몰랐다.

"키워 줘."

루는 당황해서 히셴을 쳐다봤다.

히셴은 늘 잔혹한 눈빛을 하고 있었다. 마지막으로 보았을 때, 그는 겁에 질린 눈이었다. 그리고 지금 히셴은 조금, 아주 조금 후회의 빛이 엿보였다.

포르쿠스의 잔당 중에서도 가장 잔혹한 히셴이 이런 눈빛을 하게 될 줄은 몰랐다.

"그땐 미안했어. 반성하고 있어."

"내 검에 죽을까 봐 무서운가 보지?"

"무서워. 그리고 미안해."

"……."

"그 개새…… 아니, 그 개가 너한테는 가족 같은 녀석이었다면서? 몰랐어."

"알았으면 안 죽였을 거야?"

"글쎄. 죽였겠지?"

"솔직하네."

"내 장점 중 하나지."

"장점이라고는 그것뿐인 것 같은데."

"아무튼 반성하고 있고, 그래서 걜 데려왔어. 걜 키워. 잘 키워서 볶아 먹든, 삶아 먹든 마음대로 해."

"……난 늑대 안 먹어."

"개라니까!"

히센이 버럭 짜증을 냈다. 저게 과연 사과하는 사람인가 싶었지만, 구태여 지적하진 않았다.

"흰둥이."

"어?"

"이름은 흰둥이로 해야겠다."

루의 말에 히센이 인상을 구겼다.

"전에도 느꼈지만, 넌 작명 센스가 꽝이야."

"흰둥이가 뭐? 하얗잖아."

"저번에 걔는 까매서 검둥이였냐?"

"응."

"하아. 얘는 늑대야, 루. 늑대한테 흰둥이가 가당키나 해?"

"개라며?"

"……"

"넌 뭐라고 했으면 좋겠는데?"

히셴이 보라색 눈동자를 반짝거리며, 무릎을 꿇은 채로 침대 가까이 다가왔다.

"내가 지어도 돼?"

"들어 보고."

"장미 어때? 꽃 중의 왕. 가장 아름다운 꽃."

"……늑대한테 장미라는 이름이 가당키나 해?"

"흰둥이보다는 낫잖아!"

히셴과 루가 이름을 놓고 옥신각신하는 동안, 흰 늑대는 루의 무릎 위에서 새근새근 잠이 들었다. 한참을 다투던 두 사람이 새끼 늑대의 이름을 기쁨을 뜻하는 '주아'라고 지은 것을 모른 채, 어미를 떠나 넓은 세상으로 나온 하얀 늑대는 꿈을 꿨다. 긴 흑발의 아름다운 여인이 푸른 초원에 서서 늑대가 달려오기를 기다리는, 행복한 꿈을.

*　　　*　　　*

"하하하하하하하."

나즐의 유쾌한 웃음소리가 지하 주점 가득 울려 퍼졌다.

"대장, 그 모습은 진짜 적응 안 된다. 대장도 결국은 색깔 빨이 었어. 예전엔 그래도 좀 위엄이 있었는데. 지금은 뭐, 그냥 평민 인데, 평민."

"적당히 해, 나즐."

"오랜만에 만나는 건데 이 정도는 괜찮잖아, 와칸."

오랜만에 만나는 거니 더욱 정중해야 하지 않을까 싶었지만, 루는 그냥 가만히 있었다.

어제 하루는 여독을 푸느라 다들 쉬었고, 오늘 정오가 될 무렵 케이가 모두를 소집했다.

"알리, 나즐의 입을 꿰매라."

케이가 명령했고, 알리가 고개를 끄덕이며 말했다.

"꿰매는 것보다는 윗입술과 아랫입술을 살짝 도려 낸 후에 붙인 상태로 치유를 해 버리면, 두 번 다시 이 입이 열리는 일은 없을 거예요."

"알리, 그건 너무 심하잖아."

나즐이 투덜거렸다.

다정하기만 한 알리에게 숨겨진 의외의 냉정함에 놀라는데, 히센이 중얼거렸다.

"뭐야, 나보다 더 잔인하잖아."

분위기가 차분해지기를 기다렸다가 케이가 입을 열었다.

"몇 가지 할 이야기가 있다."

그가 주머니에서 무언가를 꺼냈다. 종이쪽지였다.

"내 방 창문 바깥쪽 틈새에서 찾았다. 이건 대체 뭐지?"

뒤늦게 쪽지의 정체를 알아챈 유진과 알리, 나즐이 얼굴을 붉혔다.

"아니, 대장 그건!"

"잠깐만요!"

유진과 알리가 동시에 일어났다. 하지만 케이는 가차 없이 쪽
지를 펼쳤다.

"먼저 갑니다. 유진, 알리, 나즐. 어딜 간다는 거지? 그리고 가
겠다는 놈들이 왜 여기에 남아 있는 거야?"

"그, 그거야, 뭐…… 아, 대장은 아무것도 몰라요. 우리가 이걸
쓸 때 어떤 기분이었는지."

유진이 툴툴거리며 케이의 손에서 종이를 낚아챘다. 케이는
인상을 찌푸리고 유진을 노려보다가 고개를 설레설레 젓고는
두 번째 이야기를 꺼냈다.

"오늘 오후쯤 가터 백작을 만나서, 이쪽 상황에 대해 적당히
설명을 해 둘 생각이다. 토스카의 대장은 원정에서 죽었고, 앞으
로는 나를 토스카의 단원인 셔너로 대하도록."

"알겠어, 셔너. 이 짜샤. 앞으로 잘 지내보자."

쿠반이 기다렸다는 듯 말했고, 케이는 쿠반을 노려보다가 고
개를 설레설레 저었다. 이쯤 되니, 루는 케이가 불쌍해지기 시작
했다.

"앞으로 토스카의 대장은 루가 맡는다. 그럴 일은 없겠지만,
만에 하나라도 다른 사람들이 어째서 루냐고 묻는다면, 그럴 이
유가 있다고, 오랜 염원이라고, 적당히 얼버무리도록."

"알겠어, 셔너."

"응, 셔너."

"그래, 서너."

"괜찮은 계획이군, 서너."

믿었던 텐치와 와칸까지 가세하자, 케이는 분노를 억누르려는 듯 눈을 감고 크게 심호흡을 했다. 다시 눈을 뜬 케이가 말했다.

"계획에 변동이 생겼다."

루는 정신을 바짝 차리고 귀를 기울였다.

원래의 계획은 백작 작위를 받을 만큼 공을 세운 후, 작은 땅덩어리라도 얻어 힘을 키우며 다른 귀족들과 교류하여 인맥을 넓힐 예정이었다. 하지만 케이는 상황이 변했다고 말했다.

"코흐만이 죽었다. 티그리스 본부에서 어디까지 알고 있는지는 모르겠지만, 루에게 한 말이 사실이라면 아직은 코흐만의 죽음을 눈치채지 못했겠지. 하지만 언젠가는 알게 될 테고, 놈의 흔적을 찾다가 이곳에 당도하게 될 거다."

"거점을 옮겨야겠군요."

와칸이 말했다.

"그래. 그리고 쥬엔에게 부탁을 받았다."

쥬엔의 이름이 나오자 쿠반의 어깨가 움찔 떨렸다.

"쥬엔은 시카족이고, 티그리스가 시카족을 잔인하게 짓밟고 멸망시키리라는 예언이 있었다고 하더군. 그래서 티그리스에서 쫓겨난 내게 시카족을 도와 달라고 요청을 해 왔고, 최대한의 힘이 되어 주겠다고 했다."

"하지만 대장이 정통 티그리스이지 않습니까."

와칸의 올곧은 지적에 케이가 쓴웃음을 지었다.

"정통이고, 뭐고. 나는 도망자 신세다. 그리고 내가 시카족에게 검을 겨눌 일이 생긴다면, 그때의 일은 그때 가서 생각하면 그만이다. 시카족은 암살 능력이 뛰어난 집단이니만큼 힘이 될 거야."

"대장, 질문."

나즐이 손을 들었다.

"뭐지?"

"쥬엔이라는 사람 말이에요. 쿠반이 데리고 왔다면서요? 그런데 있잖아요. 쿠반은 한 여자랑 오래 만나는 타입도 아니고, 여자가 위기에 처했다고 동정하는 타입도 아니잖아요. 그렇다면 쥬엔이 쿠반에게는 특별한 여자인 것 같다는 결론이 나오고요."

"닥쳐, 나즐. 지금 회의 중이잖아. 쓸데없는 질문하지 마. 썰어 버리기 전에."

쿠반이 으르렁거렸지만 나즐은 깨끗이 무시했다.

"내가 알기로 시카족 여성은 첫 키스의 상대와 혼인을 해야 한다던데, 혹시 쿠반이 쥬엔의 첫 키스 상대인 건가요?"

침묵이 내려앉았다.

모두가 쿠반을 쳐다봤다.

쿠반은 그답지 않게 안절부절못하며 모두의 시선을 받았다. 도움을 청하려는 듯 와칸에게 시선을 보냈지만, 와칸은 모르는 척했다.

"쿠반, 너 곧 결혼하냐?"

휘이가 침묵을 깨뜨렸다. 그것을 시작으로 너도나도 입을 열었다.

"뭐야, 쿠반. 결혼하는 거야?"

"쥬엔이랑 그런 사이셨어요, 형님?"

"배신이야, 나보다 먼저 결혼하다니!"

"꼼짝 못 하고 시카족 계집을 데리고 다니는 걸 보면, 앞으로도 잡혀 살겠네."

"그래서 원정도 같이 갔던 거야? 하루라도 못 보면 눈에서 피 날까 봐?"

모두의 공격에 쿠반의 얼굴이 시뻘겋게 달아올랐다. 루는 곧 쿠반이 폭발할지도 모른다고 생각해, 먼저 자리를 피해야 할지 고민했다. 그때 묵묵히 상황을 지켜보던 케이가 말했다.

"결혼 축하 선물은 뭘 받고 싶지, 쿠반?"

쿠반과 쥬엔의 결혼을 두고, 토스카 단원들은 1시간이 넘게 떠들어 댔다.

결혼은 봄에 해야 한다는 둥, 신혼집은 2층짜리 건물이 좋겠다는 둥, 아이는 세 명을 낳으라는 둥. 쿠반의 결혼부터 아이 계획까지 전부 책임져 줄 기세였다.

하여간 위기의식이 없는 사람들이다.

루 역시도 조금 유쾌해진 기분으로, "쥬엔이 잘해 줘요?"하고 물었더니, 쿠반이 루의 목을 끌어안았다.

"루, 너마저 이러기냐? 엉? 나한테 썰리고 싶냐? 엉?"

"형, 루한테 그런 짓 하지 마!"

나즐이 버럭 외치며 쿠반의 두꺼운 팔뚝에서 루를 구해 냈다. 쿠반이 미간을 좁혔다.

"왜? 내가 루 좀 끌어안는다고 닳냐? 닳아?"

"혀, 형은 쥬엔이 있잖아!"

"그게 뭔 상관이야? 같은 사내놈 끌어안는데! 내가 계집을 끌어안았으면 몰라도."

"뭐, 그거야 그렇지만……."

나즐이 입술을 비쭉거리면서도 루를 안전하게 자기 뒤로 숨겼다.

"하여간 루는 내 거니까 내 허락 없이 만지지 마."라고, 나즐이 말했을 때였다.

"루는 내 건데."

케이가 끼어들었다.

"내 개가 언제부터 네 장난감이 된 거지?"

나직한 음성에는 옅은 노기가 담겨 있었다. 나즐이 인상을 찌푸렸다.

"에이, 말이 그렇다는 거죠. 대장은 농담도 몰라요?"

"루에 대해서는."

케이가 루의 손목을 잡아 끌어당겼다. 루는 갑작스러운 힘에 휘청거리다가 그의 품에 안기고 말았다. 케이는 루의 허리를 감싸고 말을 이었다.

"농담 안 한다."

케이의 행동에 단원들은 제각각 다른 생각을 하고 있었다. 루가 여자라는 걸 모르는 이들은, '뭐야? 우리 대장, 남자를 좋아하는 거야?'

루가 여자라는 걸 아는 이들은, '뭐지? 대장이 루를 좋아하나? 하지만 대장은 루를 남자라고 알고 있는데?'

그리고 와칸은, '역시 대장은 남자를 좋아하는 사람이었군.'이라며 경악했다.

부하들이 무슨 생각을 하는지 꿈에도 모르는 케이는 루를 자기 옆자리에 앉혔다. 루는 당혹스러운 기분으로 케이의 눈치를 살폈다.

왜 이러는 걸까?

케이가 유독 루를 아끼기는 했지만, 방금 그의 행동은 지금까지와 조금 달랐다. 손목을 잡은 힘도, 허리를 감싸는 행위도, 여자들에게나 할 법한 행동이었다.

혹시 여자라는 걸 눈치챈 건가 싶었지만, 케이의 눈빛을 보니 그건 아닌 것 같았다. 그리고 케이라면 루가 여자라는 걸 알게 되었을 때에 먼저 말을 꺼냈을 것이다. 왜 속였느냐고.

"아무튼 다시 계획으로 돌아와서."

모두를 혼란에 빠뜨린 당사자인 케이는, 아무 일도 없었다는 듯 말을 이어 갔다.

"작위를 얻자마자 남부 토벌에 참가해, 남부 야만족을 정리하고 시카족과 합류한 후 남쪽 끝에 거점을 세운다."

"으아, 안 돼."

"남쪽은 덥다고요. 살기 힘들어. 그 근처에 사막도 있잖아요."

"대장, 꼭 남쪽이어야 합니까?"

단원들이 불만을 토로하자 케이가 미간을 좁혔다.

"그럼 북쪽 얼음 지역으로 할까?"

그 말에 단원들이 입을 다물었다. 추운 곳은 살기가 더 힘들기 때문이다.

케이는 최대한 바만 제국과 멀어져야 하고, 최대한 많은 동맹을 맺어야 한다고 말했다.

"남쪽으로는 작기는 해도 알찬 국가들이 다수 존재하지. 야만족 중에서도 시카족처럼 강한 부족도 있고. 남쪽에 거점을 세울 무렵이면, 토스카의 명성이 알려질 거다. 가만히 있어도 제 발로 동맹을 맺자고 찾아오는 놈들이 있을 거고. 그쯤 되면 아무리 티그리스라도 함부로 손을 댈 수는 없겠지."

"세력을 불린 후에 바로 티그리스를 칩니까?"

와칸이 물었다. 케이가 서늘한 미소를 지었다.

"아니, 오르딘 공작령을 친다."

*   *   *

오르딘 공작령은 공국이라고 불려도 될 만큼 넓고 비옥한 영토였고, 황제의 손길이 미치지 못했다. 하지만 오르딘 공작은 어째서인지 독립을 하지 않고 제국에 귀속되어 있었다. 케이는 그것이 황제 자리를 향한 오르딘 공작의 야심 때문일 거라고 생각했다.

오르딘 공작령을 치는 것은 제국을 적으로 돌리는 것과도 마찬가지였다. 어쩌면 오르딘 공작보다 먼저 황제의 근위대를 상대해야 할지도 몰랐다.

하지만 케이는 계획을 변경할 생각이 없었다.

티그리스 본부를 치면 오르딘 공작은 곧바로 전투태세를 갖추고 케이를 공격해 올 것이다. 언제가 되었든 상대해야 한다면, 가장 먼저 제거하는 것이 나았다.

"이쪽에 훈련장을 세우던 건 중지한다. 검술 훈련은 어디서든 할 수 있겠지. 와칸은 텐치의 검술을 좀 더 다듬어 주도록 하고, 알리는 나즐의 성질머리 좀 다듬어 주도록. 휴이와 히센은 당분간 도시 밖으로 나가서 쓸 만한 녀석들을 모아 용병단을 만들어라. 필요해지면 부를 테니까."

"하필이면 왜 이놈입니까? 난 이놈 싫습니다, 대장."

휴이가 툴툴거렸다.

"그래? 그럼 나즐을 붙여 줄까?"

"아니요, 그냥 이놈으로 하죠."

휴이가 재빨리 말을 바꿨다.

"내가 뭐 어때서? 저 계집같이 예쁜 놈보다는 내가 더 낫지!"

나즐이 바락 소리를 지르자 히센이 인상을 찌푸렸다.

"쬐끄만 게 버르장머리가 지랄 맞네. 너 몇 살이야?"

"나이가 뭐가 중요해? 여기선 내가 선배야, 이 자식아. 그리고 너, 루가 키우던 개를 죽였다며? 그러니까 넌 쓰레기 인간 말종이야!"

"그만해, 나즐. 히센도 후회하고 있잖아."

알리가 나즐을 말렸다. 진지하게 계획을 설명하다가 방해를 받은 케이는 크게 한숨을 내쉬고는 이야기를 마무리 지었다.

"각자 맡은 일 제대로 하고, 유진과 루는 나와 같이 가터 백작을 만나러 간다."

루는 휴이가 이곳을 떠나면 앞으로도 계속 맛없는 음식만 먹어야 한다는 생각에 충격을 받고 있다가, 가터 백작을 만나러 간다는 말을 듣고 정신을 차렸다.

"그럼 해산."

케이의 말에 모두가 투덜거리면서도 뿔뿔이 흩어졌다. 루와 유진은 케이의 뒤를 따라 나갔다.

가터 백작의 저택은 걸어서 30분쯤 걸리는 거리에 있었다. 루를 중심에 두고, 셋은 나란히 걸었다.

"대장, 가터 백작에게 어디까지 말할 생각이세요?"

유진이 물었다.

"나는 여기서 마법 하나를 사용할 생각이다."

"금언 마법이요?"

"그래."

"그럼 전부 다 말씀하실 생각이신가 보네요. 비비안 양에게도 걸어 둘 거예요?"

"그래."

금언 마법은 상대가 말하지 말아야 할 것을 말했을 때에, 죽음 혹은 그와 맞먹는 고통을 받게 되는 마법이었다. 루도 전에 케이의 방에 있던 마법 서적을 읽어서 알고 있었다.

"다른 마법사가 마법을 깨려고 하면 어쩌죠?"

루의 질문에 케이가 피식 웃었다.

"내 마법을 깰 수 있는 마법사가 있다고 생각하나?"

"걱정 마, 루. 대장 마법은 못 깨."

유진의 말에 루는 조금 놀랐다. 케이에 대해 냉정한 유진이 이렇게까지 후한 평가를 하는 데는 이유가 있을 것이다. 케이가 강할 거라고는 생각했지만, 이 정도일 줄은 몰랐다.

새삼스러운 기분으로 그를 올려다봤다. 정면을 보며 걷고 있던 케이가 살짝 미간을 좁히더니 중얼거렸다.

"그만 봐라, 루."

"네?"

"내 얼굴."

"아."

"그런 눈으로 보지 말라고."

"그런 눈이 어떤 눈인데요?"라고 물어본 건 유진이었다. 케이는 유진이 곁에 있는 걸 잊었던 것처럼 깜짝 놀라며 "뭐?"라고 되물었다. 유진이 집요하게 물었다.

"그런 눈이 어떤 눈이냐고요."

"시끄럽고……."

"반짝거리는 눈? 사랑스러운 눈? 귀여운 눈?"

"시끄럽다고 말했다, 유진."

"저도 지금 대장을 빤히 보고 있거든요. 제가 쳐다보는 건 괜찮으세요, 대장?"

"유진……."

"루는 좀 전에 잠깐 쳐다본 건데도 안 되는 거예요? 왜요? 쑥스러워서? 긴장돼서? 두근거려서? 덮치고 싶어져서?"

"금언 마법을 걸어 줄까, 유진?"

"에이, 싫어요. 입 닥칠게요."

유진이 순순히 입을 다물었다. 루는 유진이 대체 무슨 소리를 하는 건지 알 수 없었다. 루가 쳐다본다고 해서 케이가 쑥스러울 것도, 두근거릴 것도 없었다. 케이는 루를 남자라고 알고 있으니까.

'대장을 곤란하게 하려고 농담을 한 거겠지.'

루는 별일 아니라고 넘겼지만, 케이의 마음은 그렇지 않았다. 저도 모르게 내뱉은 말이 가지고 온 결과에 당황하는 중이었다.

'유진이 내 마음을 눈치챈 건 아니겠지?'

유독 눈치가 빠르고 똑똑한 녀석이다. 그래서 중요한 자리에는 꼭 데리고 가는데, 오늘은 괜히 데리고 온 것 같다. 루에 대한 마음을 자각하고 처음으로 함께하는 자리. 루를 대할 연습이 필요한 상황인데, 눈치 빠른 녀석이 눈을 번뜩이고 있으니 정신을 바짝 차려야겠다.

가터 백작은 저택 입구까지 나와서 세 사람을 맞아 주었다.

"걸어서 올 줄 알았더라면 우리가 마차를 보냈을 텐데, 말하지 그랬나."

"바람도 쐴 겸 걸어왔습니다, 가터 백작님."

유진이 케이를 대신해서 정중하게 대답했다.

"우리 딸아이도 아침부터 기다리고 있었다네. 사내에 도통 관심이 없는 줄 알았는데 토스카의…… 아아, 입을 조심해야지."

가터 백작이 의미 있는 눈짓을 하며 씩 웃었다. 케이는 계속 무반응이었는데, 그걸 지켜보는 루가 민망할 지경이었다.

응접실로 안내를 받았다.

비비안이 기다리고 있을 줄 알았는데 응접실엔 아무도 없었다. 그러고 보니, 전에 라일에게 배웠다. 레이디는 한껏 애태운 후 나중에 등장하는 거라고. 비비안도 그런 기술을 사용하는 걸까?

"앉아요, 루."

유진의 말에 루가 눈을 크게 떴다. 유진이 미소를 지었다.

"앉아요, 대장."

"아."

이제부터 시작이구나.

루는 순순히 소파에 앉았고, 그 뒤로 유진과 케이가 루를 보호하듯 섰다.

"우리 딸아이는 이야기가 끝나고 부를까, 지금 부를까?"

"지금."

케이의 말에 가터 백작이 사람을 시켜 비비안을 불러오도록 시켰다. 그동안 어색한 침묵이 응접실을 채웠다. 미리 이야기를 해 두긴 했지만, 루는 도망치고 싶었다. 토스카의 대장이라니. 토스카의 대장 역할을 해야 하다니!

남들이 보면 파필리아의 괴물에서 토스카의 대장으로, 대단한 신분 상승을 한 것처럼 보일 테지만 루의 마음은 그렇지가 않았다. 단지 연기일 뿐이라도, 이런 모양새는 불편하다.

"비비안 님이 들어가십니다."

밖에서 알리는 소리가 들린 후, 응접실 문이 열렸다.

아침부터 기다렸다는 건 거짓말이 아닌 듯, 비비안은 여느 때보다도 아름답게 꾸미고 있었다. 많이 길어진 머리를 어깨까지 늘어뜨리고, 몸매가 살짝 드러나지만 기품을 잃지 않는 연보라색 드레스를 입은 비비안은 눈이 부셨다.

비비안은 인사를 건넨 후 케이를 향해 긴 시선을 보냈다. 케이가 어떤 모습으로 바뀌어도 상관없다는 듯, 애정이 듬뿍 담긴 눈빛이 루를 불편하게 만들었다.

보지 마. 그 예쁜 눈으로, 그렇게 사랑을 가득 담은 눈으로 케이를 보지 마.

당연히 할 수 없는 말이 입 안에서 맴돌다가 사라졌다.

비비안이 루의 맞은편에 앉고, 가터 백작이 상석에 앉았다. 차와 음료가 들어오자마자 가터 백작이 말했다.

"스투루티오 섬 토벌 건은 제국 본청으로 사람을 보냈다네. 다음 달쯤 본청에서 소식이 올 것 같군. 곧 수도로 올라갈 준비들을 하는 게 좋겠어."

수도라는 말이 나오자, 라일이 떠올랐다. 그동안 정신이 없어서 잊고 있었다. 케이에게 그가 오르딘 공작의 아들이라는 이야기를 해 줘야 하는데. 그 생각을 하자 가슴이 욱씬 쑤셨다.

"가터 백작님."이라고 케이가 말했다.

그의 입에서 나온 정중한 호칭에, 가터 백작과 비비안이 긴장을 했다.

"이제부터 제가 하는 이야기들은 두 분의 마음에만 품고 계셔야 할 겁니다. 저는 이 이야기를 밖으로 내었을 때에 죽임을 당하는 금언 마법을, 두 분께 사용할 예정입니다."

꿀꺽—

가터 백작이 마른침을 삼켰고, 케이가 마법사라는 것을 모르는 비비안은 눈을 동그랗게 떴다. 그 모습에 케이는 조금 안심했다. 가터 백작은 생각보다 입이 무거운 모양이다. 딸에게도 케이의 정체에 대해 이야기하지 않을 걸 보면.

"이 마법은 저만 풀 수 있습니다. 제가 괜찮다 생각되었을 때에 마법을 풀어드릴 텐데, 그 전까지는 이 이야기들을 무덤까지 가지고 갈 각오를 하셔야 합니다. 듣고 싶지 않다면 지금 말씀해 주세요."

가터 백작과 비비안이 서로의 얼굴을 마주 봤고, 곧 각오를 다진 듯 케이를 향해 고개를 끄덕였다. 그리하여 케이는 티그리스와 선대 검은 호랑이, 그의 아들인 자신과 토스카의 목적에 대해 천천히 설명하기 시작했다.

이야기가 다 끝났을 때에는 차가 완전히 식어 있었다. 케이가 루의 어깨에 손을 얹었다.

"그런 이유로 토스카의 대장이었던 케이는 죽었고, 앞으로는 루가 토스카의 대장으로 살아갈 겁니다."

"루가? 하지만 루는……."

"구온 시에서 어떤 모습이었든, 어떤 대우를 받았든, 그것은 중요치 않습니다. 그 이전부터 루에게 이어져 오던 것이 있으니까요. 루는 귀한 핏줄이고, 우리가 지켜야 할 보석입니다."

"보석……."

생각지 못한 케이의 정체에 놀라고 있던 비비안이 중얼거렸다.

"그래요, 비비안 양. 루는 우리 토스카의 보석, 그리고 나아가 앞으로 티그리스의 보석이 될 귀한 몸입니다. 그에 따른 예우를 갖춰 주셨으면 합니다."

순간, 비비안의 눈에 질투와 짜증이 떠올랐다가 사라졌다. 그걸 본 사람은 루뿐이었다. 루는 난처했다.

루를 보석이라 해 주는 케이의 음성은 달콤했지만, 그런 표현은 조금 과하다 싶었다. 대체 어느 누가 자신의 대장(물론 가짜이긴 하지만)을 보석이라고 표현한단 말인가.

유진도 루와 비슷한 생각을 하고 있었다.

'보석이라니. 우리 대장이 루한테 단단히 빠졌구나. 루가 남자여도 상관없다는 건가?'

정작 모두를 경악에 밀어 넣은 케이는 자신의 말이 가지고 온 여파를 모르는 듯 말을 이어 갔다.

"수도에서 소식이 오자마자 남부 토벌을 나갈 예정입니다. 스투루티오 섬 때와는 다를 테니, 백작님께서 물자와 사람을 담당해 주셨으면 합니다. 그에 대한 비용은 후에 반드시 갚도록 하겠습니다."

"후라는 것은, 티그리스를 되찾은 후를 말하는 건가?"

"네."

"내가 그 말을 어떻게 믿지?"

"……."

"나는 티그리스의 선대 검은 호랑이를 존경하긴 했지만, 그래도 내 지위와 재산 또한 중요하네. 자네를 도와주면 언젠가는 티그리스의 창날이 이쪽을 향하겠지. 그런 위험을 감수하고 자네를 도와야 하는 이유가 있을까?"

가터 백작이 이런 식으로 나올 줄 몰랐기에, 루는 당황했다. 하지만 케이는 동요하지 않았다.

"이유라면 많은 것을 알게 되었다는 게 그 이유가 되겠지요."

"응?"

"돕지 않겠다면, 이 자리에서 죽이고 가면 그만입니다. 가터 백작님, 제가 당신이 두려워서 지금 이런 제안을 한다고 생각하십니까?"

케이의 차가운 말에 비비안과 가터 백작의 안색이 변했다.

"최대한 피를 흘리지 않는 쪽으로 움직이기 위해 제안을 드리는 겁니다. 이쪽 편에 서지 않겠다면 죽이는 수밖에 없지요."

가터 백작에게 다른 선택지는 없었다. 가터 백작이 웃음을 터뜨렸다.

"하하하하. 그래, 좋아. 그 정도 기개는 있어야 티그리스를 상대하겠지. 하지만 케이, 아니, 이제 셔너라고 불러야 하지. 셔너, 난 말이야. 자네가 티그리스를 되찾았을 때에, 날 배신하지 않을 증거를 가지고 싶어."

"무엇을 주어야 증거라 생각하실까요?"

"내 딸과 결혼을 하게."

"……."

"우리 비비안과 결혼을 한다면, 자네의 말을 믿도록 하지."

"따님을 인질로 보내겠단 말씀입니까?"

"인질이라니. 장래 티그리스의 검은 호랑이에게 시집을 보내는 것인데."

케이가 비비안을 돌아봤다.

"비비안 양도 같은 생각이십니까?"

루는 주먹을 꽉 쥐었다.

아니라고 말해. 싫다고 말해.

하지만 비비안은 홍조 띤 얼굴로 고개를 끄덕였다. 루는 심장이 콱 옥죄는 아픔을 느꼈다. 이런 일이 생기리라는 것은 예상했지만, 이렇게 빠를 줄은 몰랐다.

"그렇군요. 결혼을 하는 것은 어렵지 않습니다. 하지만 가터 백작님이 알아 두셔야 할 것이 있습니다. 저는 현재 토스카의 단원에 불과합니다. 단원 따위에게 딸을 넘기는 귀족은, 세상에 있을 수 없지요."

"그건 그렇군."

"남부 토벌을 마치고 거점을 세우자마자 비비안 양을 데리러 오겠습니다. 그때까지 비비안 양의 마음이 변하지 않았다는 걸 전제로요."

"저는, 저는 변하지 않을 거예요."

비비안이 황급히 말했다. 케이는 그녀를 향해 옅은 미소를 지었다.

"그래요. 그렇다면 오늘의 대화는 여기서 끝내기로 하지요. 앞으로, 우리 토스카의 대장을 잘 부탁드립니다."

케이가 루의 어깨를 톡톡 두드렸기에, 루는 가터 백작과 비비안을 향해 살짝 고개를 숙였다.

*　　*　　*

저택을 나와 쿠빌레로 돌아가면서, 케이는 유진에게 앞으로 준비해야 할 것들에 대해 일렀다. 쿠빌레의 건물이 보일 무렵, 케이가 루에게 물었다.

"배고프지 않으십니까, 대장?"

그가 루를 빤히 응시하며 존댓말을 사용한 것은 처음이었다. 생소한 모습에 심장이 두근거렸다.

"네, 저는…… 아니, 나는…… 어, 음…… 네, 괜찮아요. 아니, 괜찮아."

더듬더듬 말하는 모습에 케이와 유진이 한숨을 내쉬었다.

"아무래도 루는 연습이 필요할 것 같아, 셔너. 둘이서 진지하게 연습 좀 하고 와."

유진이 루의 허리를 케이 쪽으로 밀며 말했다. 그것이 '남자를 사랑하게 된 불쌍한 케이'에 대한 배려라는 걸 모르는 케이는, '마침 잘됐다. 단둘이 있고 싶었는데.'라고 생각하고 있었다.

"숲으로 가시겠습니까?"

케이가 물었고, 이번에도 루는 더듬더듬, "아, 네. 아니, 어. 응."이라고 대답했다.

그와 나란히 서서 성문으로 향했다. 루를 알아본 경비병이 눈짓으로 인사했다. 루도 가볍게 인사를 받아 주었고, 케이를 향해 의아한 눈빛을 보내는 경비병에게, "우리 토스카 단원인 셔너라고 합니다."라고 소개했다. 셔너가 된 케이가 경비병의 손을 두 손으로 덥석 잡고 위아래로 흔들었다.

"셔너입니다. 앞으로 잘 부탁드립니다. 하하하하."

루는 황당함을 감추고 그 모습을 지켜보다가 성문을 빠져나오자마자 말했다.

"꼭 그렇게 성격까지 바꿔야 할 필요가 있었을까요?"

"완전히 달라진 모습을 보여야 하니까요, 대장. 그리고 말씀 낮추세요."

"아, 맞다."

"제가 어렵습니까?"

"당연하죠…… 아니, 당연하지."

"얼른 이 상황에 적응해야 합니다. 어디서든, 언제든 부하를 부리듯 편히 행동할 수 있도록."

"셔너는 굉장히 적응이 빠르군요."

"다른 사람인 척 살아가는 건 익숙하니까요. 도망자라는 게 다 그렇죠."

농가가 있는 지역을 벗어나 숲길로 접어들었다. 헐벗은 나무 사이를 걸어가며 루가 말했다.

"존댓말은 계속 사용하면 안 될까요?"

"안 됩니다."

"존댓말을 사용하는 대장도 있는 법이잖아요. 라일만 해도 부하에게 존댓말을 사용하고."

케이가 걸음을 멈추고 루를 돌아봤다.

"라일을 따라 하고 싶으십니까?"

"아뇨, 그런 게 아니라……."

"토스카의 대장은 대장다워야 합니다. 상대가 누구든 내려다봐야 합니다. 아시겠습니까?"

"네, 알긴 하겠는데…… 대장, 아니, 셔너는 부하들에게 무시당했잖아요. 대장일 때도."

루의 지적에 케이가 인상을 찌푸렸다. 딱히 반박할 말이 없는지 한동안 말이 없던 케이가 간신히 대답 하나를 만들어 냈다.

"아랫것들이 무어라 짖든 무시한 것이지요."

"아, 네. 그러시겠죠."

"말 놓으세요, 대장. 연습하셔야 합니다."

"하지만……."

루는 그를 올려다봤다.

그에게 반말을 하기는 쉽지 않았다. 당연하다. 오래전, 아주 어릴 적부터 그를 동경했다. 티그리스의 마법사들 사이에서 홀로 빛나던 그. 누구보다도 아름다웠던 그를 기억하고 있다. 어린 나이, 작은 체구임에도 그가 가장 거대해 보였다.

그런 그에게 어찌 반말을 사용할 수 있겠는가.

"오만해져야 합니다."

그가 루의 볼에 살며시 손을 가져다 댔다. 그의 손은 무척이나 따스했다.

"대장은 누구라도 내려다보실 자격이 있습니다. 오만해지십시오."

"그래도 나는…… 그럴 힘도, 자격도 없어요. 나는…….."

"대장. 대장은 이 세상 무엇도 따라갈 수 없을 만큼 빛나는 보석입니다. 우리 토스카의 보석답게 행동해 주세요."

어째서일까.

루는 그를 똑바로 보기 힘들었다.

루를 향한 그의 눈빛이 그저 대장을 향한 부하의 눈빛, 혹은 부하를 연기하는 주인의 눈빛 같지가 않았다. 때때로 그의 눈빛이 유독 다정하다는 느낌은 받았었다. 하지만 이 정도는 아니었다.

원정에서 돌아온 후, 처음으로 그를 똑바로 응시하는 지금. 루의 심장은 아플 만큼 뛰었다. 그의 눈동자 가득한 애틋함 때문이었다.

'부하라는 게 원래 이렇게 애틋하게 대장을 바라봐야 하는 건가?'

그 동안 루는 케이를 애틋하게 바라볼 수밖에 없었다. 그를 사랑하니까. 하지만 지금 케이는 그저 부하를 연기할 뿐인데, 왜 이리도 애절한 시선을 보내는 걸까?

'내 착각이겠지?'

하지만 무시하기에는 너무도 강렬한 감정이 담겨 있었다. 그의 눈동자에 잡아먹힐 것만 같았다. 그의 손바닥이 전해 주는 체온에 중독될 것만 같았다.

"이 손 치워, 셔너."

루가 짐짓 매정하게 말하자 그의 입가에 옅은 미소가 번졌다.

"분부대로."

그의 손이 떨어져 나갔다. 그에게서 전해지던 체온이 사라진 것이 안타까웠다.

거짓말이야. 좀 더 만져 줘.

그렇게 말하고 싶은 것을 꿀꺽 삼켰다.

"앞으로 내 몸에 함부로 손대지 마, 셔너."

기대하게 되니까. 혹시나 하는 마음을 품게 되니까. 그 체온이 내 것이었으면 좋겠다고, 욕심을 부리게 되니까.

"분부대로 하겠습니다."

그가 고개를 숙인 통에, 그의 표정을 확인할 수는 없었다. 아마도 평소처럼 담담하고 무심한 표정이리라.

루의 예상과는 달리, 케이는 인상을 찌푸리고 있었다.

'만지지 말라니. 넌 내 개라고, 루!'

물론 케이는 그 말을 입 밖으로 끄집어내지 않을 분별력은 있었다.

'내가 만지고 싶을 때 만지기 위해 널 키우는 거야! 네가 아무리 토스카의 보석이고, 반짝반짝 빛이 나도, 내 개라는 건 변함

이 없어!'

말도 안 되는 고집이라는 것을 알기에, 케이는 고개를 숙인 채 표정을 갈무리했다. 이윽고 그가 얼굴을 들었을 때, 그의 얼굴은 평소와 마찬가지로 무덤덤했다.

"어디 좀 앉자."

루가 말했다.

"앉아서 긴히 할 이야기가 있어."

처음에는 어려웠지만 한번 해 보니, 반말을 사용하는 것도 그다지 어렵지 않았다. 주위를 둘러본 케이가 나무 앞에 털썩 앉았다. 루도 그 옆에 앉으려고 했는데, 케이가 갑자기 루의 손목을 잡아 끌어당겼다. 그 덕에 루는 케이의 책상다리 위에 살포시 엉덩이를 걸치게 되었다.

"지금 무슨……!"

"대장을 찬 바닥에 앉힐 수 없지요."

"어어?"

"따뜻하게, 편안하게 앉아 계십시오."

"아니, 저기…… 이, 이러면 네가 불편하잖아. 나는 무겁고…….."

일어서려는 루의 허리를, 케이가 감싸 움직이지 못하도록 고정시켰다.

"무겁지 않고 불편하지도 않습니다. 대장을 편히 모시는 것은 부하의 도리니까요."

케이가 '부하의 도리'를 앞세워, 루를 만지고 싶다는 사리사욕을 채운다는 걸 꿈에도 모르는 루는, '이게 어떻게 편해요? 대장 품에 안겨 있는데, 내가 어떻게 편할 수 있겠어요?'

속으로 절규했다.

*　　　*　　　*

카운터에 앉아서 케이가 시킨 일들을 처리하던 유진은, 훈련을 마치고 들어오는 와칸과 텐치를 발견하고는 벌떡 일어났다.

"대장! 아니, 셔너가!"

유진은 주위를 한번 두리번거린 후, 목소리를 낮췄다.

"셔너가 루를 좋아해. 아니, 사랑해. 푹 빠졌어."

"역시 그렇죠? 제가 잘못 본 게 아니죠?"

텐치가 얼른 대답했다.

"어, 그래. 텐치, 너도 느꼈냐?"

"네, 완전요. 아까 정말 민망해서 죽을 뻔했어요. 그 꼴 보느니 눈이 머는 게 낫겠다 싶었어요. 루가 난처해하는데도 계속 끌어안고 있었잖아요. 아니, 어쩜 그렇대요? 대장, 아니, 셔너는 어쩌면 그렇게 낯이 두꺼운 거예요?"

"야, 말도 마. 내가 그 정도는 참을 수 있거든. 그런데 가터 백작 앞에서 무슨 짓을 했는지 알아?"

"설마…… 키스했어요?"

"아니, 키스 같은 문제가 아냐."

"그, 그럼요?"

"보석이래."

"네?"

"셔너가 그러더라. 루는 토스카의 보석, 나아가 티그리스의 보석입니다."

"헉!"

"이런."

묵묵히 듣던 와칸도 참을 수 없는지 침통한 신음을 내뱉었다. 텐치는 닭살이 돋은 팔뚝을 마구 문질렀다.

"미쳤네요. 셔너가 완전히 미쳤어요."

"미친 정도가 아냐. 나 진짜 그 상황에서 도망칠 수도 없고, 비명을 지를 수도 없어서 죽을 뻔했다고."

"셔너는 대체 왜 그런대요?"

"그건 내가 묻고 싶은 말이거든? 원정 가서 대체 무슨 일이 있었던 거야?"

"별일 없었던 것 같은데. 하긴, 생각해 보면 셔너가 루를 대하는 게, 처음부터 좀 이상했잖아요. 쭉 참아 오다가 원정 가 있는 동안 오래 떨어져 있었더니, 더는 참을 수 없게 된 거 아닐까요?"

"아무리 그래도 그렇지!"

"그러게요. 루는 남자인데."

"아……."

유진은 루가 여자라는 걸 알고 있었지만, 텐치는 아니었다. 유진과 와칸은 자신만이 루가 여자라는 걸 알고 있다고 생각하고 있었기 때문에, 난처한 표정으로 입을 다물었다.

하지만 루가 여자라고 해도 케이가 루를 사랑하는 건 문제였다. 케이는 루가 남자라고 알고 있으니까.

"으으. 셔너가 그런 취향인 줄은 몰랐어요. 설마 나한테도 그런 눈길을 보내거나 한 건……."

빠악—

와칸이 텐치의 뒤통수를 때렸다.

"왜 때려요, 형님!"

"셔너도 보는 눈이라는 게 있다."

"아, 물론 루가 예쁘죠. 하지만 저도 귀여운 편이잖아요."

"별로."

"진짜 솔직하시다니까."

텐치가 투덜거리며 피곤하다고 방으로 돌아간 후, 와칸과 유진만 카운터 앞에 남았다. 어색한 침묵이 감돌았다. 와칸은 유진의 눈치를 살피고 있었는데, 아까 텐치가 '루는 남자인데.'라고 말했을 때 유진의 반응이 심상찮았기 때문이다.

"유진."

"응?"

"루에게 무슨 일 있었나?"

"무슨 일이라 봐야, 뭐…… 루가 혼자서 코흐만을 죽인 것 정도?"

"흠."

"그때 루가 여장을 했었어."

"아⋯⋯."

"가슴이⋯⋯ 음⋯⋯ 그렇더라."

"너도 알고 있었군."

"역시 너도 알고 있었냐?"

"그래."

와칸의 대답에 유진이 크게 한숨을 내쉬었다.

"하아. 그래, 너도 알고 있었구나. 대체 언제부터?"

"처음 봤을 때부터."

"처음에? 혹시 대장도⋯⋯."

"아니, 대장은 모른다."

"그래? 그럼 대장은 정말로 루가 남자라고 생각하면서도 사랑에 빠졌단 말이야?"

"뭐, 어쩔 수 없지. 루는 예쁘니까."

"하지만 예쁘기로 따지자면 히센도 마찬가지잖아."

"히센은 얄미우니까."

"하긴. 난 대장, 아니, 셔너가 그런 취향일 줄은 꿈에도 생각 못 했다. 그래서 그동안 여자들한테 그렇게 매정했던 건가?"

"유독 매정하긴 하셨지."

둘은 서로를 마주 보고 동시에 한숨을 내쉬었다.

"루도 셔너의 마음을 알고 있는 눈치였나?"

와칸의 질문에 유진이 단호하게 고개를 저었다.

"아니, 절대 모를걸. 아까 서녀가 루를 보석이라고 할 때, 루도 진짜 황당하다는 표정이더라. 생각이나 하겠어? 서녀가 남자에게 관심이 있다고."

"하긴."

"이건 루한테 절대 비밀이야. 서녀가 불쌍해서 루랑 둘이 있을 기회를 주긴 했지만, 서녀의 마음이 루에게 알려지는 건 막아야 돼. 서녀가 남자 좋아한다는 걸 루가 알게 되면, 서녀를 경멸하게 될지도 몰라."

*　　*　　*

등에 부딪쳐 오는 그의 단단한 가슴과 체온에 루는 숨조차 제대로 쉴 수가 없었다. 루의 배 위에 그의 손이 놓여 있었다. 그것이 신경 쓰여 꼼짝도 못 하고 아랫입술을 깨물었다.

'어떡하지?'

목덜미에 그의 숨결이 닿았다. 간지러우면서도 묘한 기분이 느껴져서 긴장했다.

"하실 말씀이 있다 하지 않으셨습니까?"

케이가 말했다.

"내 몸에 함부로 손대지 말라고 했을 텐데."

간신히 내뱉은 명령은 케이의 한 마디로 묵살 당했다.

"나의 대장을 가장 편히 모시고 싶은 마음뿐입니다. 이해하십시오."

이래서야 누가 대장이고, 누가 명령을 하는 건지 모르겠다. 루는 다시 아랫입술을 잘근잘근 깨물다가 물었다.

"원래 대장한테는 이렇게 행동해?"

"물론입니다."

"만약 유진이나 와칸이 대장이었더라도 이랬을까?"

"······물론입니다."

"네가 와칸처럼 거대한 자를 안고 있는 꼴을 생각하니 웃음이 나와."

"대장이 잠깐이라도 웃을 수 있다면, 그것으로 족합니다."

뭐가 이렇게 달콤해?

부하가 된 케이는 감당하기 힘들 정도로 달콤하고 다정했다. 큰일이다. 이렇게 다정하면 거리를 두기 힘들 텐데. 안 그래도 간신히 붙잡은 이 마음이 점점 커질 텐데.

루가 난처한 기분으로 아랫입술을 씹는 동안, 케이는 생각하고 있었다.

'이거 괜찮은데?'

대장을 하늘처럼 생각하고 아끼고 챙기는 부하라는 설정, 상당히 괜찮다. 루에 대한 사랑을 자각하고 나서 앞으로 어찌 행동해야 할지 고민이었는데, 이렇게 하면 될 것 같다. 마음껏 예뻐해 주고 아껴 줘야지.

대장이었다면 루만 편애하는 것이 눈치 보였겠지만, 부하의 입장에서는 그렇지 않았다. 부하가 대장만을 아끼는 건 당연한 거니까.(물론 케이의 부하들은 케이를 그렇게 대우한 적 없었다.)

"며칠 전에 라일이 수도로 떠났어."

간신히 마음을 다잡은 루가 말문을 열었다.

"수도로 떠나면서 나한테 한 이야기가 있어."

"무슨 이야깁니까?"

"오르딘 공작의 아들이래."

"네?"

"라일라체 오르딘 백작."

"……."

"라일은 오르딘 공작의 아들이었어."

"그자에게 어디까지 이야기했습니까?"

"얘기한 거 없어. 아무것도 얘기하지 않았어. 그자가 나에 대해서, 우리에 대해서 아는 건 하나도 없어."

'내가 여자라는 것만 빼고.'라는 말은 물론 하지 못했다.

"그렇군요."

"문제가 될까?"

"글쎄요. 제 원래 모습을 봤으니 조금은 문제가 될지도 모르겠습니다."

"오르딘 공작이랑 친하진 않대. 자주 만나지도 않고."

"하지만 언젠가는 얘기가 나오겠지요. 그때가 되면 그자는 큰

위협이 될 겁니다."

그 말을 듣고 나니, 루는 라일과의 거리가 확실하게 느껴졌다. 라일은 친절한 사람이지만 적이었다. 적일 수밖에 없는 사람이었다.

오르딘 공작에게서 모든 것을 전해 듣는 순간, 혹은 토스카가 오르딘 공작을 향해 검을 겨누는 순간, 라일은 확실한 적이 될 터였다.

그러니 그를 향한 고마움도, 미안함도 이제는 접어야 한다. 그의 애절한 고백과 달콤한 시선을 잊어야 한다.

"그자가 대장에게 소중했습니까?"

"그렇다면 어쩔 건데?"

"죽여야지요."

케이가 루를 돌려 앉혀 자신을 보게 만들었다. 루의 허리와 등을 고정시켜 꼼짝도 못 하게 만든 후, 루를 빤히 응시하며 말했다.

"대장의 마음도, 몸도 우리 토스카의 것입니다. 대장이 토스카보다 그를 더 소중히 여기게 되었다면, 저는 그를 죽일 겁니다."

"날 죽여야 하는 거 아냐?"

"아니요. 제가 어찌 대장을 죽이겠습니까?"

그의 눈이 가늘어졌다.

"대장이 죽으면 저도 죽습니다. 전 오래 살고 싶으니까, 대장 역시 오래 살게 될 겁니다."

방에 들어가자마자 루는 이불을 머리 꼭대기까지 뒤집어썼
다.

'어떡해?'

케이의 눈빛이, 그의 음성이 루에게서 떨어지지 않았다. 그의
숨결과 체온이 지금도 함께인 듯 생생했다.

—대장이 죽으면 저도 죽습니다.

그 말을 할 때, 그의 눈빛은 무척이나 강렬했다. 루를 집어삼
킬 듯한 갈색 눈동자에 짓눌려 숨을 쉴 수가 없었다. 라일이 사
랑을 고백할 때보다도 더 열렬하고 뜨거운 눈빛이라서, 루는 하
마터면 케이가 자신을 사랑한다고 오해할 뻔했다.

'아, 어떡해.'

심장이 너무 뛰어서 아플 지경이었다.

'어떡하지? 아, 어떡해.'

얼굴이 붉어져서 폭발할 지경이었다. 루는 이 얼굴을, 이 심장
박동 소리를 누군가 눈치챘을까 봐 걱정이 되었다.

루가 진정하기 위해 애쓰고 있을 때에, 케이는 창가에 서서 창
밖을 내다보는 중이었다. 그의 입가에 맺힌 미소는 아까부터 사

라지지 않고 있었다.

'이거 썩 괜찮군.'

루가 그저 단원일 뿐이었다면 그렇게 오랫동안 안고 있기 힘들었을 것이다. 마음속에 품은 말도 해 주지 못했을 것이다.

'이거 정말 괜찮아.'

케이는 루를 안고 있던 손을 내려다보며 생각했다.

'앞으로 평생 단원으로 살아도 되겠어.'

*　　*　　*

카미에른. 카에라 불리는 티그리스의 검은 호랑이는 피처럼 붉은 머리카락을 지닌 여성이었다. 마법사의 위치를 추적하는 수정구를 조용히 응시하고 있던 카에는 인기척을 느끼고 벌떡 일어났다. 그녀는 머리를 손질하고 옷매무새를 정돈한 후, 방문자가 들어오기를 기다렸다.

노크도 없이 문이 열리고 금발에 훤칠한 체구를 가진 중년의 남자가 안으로 들어왔다. 근육질의 몸에 흰 제복, 금욕적인 외모를 지닌 미중년.

"대공."

오르딘 공작이었다.

"오랜만에 오셨네요."

"아스의 위치는?"

아스는 티그리스에서 부르는 케이아스의 별칭이었다.

"아직 걸리는 게 없어요. 누차 말씀드렸지만 죽었을 거예요. 어중이떠중이만 모아서 나간 데다가 마법을 사용할 수도 없는 상황이니, 살아남지 못했겠죠."

"아니, 놈은 그렇게 쉽게 죽을 놈이 아니야. 그리고 난 그놈이 필요해."

"왜 아스인 거죠? 당신에게는 제가 있잖아요."

카에가 오르딘 공작에게 가까이 다가가며 말했다. 오르딘 공작은 카에의 풍만한 가슴을 거침없이 움켜쥐고 음탕한 미소를 흘렸다. 한바탕 키스를 퍼부은 그는 카에의 드레스를 찢듯이 벗긴 후, 자신의 무릎 위에 앉혔다. 그 자세로 그녀의 가슴을 주무르며, 오르딘 공작이 말했다.

"내가 아스에게 검은 호랑이의 자리를 넘겨줄까 봐 걱정이 되나 보지? 응?"

"아니에요, 대공. 그럴 리가 있나요. 대단한 힘도 없는 제가 이 자리에 앉은 건, 대공 덕인 걸요. 이 자리에서 저를 쫓아내시는 것도 대공의 뜻에 맡기겠어요. 전 그저 대공 곁에 있을 수만 있다면 그걸로 만족해요."

마법사와 고용인 사이에서 태어난 카에가 검은 호랑이가 될 수 있었던 것은 순전히 오르딘 공작 덕분이었다. 오르딘 공작은 순종적인 검은 호랑이를 원했고, 카에가 적격이었다. 게다가 카에는 성노리개로 사용하기에도 좋았다.

오래전, 대륙에서 가장 아름답다고 소문난 로샤를 잃은 이후, 마음에 드는 여자를 만난 건 처음이었다.

본분에 맞게, 그녀는 오르딘 공작의 몸을 애무하기 시작했다. 오르딘 공작은 잠시 눈을 감고 그녀의 입술과 손길을 즐겼다. 오르딘 공작의 온몸을 애무한 그녀가 그의 위에 올라가 자신의 몸 깊숙이 그를 받아들였다.

한바탕의 행위를 끝낸 둘은 땀으로 흠뻑 젖었다. 오르딘 공작은 그녀를 끌어안고 눈을 감았다. 카에는 딴 건 몰라도 잠자리 기술만은 최고였다. 카에를 선택하길 잘했다.

'아스, 그놈을 얼른 찾아내야 하는데.'

오르딘 공작이 아스를 찾아내려는 이유는 오래전 찾아낸 동굴 안에서 발견한 봉인된 마법 때문이었다. 그 봉인을 발견한 후, 교류가 있던 선대 검은 호랑이를 데리고 와 물어봤더니 '인간을 병기로 만드는 위험한 마법'이라고 알려 주었다. 그 자리에서 봉인과 함께 마법이 담긴 무기를 파괴하려는 선대를 간신히 말렸다.

―섣불리 건드렸다가는 모두가 위험해질지도 모릅니다, 검은 호랑이여. 이 봉인과 무기에 대해 조금 더 연구해 보고 확실하게 파괴하는 것이 좋지 않겠습니까.

선대는 오르딘 공작의 말을 믿어 주었다. 선대가 그 마법이 담긴 무기를 파괴하기 위해 동분서주할 때에, 오르딘 공작은 티그리스의 간부들을 포섭했다.

마법이 사라져 가는 시대. 그 힘을 발휘하기는커녕 시대의 흐름에 맞춰 음지에서 살아가기를 선택한 선대 검은 호랑이. 그에게 불만을 품고 있던 간부들은 쉽게 오르딘 공작의 편으로 돌아섰다.

―후회할 것이다, 공작.

죽기 직전, 선대는 죽음을 목전에 둔 사람답지 않은 형형한 눈빛을 보내며 말했다.

―이 선택을 후회할 것이다.

곧 죽을 자의 헛소리였다. 목숨을 구걸하기는 싫어서 마지막까지 자존심을 내세우기 위한 헛소리.

그의 마지막을 떠올리며 오르딘 공작은 피식 웃었다.

"무슨 생각을 하세요?"

오르딘 공작의 품에 안겨 있던 카에가 물었다. 오르딘 공작은 그녀의 머리를 뒤로 쓸어 넘겨 주며 중얼거렸다.

"버러지의 죽음에 대해 생각했지. 아주 재미있었어."

11장

시간은 빠르게 흘러갔다.

제국 본청에서 작위를 받기 위해 올라오라는 문서가 날아왔
다. 구온 시에 남아 있는 단원들은 수도로 갈 준비를 하느라 바
빴다. 루는 '오만한 대장' 역할에 완전히 몰입했고, 단원들은 루
의 오만한 모습에 놀람과 경악을 하다가 이제는 받아들였다.

휴이와 히센은 여기저기 숨어 있는 실력자들을 모으는 중이
었고, 라크는 며칠 전 구온 시에 돌아와 모습을 감추고 토스카를
지켜보고 있었다.

케이는 루를 수족처럼 따라다녔지만, 루가 검술 연습을 하기
위해 숲으로 갈 때만큼은 함께할 수가 없었다. 루가 쑥스럽다면
서 단호하게 거절을 했기 때문이다.

어디선가 나타난 마차가 루의 앞을 가로막고, 복면의 사내들이 루를 덮친 것은 수도로 떠나기 이틀 전의 일이었다.

복면의 사내들은 열 명가량 되었고, 루는 그들에게 질 것 같지 않았다. 하지만 잠시 망설일 수밖에 없었는데, 수도로 떠나기 전 괜히 큰일을 만들고 싶지 않았기 때문이었다. 적당히 손을 봐줄지, 완전히 죽여서 입을 다물게 할지 고민하던 차에 한 남자가 루의 입과 코에 수건을 가져다가 댔다.

맡는 순간 기절하게 만드는 약초 향이 밴 수건이었다.

사실 루는 아주 오랫동안 숨을 참을 수 있었다. 하지만 이런 짓을 하는 배후가 궁금했기 때문에, 순순히 기절해 주기로 했다. 축 늘어진 루를 태운 마차는 다키안 백작의 저택을 향해 달리기 시작했다.

그리고 그 뒤를 라크가 따라갔다.

* * *

'이번 대지의 아이는 대담한 건지, 바보인 건지.'

라크는 한숨을 쉬며 고개를 까딱 움직였다. 루의 옷을 벗기려던 시녀들이 멀리 날아가 벽에 부딪쳤다. 시녀들은 겁에 질린 눈으로 주위를 둘러보다가 작게 비명을 지르며 도망쳤다.

다키안 백작은 시녀들에게 루를 씻겨서 치장시킨 후 들여보내라고 명령을 해 뒀다. 남자인 척을 하고 있는 루가 알몸이 되면 큰일이기에, 라크는 마법을 사용할 수밖에 없었다.

　시녀들에게 무슨 이야기를 들은 건지, 다키안 백작이 버럭버럭 소리를 지르며 방문을 열었다.

　"바람이 분다니! 창문이 닫혀 있는데 무슨 바람이 분다는 거냐? 에잉, 멍청한 년들!"

　다키안 백작이 방문을 탁 닫자마자 루가 번쩍 눈을 떴다. 그리고 구석에 놓여 있는 검을 집어 다키안 백작을 향해 달려들었다. 다키안 백작은 검이 목덜미에 닿을 때까지, 루의 움직임을 포착하지 못했다. 루가 멈췄을 때에야 그 사실을 깨닫고는 비명을 지르려 했다.

　"비명을 질러 봐, 백작."

　루가 나직하게 말하며 검에 힘을 줬다. 검 끝이 다키안 백작의 두둑한 살 속으로 파고들었다.

　"어디 비명을 질러서 나를 즐겁게 해 줘 봐. 기대하고 있어. 얼마나 드높은 비명을 질러 줄지."

　검 끝에 찔린 부위에서 붉은 피 한 줄기가 흘러내렸지만, 다키안 백작은 비명을 지르지 못했다. 루의 형형한 푸른 눈동자가 말하고 있었기 때문이다. 비명 지르면 죽인다, 라고.

　"나를 이곳에 데리고 온 자들은 누구지? 기사인가? 아니면 용병인가?"

　"이익……! 너 따위가 그런 걸 알아서…… 윽! 그, 그만그만. 대답할게."

소심하게나마 반항을 하려던 다키안 백작은 검이 더 깊이 파고들자 두 손을 번쩍 들었다.

"내, 내 호위기사들이다."

"날 잡아다가 무엇을 하려고 했지? 누군가 사주한 일인가?"

"사, 사주라니. 난 그저…… 그래, 네게 좋은 걸 주지. 보석, 아니, 사내니까 검 어때? 어디서도 얻을 수 없는 귀한 검. 순순히 내 사람이 되면 널 내 호위기사단의 대장으로 만들어 줄 수도 있어."

다키안 백작이 다급하게 말했다. 루의 한쪽 입꼬리가 올라갔다.

"그냥 남색을 즐기는 놈이었던 거군. 배후는 없단 말이지."

"그런 게 어디 있어? 어차피 구온 시 뒷골목에서, 일 열심히 하는 사람들 괴롭히는 놈일 뿐이잖아. 그래도 내가 아량 넓게 널 데려다가……."

"생각을 해야 하니 입 닥쳐, 백작."

"감히 내가 누군지 알고!"

사악—

검이 정확하게 빠르게 움직였다. 검은 힘들이지 않고 백작의 육중한 몸을 베어 냈다. 백작이 믿을 수 없다는 듯 눈을 크게 뜨고, 베인 부위를 두 팔로 감쌌다. 하지만 다시 움직인 검이 어깨에서부터 옆구리까지 사선으로 그어 내리며, 앞을 가린 두 팔조차 베어 냈다.

좌아악—

쏟아지는 핏물을 슬쩍 피한 루는 작게 한숨을 내쉬었다.

'괜한 살생은 피하고 싶었는데.'

이런 자들을 살려 둬서 좋을 건 없다. 언젠가 토스카가 더욱 커졌을 때에, 그 대장이 루라는 것을 알면 기를 쓰고 달려들지도 모른다. 그렇게 되기 전에 싹을 잘라 버리는 게 낫다.

"내가 이곳에 있다는 걸 아는 자들을 죽여야 해. 도와주겠어?"

루가 허공을 향해, 아니, 정확히는 라크가 서 있는 곳을 향해 말했다. 팔짱을 끼고 서 있던 라크는 다리에서 힘이 빠질 정도로 놀랐다. 급박한 상황 중에도 루가 자신을 눈치채고 있을 줄은 몰랐기 때문이다.

"아까 날 도와준 것을 보면 내게 호의를 품은 것 같은데, 날 좀 도와주는 게 어때? 사례는 할게."

루의 말에 라크가 옅은 미소를 지었다.

'거짓말이 능숙해졌군.'

이쪽을 불러내는 이유가 사례를 하기 위함만은 아니라는 걸, 라크는 알고 있었다. 이런 식으로 안심시켜서 불러내어, 어디까지 아는지, 적인지 아군인지 확인하려는 의도일 것이다. 적이라고 판단되면 가차 없이 검을 날리리라.

'똑똑한 녀석. 보면 볼수록 마음에 드는걸.'

어차피 루의 앞에 모습을 드러낼 생각이었다. 도움이 되어 줄 생각은 없지만.

라크는 방관자였다. 이 세상에 혼자 남게 되었을 때부터 방관자로 살겠다고 결심했다. 그 무엇에도 개입하지 않고, 그렇게 마지막 삶을 불태우리라 생각했다.

스투루티오 섬의 보호는 라크의 마지막 계약이었다.

"사례를 하겠다고?"

라크는 모습을 드러내지 않고 목소리만 냈다. 루는 낯빛을 바꾸지 않고 대답했다.

"그래, 대가로 원하는 걸 말해 봐."

"널 달라 하면?"

"그동안 날 지켜봤으니 날 가질 수 없다는 것도 알겠지."

"내가 지켜봤다는 걸 알고 있었나?"

"그래, 처음에는 단원들이 원정에서 돌아왔을 때. 그리고 며칠 전부터 다시 네 시선을 느꼈어."

"사례는 10년 후, 네가 갖게 될 것 중 가장 소중한 것으로 하지."

루는 바로 대답하지 않았다.

'10년 후, 내가 갖게 될 것.'

아마 없을 것이다. 그때가 되면 케이는 티그리스를 되찾고 사랑하는 여인과 행복한 가정을 이룰 것이다. 루는 그것을 볼 자신이 없어서 그를 떠나게 되리라고 확신했다.

그를 떠난다는 것은 곧 토스카를 떠난다는 것.

소중한 것이 있을 리 없다.

"좋아. 그걸 주지."

루가 대답하자마자 라크가 모습을 드러냈다.

불타오르는 듯한 주홍빛 머리카락, 검붉은 눈동자를 가진 훤칠한 키의 남자. 형형한 눈동자가 무시무시할 정도로 강렬해서, 루는 저도 모르게 뒷걸음질을 치고 말았다.

"이런 이런. 좀 셌나?"

그가 후후 웃으며 눈빛을 누그러뜨렸다.

"일단 이쪽 정리부터 하고 얘기할까?"

그가 훌쩍 자리를 떠났다. 루가 나설 틈은 없었다. 밖으로 나왔을 때, 저택 안에 있던 모든 사람이 죽은 후였다. 피 한 방울 흘리지 않고, 마치 잠을 자듯 쓰러진 사람들을, 루는 경악에 찬 눈으로 돌아봤다.

'이게 대체⋯⋯?'

상대가 마법사일지도 모른다는 생각은 하고 있었다. 하지만 이건 너무 심하다. 나간 지 몇 분도 되지 않았는데 이 많은 사람들이 다 죽다니. 비명조차 지르지 못하고.

그가 다시 루의 앞에 나타났다.

"겁에 질렸어, 루?"

그가 씩 웃었다.

"아니."

루는 고집스럽게 대답하긴 했지만, 사실은 무서웠다.

"대단한데. 날 무서워하다니."

"무섭지 않아."

"아니, 넌 날 무서워하고 있어."

그가 루를 향해 다가왔다. 정체 모를 이가 다가오는데도, 루는 꼼짝도 하지 않았다.

"바보들은 겁이 없지. 상대가 얼마나 강한지 판단하질 못하거든. 나는 지금 굉장히 다정한 상태야. 나를 보는 이들은 내게 호감을 느끼고, 나를 좋아하고, 나와 친해지고 싶을 거야."

그가 루의 뺨을 쓰다듬었다. 루는 도망치고 싶었다. 이대로 있으면 죽을지도 모른다는 공포. 아니, 그 이상의 무언가를 당할지도 모른다는 두려움이 루를 지배했다.

"하지만 넌 그렇지 않지. 내 힘을 정확하게 인지하고 두려워하고 있어. 그건 정말 대단한 거야."

"넌…… 넌 대체 누구지?"

그의 입가에 미소가 떠올랐다. 그는 한 걸음 뒤로 물러나, 루를 향해 가볍게 고개를 숙이며 말했다.

"화염의 레클리스. 이 세상에 남은 마지막 드래곤."

드래곤이라는 단어가 나올 줄은 몰랐다. 그래서 루는 멍하니 그의 입술을 바라봤다. 그런 루를 향해 그가 덧붙였다.

"라크라고 불러, 루."

*　　　*　　　*

"드래곤이라고? 정말?"

간신히 정신을 차리고 저택을 빠져나온 루가, 빠르게 걸어가며 물었다. 라크는 힘들이지 않고 루의 옆으로 따라붙었다.

"그래, 드래곤이지. 딱 봐도 드래곤 같지 않아?"

드래곤이 있을 리 없다. 케이도 드래곤이 환상의 생물이라고 말하지 않았던가.

하지만 믿을 수밖에 없었다.

그와 처음 눈을 마주쳤을 때의 느낌, 그 강렬함은 인간의 것이 아니었다. 게다가 저택에서 모두를 죽인 그 힘 또한 인간이 가질 수 있는 종류의 것이 아니었다.

"드래곤이 정말로 있을 줄은 몰랐어."

"드래곤이라는 걸 믿는 거야?"

"그것 외에는 설명할 방법이 없으니까. 넌 아주 오랫동안 모습을 감추고 있었어. 셔너는 강한 마법사인데도 네 존재를 눈치채지 못했고."

"셔너. 아, 반푼이 말이지?"

"반푼이?"

"뭐, 그런 게 있어."

"드래곤이 왜 우리를 따라다니는 거지?"

"그거야 네가 대지의 축복을 받은 아이니까."

우뚝—

루가 걸음을 멈추고 라크를 돌아봤다.

"그걸 어떻게 알았지?"

"드래곤은 모르는 게 없으니까."

"······."

"······라는 건 사실 거짓말이고. 대지의 축복을 받은 아이는 아주 드물게 태어나지. 마법이 사라지면서 축복의 아이도 서서히 태어나지 않게 되었어. 너는 아주 오랜만에 태어난 대지의 아이야."

"대지의 축복을 받았다는 게 대체 뭔지 모르겠어."

"잘 보고, 잘 듣잖아. 잘 맡고, 잘 느끼지."

"하지만 그뿐이잖아."

"이 땅에 발을 딛고 있을 때만."

"웅?"

"이 땅에 발을 딛고 있을 때에만 너는 무적이야. 네 움직임, 네 행동을 누구도 따라잡을 수 없지. 대지에 발을 디디고 있을 땐."

"그런 거야? 그럼 바다나 그런 데로 가면?"

"약해지지. 터무니없을 정도로."

"아."

"드래곤은 본능적으로 대지의 아이를 좋아하게 되어 있어. 옆에 있으면 안정감을 주거든. 자연이 가득 담겨 있으니까."

루는 다시 걸음을 옮겼다.

"드래곤이라면 마법을 사용해?"

"웅."

"강해?"

"보면 알잖아. 나는 이 제국 하나를 손가락 하나로 멸망시킬 수도 있지."

"그 정도야?"

"응, 그 정도야."

"그럼……."

"도와주지 않을 거야."

루의 말을 끊으며 라크가 말했다.

"내게 도움을 청하지 마. 나는 인간사에 개입하지 않아. 계약을
한 경우에만 끼어들지만, 이제는 누구와도 계약하지 않을 거야."

"왜?"

"계약은 마음을 지치게 하거든."

"……마음을?"

"인간의 삶은 짧지. 계약을 한다는 건, 그 짧은 생을 가진 인간
에게 마음을 준다는 거야. 사랑하는 이가 떠나가는 아픔을, 이제
는 겪고 싶지 않아."

그렇구나.

루는 납득했다.

드래곤에게도 사랑이라는 감정이 있으리라고는 생각 못 했
다. 바보 같았다. 드래곤처럼 위대한 생물에게 감정이 없을 리가
없는데. 인간보다 풍부한 감정을 갖고 있는 게 당연한데.

드래곤을 만난 것은 행운이었다. 케이는 드래곤이 있으면 뭐
든 할 수 있다는 듯 말했다. 하지만 그것을 위해 라크의 가슴을
아프게 만들 수는 없었다.

하지만 여기서 포기할 수는 없다.

"부탁도 못 들어줘?"

"부탁?"

"셔너는 그러니까, 우리의 진짜 대장은 마법사야. 하지만 쫓기는 몸이라서 마법을 사용할 수가 없어. 마법을 사용하면 적들의 추적 마법이 발동해서 위치가 알려지거든. 그들이 가지고 있던 목걸이 하나를 빼앗아서, 한 장소에서 다섯 번까지는 사용할 수 있지만…… 앞으로 다섯 번만 가지고는 부족해질지도 몰라."

"그래서 추적에 걸리지 않게 막아 달라?"

"말하자면 그런 거지."

"뻔뻔하네. 계약이 안 된다고 했는데도 부탁을 해 오다니."

"어쩔 수 없어. 나는 뭐든 할 거니까."

"복수를 위해? 아니면 반푼이를 위해?"

"……."

"아하하하하하."

라크가 유쾌한 듯 웃었다.

"뭐, 좋아. 부탁, 못 들어줄 것도 없지. 하지만 등가교환이야. 부탁을 하려면 그에 따른 대가를 치러."

"대가. 그럼 20년 후에 내가 갖게 될……."

"아니, 나중에 받을 수 있는 대가를 거는 건 한 번으로 족해. 이제부터는 바로 줄 수 있는 걸로 걸어."

"뭐가 필요해?"

"글쎄다. 뭘 달라고 할까."

대가에 대해 고민하는 듯 잠시 말이 없던 라크가, 갑자기 루의 손목을 잡아 멈춰 세웠다. 그리고 루가 자기 쪽을 보게 만들었다.

"사랑."

"응?"

"네 사랑을 내게 줘."

"그건…… 못 줘."

라크의 눈이 가늘어졌다. 그는 루의 뺨을 천천히 쓰다듬었다.

"반푼이를 사랑하기 때문인가?"

"……."

"그렇다면 네가 가진 사랑의 언어를 내게 줘."

"사랑의 언어?"

"네 마음이 담긴 사랑의 언어. 그걸 내게 줘. 네 사랑의 속삭임을 누구도 들을 수 없도록. 그것을 내게 줘. 그러면 반푼이가 언제든 마법을 사용할 수 있도록 가드해 주지."

"그런 걸 왜 가지고 싶어 하는지 모르겠어."

"내 마음이야."

"알겠어. 가져가."

"엥? 그렇게 쉽게?"

"응. 어차피 난 평생 케이만 사랑할 거고, 그 사랑을 고백하는 일 없을 거야. 그러니까 가져가도 상관없어."

"나중에 후회해도 무효화시키지 않을 거야."

"응."

"나 몰래 진심을 담은 사랑을 속삭이면, 넌 물론이거니와 그 말을 들은 상대도 죽일 거야."

"응."

"진심을 담지 않은 말이라면 해도 상관없어. 인간은 사랑 타령으로 상대를 안심시키기도 하니까, 그 정도는 하게 해 줄게."

"응."

"좋아."

라크가 갑자기 루에게 입을 맞췄다. 가벼운 입맞춤에 당황해서 굳어 버린 루를, 라크는 귀엽다는 듯 내려다보며 하하 웃었다.

후에 루가 죽고 싶을 만큼 후회할 결정을 한 밤이 깊어 가고 있었다.

*　　*　　*

"컹컹!"

루가 쿠빌레로 들어가자, 유진의 옆에 앉아 있던 주아가 루를 향해 달려왔다. 한 달 새에 완전히 성장한 주아는 루를 태울 수 있을 만큼 커졌다. 루는 주아의 북실북실한 흰 털에 얼굴을 묻는 것이 좋았다.

"대장, 왜 이렇게 늦었어요?"

"응, 잠깐 볼일이 생겨서. 셔너는 어디 있어?"

"자기 방에 있을 거예요. 대장이 너무 늦는다고 한바탕하고 올라갔어요. 짜증 나 죽겠어요, 정말."

투덜거리던 유진이, 뒤따라 들어온 라크를 발견하고는 눈을 크게 떴다.

"어, 손님?"

"아니, 내…… 친구야."

"친구? 대장, 친구가 다 있었어요?"

"기어오르지 마, 유진."

"대장이 나무도 아닌데 어떻게 기어올라요? 대장한테 친구가 있는 줄은 몰랐는데. 이름이 뭐예요?"

"라크."

라크가 대답했다.

"넌 유진. 맞지?"

"맞아요. 뭐야, 대장. 벌써 우리 얘기를 다 해 둔 거예요?"

"응, 그렇게 됐어. 우린 셔너한테 가 볼게. 라크, 뭐 먹고 싶은 거 있어?"

"너."

"……이상한 장난 좀 치지 마."

루와 라크, 그리고 주아가 계단을 올라갔다. 그 모습을 지켜보던 유진이 고개를 갸우뚱했다.

'저 둘, 분위기가 뭔가 이상한데.'

하지만 거기까지였다. 유진은 라크가 드래곤일 거라고는 꿈에도 생각하지 못했다. 드래곤은 그 이름을 떠올리는 것조차 생소할 정도로 잊힌 존재였기 때문이다.

'설마 루의 연인인가? 루가 여자로 살던 시절에 만났다거나, 그런 걸지도. 그런 거라면 큰일인데. 서너가 대폭발할지도 몰라.'

유진이 그렇게 걱정하고 있을 때, 루는 2층에 있는 케이의 방 앞에 도착했다. 케이가 일반 단원이 되면서, 5층의 가장 좋은 방도 사용할 수 없게 되었다.

똑똑—

노크를 하자마자 벌컥 문이 열렸다.

"대장, 대체 어디를 가셨다가…… 저건 뭡니까?"

케이가 라크를 노려봤다.

"비켜, 서너. 안에 들어가서 얘기할게."

"네, 대장."

케이가 순순히 옆으로 비켜섰고, 루와 라크, 그리고 주아가 안으로 들어왔다.

"할짝거리지 마, 이 똥개야."

케이가 문을 닫으며, 바짓가랑이를 핥는 주아에게 투덜거렸다.

"라크, 너에 대해 말해도 돼?"

루가 물었다. 라크는 가볍게 고개를 끄덕였다.

그런 둘의 모습이 유독 친밀하게 보여서, 케이는 왈칵 짜증이 났다. 하지만 애써 담담한 척, 루의 이야기를 기다렸다. 루는 뭐라고 말해야 할지 모르겠다는 듯 미간을 좁히고 있었다. 케이는 그런 모습마저 사랑스럽다고 생각하면서도, 라크가 신경이 쓰였다.

'뭔가 좀 이상한데?'

라크는 살기를 띠고 있지 않았다. 오히려 뭘 하든 즐거워할 것 같은 호남이었다. 하지만 케이는 이상하게도 그가 인간이라는 생각이 들지 않았다.

'인간이 아닐 리 없지. 그런데 뭐지? 이건? 뭔가 좀…… 음. 마법사인 것 같진 않고.'

케이는 라크를 향해 날카로운 시선을 보냈지만, 라크의 표정에는 변화가 없었다. 케이의 기분 따위 아무래도 좋다는 듯, 그는 흥얼거리며 케이의 방 안을 둘러보기까지 했다.

"이쪽은 라크라고 하는데."

그때 루가 입을 열었다.

"드래곤이야."

*　　*　　*

라크가 드래곤이라는 것을 받아들이기까지는 오랜 시간이 걸리지 않았다. 라크가 토스카 단원 전원을 북쪽 얼음 지역에 있는 동굴 안으로 텔레포트 시켰기 때문이었다.

쿠빌레에 있지 않은 휴이와 히센까지 강제로 소환 당했다.

모두가 어리둥절한 상황에서, 루는 라크가 드래곤이라고 다

11장 125

시 한 번 소개했고, 다들 경악했고, 다시 원래 있던 자리로 돌아갔다.

그 와중에도 루는 케이의 놀란 표정을 보는 것이 즐거웠다. 케이가 눈을 번쩍 뜬 상태로 굳은 걸 보는 건 처음이었기 때문이다.

"대충 이렇지."

라크가 어깨를 으쓱하며 말했다.

루는 여전히 혼란스러워 보이는 케이에게, 라크와 만난 경위, 그리고 당분간 마법을 자유로이 사용할 수 있도록 결계를 쳐 주기로 했다는 것들을 이야기했다. 물론 그로 인해 루가 포기해야만 했던 '대가'에 대해서는 말하지 않았다.

"드래곤이 진짜로 존재할 줄은 몰랐습니다. 아니, 예전에는 있었을지도 모르겠다고는 생각했지만 현존할 줄이야."

라크를 대하는 케이의 태도가 눈에 띄게 달라졌다. 케이는 존경하는 마법사를 앞에 둔 사람처럼 고분고분하게 굴었다.

"그런데 제가 마법을 언제든 사용할 수 있도록 결계를 쳐 주시겠다고 하셨습니까?"

"그래, 그 정도는 일도 아니지."

"그 대가가 무엇인지 알 수 있을까요?"

"응?"

"드래곤은 대가 없이 인간을 돕지 않는다고 알고 있습니다."

"존재할 줄 몰랐다면서 잘도 알고 있군."

"관심이 있었으니까요. 지상 최고의 마법 생물, 가장 위대한 생물인 당신들 종족에 대해."

루는 긴장했다.

케이가 드래곤의 힘을 빌리는 데 대한 대가에 대해 알고 있을 줄은 몰랐다.

'아니, 상관없지. 어차피 사랑의 말을 하지 못하게 된 것일 뿐인데.'

거기에 생각이 미친 루는 긴장을 풀고 케이의 의문을 해결해 주려 했다. 하지만 그보다 먼저 라크가 말했다.

"루를 갖기로 했지."

그 말과 동시에 호기심으로 빛나던 케이의 눈동자가 무겁게 침잠했다. 그는 서늘한 눈으로 라크를 노려보며 물었다.

"진심입니까?"

"진심이라면?"

"그렇다면 그 호의를 거절해야겠군요."

"호오. 왜? 마법을 자유로이 사용할 수 있으면 쓸데없는 짓을 하지 않아도 티그리스 본부 정도는 쉽게 갈아엎을 수 있을 텐데."

"루는 내 개입니다."

아주 오랜만에 듣는 말이었다. 어떤 여자들에게는 그리 달가운 표현이 아닐지도 모르겠지만, 루에게는 그렇지 않았다. 그가 루를 '나의 개'라고 표현해 주는 것이 좋았다. 그것이 그에게 있어서는 최대의 애정 표현이라는 것을 알고 있기 때문이다.

"내 개는 누구에게도 줄 수 없습니다. 상대가 드래곤일지라도."

"그렇게 날을 세울 거 없어. 네 개일 동안은 데려가지 않을 테니까."

"평생 내 개일 텐데요."

'평생'이라는 단어가 달콤하게 울렸다.

라크가 팔로 루의 목을 감싸 자신의 품으로 끌어당겼다. 케이가 인상을 찡그리며 덤비려 했지만 꼼짝도 하지 못했다. 라크는 시동어를 사용하지 않고, 생각만으로도 마법을 쓸 수 있었다. 그 마법이 케이를 움직이지 못하도록 묶어 둔 것이다.

"평생이라는 말을 함부로 쓰지 마, 반푼이. 평생이라는 것은 아주 무서운 단어야. 너는 언젠가 네 목적을 달성하게 될 거야. 루도 루의 목적을 달성하겠지. 그때가 되어도 너희가 함께할까?"

"그건 당연히……."

이번에는 라크가 케이의 목소리를 나오지 못하게 만들었다.

"당연하지 않아. 당연하다는 단어 또한 아주 무서운 단어지. 목적을 달성한 너희는 지금처럼 결속력이 단단하지 않을 거야. 인간이란 목적이 있을 때에만 서로에게 의지하며 결속력을 다지거든. 그때가 되어 평화를 되찾으면, 너는 슬슬 안정감을 얻고 싶어지겠지. 인간의 안정감은 가족이라는 것을 가졌을 때에 찾아와."

"……."

"너는 결혼을 하겠지. 아내가 생기고 아이도 생길 거야. 너는 처음엔 루를 너의 가장 친한 친구이자 부하로 대하며, 가족처럼

지내려 할지도 모르지. 하지만 어느 사이엔가 아내와 아이에게
더욱 집중을 하게 될 거고, 루는 네 시야 밖으로 밀려날 거야."

그 이야기를 하는 인물이 드래곤이라서일까.

그 광경이 생생하게 머릿속에 그려졌다.

케이와 그의 아내, 그리고 그와 아내를 반씩 닮은 아이들. 행
복하게 웃는 그들을 멀리서 지켜보는 루. 불쌍한 루, 쓸쓸한 루,
외로운 루.

루는 가슴이 미어졌다. 자신을 불쌍하다고 생각하고 싶지 않
았다. 하지만 라크의 이야기가 그려 내는 영상 속의 루는, 가슴
이 찢길 듯 아픈 표정을 짓고 있었다. 금방이라도 흩어질 듯 공
허해 보였다.

"너는 루를 그렇게 외로이 남겨 두고 싶은가, 반푼이?"

"……."

"아, 납득 못 하는 눈빛이군. 나는 절대로 그러지 않을 거야,
라고 생각하고 있겠지. 하지만 하나 알아 둬. 상황이 바뀔 수도
있다는 걸. 가족을 갖게 되는 건 루일지도 모르지. 네가 아니라.
그때가 되어, 루가 널 벗어나고 싶어 한다면 어쩔 거지? 단지 대
장이라는 이유로, 루의 복수를 대신해 줬다는 이유로, 루를 네
곁에 잡아 둘 거야?"

"……."

케이는 아무 말도 하지 못했다.

루는 몰랐지만, 라크의 마법은 이미 풀린 후였다. 이제 케이는

움직일 수도 있고 말도 할 수 있게 되었지만, 침묵을 지켰다. 라크의 말이 옳았기 때문이다.

라크가 서늘한 미소를 지으며 말했다.

"그때에 내가 루를 데리고 갈 거야, 반푼이. 나는 조용히 루의 삶을 지켜볼 수 있으니까."

*　　*　　*

"왜 그런 식으로 말한 거야?"

라크에게 끌려나온 루가 그의 손을 뿌리치며 물었다.

라크는 루를 향해 무심한 시선을 던졌다. 그의 시선을 똑바로 마주하는 것이 힘들었다. 그의 눈동자 안에는 긴긴 세월의 흔적과 지혜가 담겨 있었다. 모든 것을 다 안다는 듯한 눈빛이, 루의 마음을 꿰뚫어 보는 것만 같았다.

"그럼 어떤 식으로 말해 주기를 바랐지?"

라크가 엄지와 검지로 루의 턱을 잡아 올려, 자신을 똑바로 보게 만들었다.

"복수를 끝내고 언젠가 여자가 되어, 그의 곁에서 룰루랄라 행복해지는 아름다운 결말을 말해 주길 바랐어?"

"그런 건 아냐. 하지만 꼭 그렇게 말할 필요는 없었잖아!"

"잠시라도 반푼이에게 사랑받는 개로 남아 있고 싶다는 거야?"

"그래! 그럼 안 돼? 그게 잘못됐어?"

라크의 한쪽 입꼬리가 올라갔다.

"잘못되진 않았지. 이 세상 그 어떤 선택도 완전히 잘못되었다고 말할 수는 없으니까. 하지만 더 나은 선택이라는 게 있는 거야, 루. 괜한 희망은 네게 무너지는 아픔을 줄 거야. 어쩌면 그날이 오는 순간, 너는 세상이 산산조각 난 기분을 느낄 수도 있어."

"상관없어."

"아니, 상관있어. 너는 오랜만에 만난, 그리고 마지막일지도 모르는 대지의 아이야. 대지의 아이가 그렇게 무너지는 걸 보고 싶지 않아."

"네 기분 따위는 아무래도 좋아. 지금 내가 가장 신경 쓰는 건 케이고, 내게 가장 중요한 건 현재니까. 미래의 일 따위, 그때 가서 마주하면 되는 일이야."

"호오. 이번 대지의 아이는 정말로 당차네."

"그 빌어먹을 대지의 아이라는 소리 집어치워."

"하지만 지금 네가 하는 행동, 정말로 모순된 거 알아?"

"모순?"

"그렇게 현재가 중요하다면, 미래에 상처받을 걸 생각하지 말고 네가 여자라는 걸 밝히지 그래?"

"……."

"그러고 나서 단 하루라도 그의 품에 안겨. 네가 원하는 거, 그거 아냐?"

"나는……."

말문이 막혔다. 루는 아랫입술을 잘근 깨물고 그를 노려봤다. 라크가 허리를 굽혀 루의 입술에 살며시 입을 맞췄다.

"입술 깨물지 마, 루. 내게 너무 기어오르지도 말고. 대지의 아이를 좋아하긴 하지만 언제까지고 버르장머리 없이 구는 걸 참아 줄 정도는 아니야. 내 인내심을 확인하려고 하지 마."

루는 마음 같아서는 라크를 베고 싶었다.

하지만 루는 라크에게 이길 자신이 없었다. 그 어떤 방법을 써도 질 것 같기에 분노를 억눌렀다.

이 분노를 표출하는 것보다는 라크의 힘을 이용하는 것이 우선이었다. 라크가 있으면 토스카에게 큰 도움이 될 것이다.

하지만 이 말만은 꼭 해야겠다.

"네가 싫어, 라크."

라크가 웃었다.

"어쩔 수 없어. 나는 네가 좋으니까."

라크를 놔두고 쿠빌레를 향해 걸었다. 끌려 나올 때는 몰랐는데 상당히 먼 곳까지 나와 있었고, 주아도 곁에 있었다. 루 옆에 착 달라붙어 걷는 주아 덕분에 기분이 조금 나아졌다.

"루 님."

익숙한 음성이 들려왔다.

"아, 엘라."

도서관 사서이자 푸줏간 주인의 딸인 엘라였다. 그녀는 푸줏간 일을 도와주는 중인지 앞치마를 하고 있었다.

"소식 들었어요. 그…… 예전 토스카의 대장께서 원정 중에 목숨을 잃었다고."

"아아. 그랬지."

"괜찮으세요?"

"응, 괜찮아. 걱정해 줘서 고마워."

"아, 맞다. 좋은 고기가 들어왔는데 좀 드릴게요."

"아니, 그렇게까지는……."

"기다려 보세요. 울적할 때는 맛있는 걸 먹는 게 최고예요."

말릴 틈도 없이 엘라가 푸줏간 안으로 뛰어 들어갔다. 루는 어쩔 수 없이 쭈그리고 앉아 주아를 쓰다듬으며 엘라가 나오기를 기다렸다. 몇 분 뒤에 나온 엘라는 커다란 보따리를 들고 있었다.

"이거, 토스카 분들과 나눠드세요."

"고마워, 엘라."

"아니에요. 저는 루 님이 이렇게 잘 지내게 된 걸 보는 게 좋아요."

"응. 아, 얘는 주아라고 해."

"주아. 검둥이랑은 완전히 다른 색의 개네요. 게다가…… 크고요."

주아가 늑대라고까지는 생각하지 못하는 듯했기에, 루는 구태여 그 부분을 지적하지 않았다.

"응. 크지."

"사나운가요?"

"아니, 안 물어. 만져 봐도 돼."

주아는 영리한 늑대였다. 루의 말을 알아듣고는 엘라가 만지기 쉽도록 얼른 엎드렸다. 엘라는 까르르 웃으며 주아의 머리를 쓰다듬었다.

"정말 똑똑한 아이네요."

"응."

"떠나신다면서요?"

"응."

"위험한 곳으로 가시는 거겠죠?"

"수도로 가는 거야."

"그런가요."

엘라가 고개를 푹 숙였다. 그녀의 어깨가 떨리는 것이 조금은 우는 것처럼 보였다. 루는 그녀의 어깨를 토닥여 줄까 하다가 관뒀다.

토스카가 원정을 떠나 있을 때에, 그녀와 간혹 도서관이나 거리에서 만나 대화를 나눴다. 루만 보면 얼굴을 붉히는 그녀가 루를 향해 연심을 품고 있다는 것을 알 수 있었다.

엘라에게 미안했다.

'나는 여자야, 엘라. 아니, 내가 남자더라도 그 마음을 받아 줄 수 없어.'

"언젠가 다시 뵐 수 있을까요?"

"응, 언젠가는. 아마도."

"정말요?"

"응. 어떤 사람이 그러는데 평생과 당연하다는 단어는 무서운 단어라더라. 평생 당연히 못 보는 일은 없겠지."

"하지만 평생 당연히 볼 수 있는 것도 아니겠죠."

"역시 넌 머리가 좋아."

엘라가 흐느꼈다.

"잘 지내, 엘라."

"네, 루 님도요."

그대로 쭈그리고 앉아 고개를 숙인 그녀를 놔두고, 루는 주아와 함께 돌아섰다. 언젠가 그녀를 다시 만나 모든 사실을 밝히고 미안하다 말할 날이 올까?

무거운 마음으로 쿠빌레에 도착한 루는 망설이다가 케이의 방으로 향했다.

똑똑—

노크를 하자마자 문이 열렸다. 케이는 무표정하게 루를 내려다보다가 휙 돌아서서 안으로 들어가 침대에 앉았다. 들어오라는 말은 없었지만 안으로 들어간 루는 침대 위에 올라가 케이를 마주 보고 앉았다.

"화났어요, 대장?"

"나는 서너입니다, 대장. 말씀 낮추시지요."

"아니, 지금은 대장이라고 할래요. 지금은 대장의 개로 있을래요."

케이가 루를 지그시 응시하다가 크게 한숨을 내쉬었다.

"루, 너는 가끔 그런 식으로 밀고 들어오는군."

"제가요?"

"그래, 네가. 그럴 때마다 나는 어떻게 해야 할지 모르겠다."

"대장 기분이 좋아졌다면 쓰다듬어 주시고, 나빠졌다면 내치시면 됩니다."

루의 말이 끝나자마자 케이가 루의 머리를 쓰다듬었다. 머리카락을 얽혀 오는 그의 손길이 좋았다.

"이리로 와라, 루."

그가 자신의 다리를 가리켰다.

"그건 제가 대장일 때만 제공되던 배려 아닙니까?"

"반만 서너라고 해 두지."

그래서 루는 그의 다리 사이에, 그를 등지고 앉았다. 등에 그의 가슴이 닿았고, 배에 그의 팔이 감겨 왔다. 그는 루를 소중히 품어 안고 말했다.

"네게 화나지 않았다, 루. 화날 이유가 없지. 네 덕에 마법을 마음껏 사용할 수 있게 되었는데."

"하지만 기분이 나빠 보이셨습니다."

"기분이 나빠? 아니, 그건 가슴이 아픈 거였다."

"가슴이 아프셨어요?"

"그래, 아프더군. 나는 너를 놓을 생각이 없는데."

거기까지 말하고 케이는 입을 다물었다. 어디까지 말해도 좋을지 알 수 없었다. 루를 사랑하는 이 마음을, 루를 갖고 싶은, 그리하여 영원히 함께하고 싶은 이 소망을 어디까지 표현해도 좋은 걸까?

라크의 말은 틀리지 않았다.

틀린 점이 있다면 케이가 가정을 꾸리게 될 것이란 이야기였다. 케이는 행복한 가정, 나의 가족 따위를 꿈꿔 본 적이 없었다.

그러니까 아마도 가족을 갖게 되는 것은 루일 것이다. 이 아름다운 남자는 언젠가 사랑하는 여자를 만나, 자신을 닮은 아이를 낳고 행복하게 살 수 있기를 바라게 될 것이다.

루의 발목에 족쇄를 채우기 싫었다.

'왜?'

루를 처음 봤을 때만 해도, 허락 없이는 떠나지 못하게 하려고 했다. 루는 개였다. 케이의 개. 주인의 허락 없이는 집 밖에도 나갈 수 없는 개.

하지만 이제는 아니다.

루가 행복하길 바란다. 루를 잃더라도. 이 곁에 루를 둘 수 없더라도.

─나는 너를 놓을 생각이 없는데.

그 말이 루에게 약간이나마 안도감을 주었다. 지켜지지 않을 말이라는 것을 알면서도 믿을 수밖에 없었다. 그를 사랑하니까. 그의 말이라면 어떤 말이든 믿게 되었으니까.

루는 그에게 안겨 있는 시간이 좋았다. 이대로 시간이 멈추었으면 좋겠다고 생각했다. 복수든, 티그리스든, 아무것도 필요 없었다. 그의 체온과 음성과 향기만 존재한다면. 언제까지라도 이렇게 있을 수 있다.

"드래곤이 합류한 덕에 마법을 자유로이 사용할 수 있게 되었으니, 일정이 조금 앞당겨질 것 같다."

케이가 말했다.

달콤한 망상이 깨지고 현실로 돌아왔다. 루는 정신을 차리고 그의 말에 귀를 기울였다. 그는 여전히 루를 안은 팔에서 힘을 풀지 않았다.

"2년쯤 걸리겠군."

"그렇게 빨라요?"

"그래, 그렇게 빠르지."

어째서인지 그의 음성이 쓸쓸하게 들려왔다. 아마도 그건 이 마음이 쓸쓸하기 때문일 것이다. 2년 후면 그의 곁에 있을 수 없게 될지도 모른다는 생각 때문에.

"그만 나가 봐라, 루."

그가 루의 등을 살며시 밀었다. 그에게 거부당한 것 같아 지끈 가슴이 아팠다. 루는 그것을 내색하지 않고 침대에서 내려왔다.

그가 고개를 들어 루를 응시했다. 주인을 잃은 강아지 같다고 생각하며, 루는 말했다.

"잘 자, 셔너."

그가 미소를 지었다. 모래바람처럼 황량한 미소였다.

"주무십시오, 대장."

방으로 돌아온 루는 침대에 누워 속삭였다.

"라크. 네가 싫어."

"현실을 알게 해 줘서?"

그의 모습은 보이지 않지만, 음성이 들려왔다.

"응, 넌 정말 지독한 드래곤이야."

"그래?"

"그래. 나는 잘 견디고 있었어. 그런데 네가 날 흔들었어."

"언젠가는 벌어질 일이었어, 루."

라크가 침대 가장자리에 걸터앉는 것이 느껴졌다. 그의 손이 루의 머리카락을 쓰다듬었다.

"받아들여. 조만간 반푼이를 떠나야 한다는 걸. 너와 반푼이가 함께할 시간이 길지 않다는 걸."

"못된 드래곤 같으니."

라크가 웃었다.

"그래, 맞아. 나는 화염의 레클리스, 그리고 절망의 드래곤이라고 불렸었지."

비비안은 거울을 노려봤다.

이 얼굴에 불만을 가져 본 적은 한 번도 없었다. 제국 최고의 미녀. 비비안에게 늘 따라붙는 호칭이었다.

하지만 최근 비비안은 그 호칭을 의심하게 되었다.

루 때문이었다.

'루는 남자야.'

그렇게 자신을 다독여 보지만 어쩔 수 없었다. 루는 여자인 비비안보다 아름다웠다. 칠흑같이 검은 머리카락, 우윳빛 피부와 고양이 같은 눈매, 그 안에 갇힌 사파이어처럼 푸른 눈동자. 오뚝한 코와 동그스름한 콧방울, 도톰하고 촉촉한 붉은 입술.

떼어 놓고 봐도 예쁜 이목구비가 조화롭게 자리를 잡아, 모아 놓으면 몇 배나 더 아름다웠다. 비비안조차도 때로는 넋을 놓고 감상하게 될 만큼.

―우리 토스카의 보석.

루를 보석이라 말하던 케이의 표정이 잊히질 않았다. 장난기라고는 조금도 없는 진지한 표정으로 그는 말했다. 그때 그의 눈동자에 담긴 애틋함은 착각이 아니었다.

'아니, 루는 남자야. 케이가 루를 아끼는 건 예쁘장하게 생긴 부하이기 때문이야. 다른 이유는 없어.'

하지만 그렇게 생각되지 않는 이유가 뭘까?

만약 케이가 유진이나 와칸, 혹은 쿠반에게 그런 말을 했더라면, 졌다는 기분은 느끼지 않았을 것이다. 순수하게 부하를 향한 애정이라고 생각했겠지. 하지만 루에게는 그럴 수가 없었다. 루가 너무 예쁘기 때문일까?

'싫어.'

루가 끔찍이도 싫었다.

'너무 싫어.'

아무리 연기라지만 케이에게 존댓말을 듣는, 대장으로 대우를 받는 루가 증오스러웠다. 그 얼굴이 예전처럼 흉터로 뒤덮였으면 좋겠다는 생각까지 들었다.

이제 토스카는 곧 수도로 떠난다.

케이는 남부에 거점을 세우면 비비안을 데리러 오겠다고 했지만, 비비안은 그가 그러지 않으리라는 것을 알고 있었다. 이곳을 떠나면, 토스카는 두 번 다시 구온 시로 돌아오지 않으리라.

케이를 놓치고 싶지 않았다.

케이는 비비안이 태어나서 처음으로 사랑하게 된 남자였다. 그를 다른 이에게 양보하고 싶지도 않고, 두 번 다시 못 보게 되는 것도 싫다.

'따라갈 거야.'

토스카는 기차가 아닌 말을 타고 이동할 거라고 했다. 구온 시를 완전히 떠나는 것이기 때문에 짐이 많아서 짐마차가 필요하단다.

'말을 타고는 한 달쯤 걸린다고 알고 있어. 기차를 타면 그 반이 걸리고. 내가 먼저 도착하겠지.'

여비는 충분했다. 액세서리와 보석을 챙겨 가서 팔면 생활비도 마련될 것이다.

'절대로 케이를 놓치지 않을 거야.'

*　　　*　　　*

바빈터 백작은 비비안의 친구인 카밀라의 남편으로, 몇 개의 대저택을 소유한, 부유한 귀족이었다. 그의 아버지는 원래 큰 상단의 상인이었고, 그때 번 돈을 가지고 아들을 위해 작위를 사주었다.

귀족들은 바빈터 백작의 앞에서는 친근한 척하면서도, 뒤에서는 그를 미천한 혈통이라 무시했다. 바빈터 백작은 어떻게든 귀족들의 인정을 받고 싶었다. 처음 계획은 비비안을 납치해 가터 백작을 협박한 후, 그에게서 구온 시의 시장직을 물려받는 것이었다.

공개적으로 시장직을 물려받은 후, 가터 백작도, 비비안도 죽이려고 했다.

하지만 그것은 시도로 끝났다.

비비안과 함께 있던 토스카의 단원 한 명이, 바빈터 백작의 사람들을 모조리 죽여 버린 것이다. 그 일에 대해서는 가터 백작을 통해 알게 되었다. 가터 백작은 그 일의 배후가 바빈터 백작일 것이라고는 생각하지 못하고 있었다.

힘들게 고용한 사람들이 다 죽었기 때문에, 두 번 시도할 수는 없었다. 그러던 와중에 토스카가 큰 공을 세웠다는 걸 알게 된 바빈터 백작은 그들의 공을 가로챌 계획을 세웠다.

일단은 수도에 가서 담당자와 이야기를 해 보자. 만약 그걸로 안 된다면 토스카를 회유하면 되는 것이다. 내 아래로 들어오라고. 스투루티오 섬을 점령할 정도면 강한 자들이니, 큰돈을 써서 그들을 얻는 것도 나쁘지 않았다.

바빈터 백작은 실행력이 좋은 사람이었다. 그래서 토스카가 수도로 출발할 무렵, 그는 수도에 도착해 있었다.

*　　*　　*

비비안과 바빈터 백작이 어떤 계획을 갖고 있는지 꿈에도 모르는 토스카는 모두가 잠든 시간, 구온 시의 성문을 나섰다. 쥬엔과 모습을 숨긴 라크도 함께였다.

루는 수도가 처음이었다.

구온 시도 크다는 생각을 하고 있었는데, 수도는 그와 비교도 되지 않을 만큼 크고 화려했다. 높은 성벽과 성문을 지키는 여러 명의 중무장한 병사들. 높고 튼튼한 건물들과 잘 정비된 거리, 그리고 생전 처음 보는 기계들.

성문을 들어서자마자 입을 살짝 벌리고 정신없이 주위를 돌아보는데, 케이가 말했다.

"그리 신기하십니까?"

"아, 응. 처음이라서. 셔너는 와 본 적 있어?"

"네, 그럼요."

"다른 사람들도?"

그다지 신기한 눈치가 아닌 일행을 돌아보며 물었다.

"네, 우린 와 봤어요."

"그래도 많이 변하긴 했네."

"몇 년 사이에 기계들이 더 많아졌어요. 건물도 많아지고."

그런 이야기를 하며 길을 따라 안으로 들어갔다. 마차를 끌고 가느라 진행이 더뎠다. 한참 걸으니 번화가가 나왔고, 여행객을 위한 숙박 시설들이 보였다.

예약을 하지 않으면 이 인원이 전부 묵을 수 없다고 몇 번을 거절당하다가, 간신히 남은 방이 있는 여관을 발견했다. 부유한 사람들만 이용할 수 있는 비싼 여관으로, 비싸서 남은 방이 있는 것 같았다.

"돈 아껴야 하는데."

방이 있다는 걸 확인하고 일행에게 돌아온 유진이, 남은 돈을 확인하며 말했다.

"나랑 나즐은 신전에 가서 머물게."

알리가 말했다.

신력이 있는 알리를, 신전에서 받아 줄 거라는 게 그의 설명이었다.

"그래, 너희는 그렇게 해라. 가는 김에 쿠반이랑 와칸도 어떻게 좀 안 되겠냐?"

"무리한 부탁하지 마, 유진. 아무리 봐도 저 두 사람은 신전이랑 안 어울리잖아."

와칸과 쿠반의 가슴에 비수를 꽂은 알리는 나즐을 데리고 훌쩍 떠났다.

"니들은 갈 데 없냐?"

유진이 와칸과 쿠반에게 물었다.

"나한테 드는 돈을 아까워하지 마, 유진. 내가 있어야 우리 대장을 보호하지."

쿠반이 루의 목을 끌어안으며 말했다.

"네 보호 없어도, 대장은 잘 지낼 수 있어. 넌 쥬엔이나 챙겨, 쿠반."

유진이 쿠반의 품에서 루를 끌어오며 말했다.

쥬엔은 옅은 미소를 지으며 그 모습을 지켜보고 있었는데, 유진은 그런 쥬엔의 미소가 마음에 걸렸다. 언제부터인가, 그녀의 미소에서 오만함이 사라지고 쓸쓸함이 묻어 나왔기 때문이다.

'그러다가 버림받는다, 쿠반.'

유진이 보기에 쿠반은 쥬엔을 좋아하고 있었다. 아무리 첫 키스의 상대 운운하더라도, 쿠반은 싫은 여자를 곁에 두는 성격이 아니었다. 진짜로 쥬엔이 싫었더라면, 시카족 전부를 적으로 돌리는 한이 있더라도 쥬엔을 버렸을 것이다.

아마도 쥬엔을 챙기지 않고 표현을 하지 않는 이유는 쑥스럽기 때문일 것이다. 수줍고 어색해서 사랑 표현을 하지 않다가, 걷어차이는 게 아닌지 걱정스럽다.

"돈이 모자라니까 각방을 사용하기는 힘들겠어. 둘이서 한방을 사용해야 할 것 같은데……."

"내가 대장이랑 한방을 사용하지. 우리 주아도 같이."

유진이 말을 끝내기도 전에, 케이가 말했다. 유진은 오만상을 찌푸리고 케이를 노려봤다.

"미친 소리 하지 마, 셔너."

"왜? 내가 곁에 있으면 대장을 지킬 수 있어."

"그게 말이 된다고 생각해?"

"안 될 건 또 뭐야?"

'루는 여자라고!'라는 말을 할 수가 없어서 유진은 가슴이 답답했다.

'아, 그러고 보니 루가 문제네. 원래대로라면 루와 쥬엔이 한방을 사용해야 하는 건데, 지금은 그럴 수도 없고. 루만 따로 방

을 주면, 그건 그것대로 이상하고.'

"내가 대장과 한방을 쓰지."

와칸이 나섰다.

'그래, 와칸은 루가 여자라는 걸 아니까 여러 가지로 배려해 줄 거야. 지금 대장의 상태로 봐서는 루의 목욕 시중까지 들겠다고 나설 게 분명하니, 차라리 와칸을 옆에 붙여 두자.'

그렇게 판단한 유진이 가볍게 고개를 끄덕이자, 아니나 다를까 케이가 볼멘소리를 냈다.

"나는 안 되고, 와칸은 되는 이유가 뭔데?"

"넌 속셈이 빤하니까."

"속셈이 빤하다니. 난 그저 대장을 조금이라도 편하게 모실 생각으로만 머릿속이 꽉 차 있는 놈이야."

그렇지 않다는 걸, 유진도 알고 와칸도 알고 심지어 쿠반까지 알고 있었다.

케이는 '셔너'로 있을 땐 무슨 짓을 해도 된다고 생각하는 모양이지만, 그의 부하들은, '대장이 루에게 반했어! 루는 남자인데도!'라는 생각을 하고 있었다. 케이가 만들고자 했던 '충성심 넘치는 셔너'라는 이미지는 온데간데없었다.

셔너와 쿠반이 한방, 텐치와 유진이 한방을 사용하기로 했고, 쥬엔은 따로 방을 잡았다. 파필리아를 다른 이에게 인수하고 온 쥬엔은, 토스카보다 몇 배는 더 많은 돈을 소유하고 있었다. 아마도 쥬엔이 쿠반을 그녀의 방으로 끌어들이리라 생각했지만,

쥬엔은 모두의 예상을 깨뜨렸다. 그녀 혼자서 방으로 쏙 들어가 버린 것이다.

"쟤가 왜 저러지?"

쿠반이 이상하다는 듯 중얼거렸다.

"네가 못되게 굴어서 그렇지, 뭐."

루의 말에 쿠반이 인상을 찌푸렸다.

"대장, 내가 뭘 못되게 굴었다고 그러슈? 내가 얼마나 끝내주는 밤을 보내게 해 주는데. 이제 나 없이는 살 수 없는 몸이 되었을걸."

쿠반의 반박에 루는 속으로 한숨을 삼켰다. 아무리 남자들만 득실거리는 곳에서 살아왔다지만, 여자 마음을 저리도 모를까.

'뭐, 나랑은 상관없지.'라고 생각하며, 루는 와칸과 함께 그들의 방으로 향했다.

방에 짐을 푸는 동안, 와칸이 말했다.

"일이 이렇게 되어서 죄송합니다, 대장."

"응? 뭐가?"

"저랑 같은 방을 사용하게 되어서요."

"아니, 괜찮아."

"괜찮지 않습니다. 대장은 아무래도…… 음. 상황을 봐서 다른 곳에서 자든가 하겠습니다."

"괜찮아, 와칸."

루는 와칸의 가슴에 살며시 손을 얹고 그를 올려다봤다.

"정말로 괜찮아. 그런 건 버린 지 오래야. 너도 알잖아."

"글쎄요. 그런 게 버리려고 한다고 버릴 수 있는 걸까요?"

안쓰럽다는 듯한 와칸의 눈빛이 마음에 들지 않았다. 이 상황에서 여자로 살아간다 해서 달라지는 것은 없다. 드레스를 입고 장신구를 두른들, 케이의 마음을 얻을 수 있을까?

오히려 지금이 좋았다. '대장 놀이'를 하는 동안에는, '셔너'가 말도 못 하게 다정하니까. 마치 사랑에 빠진 바보 같은 사내처럼 행동해 주니까.

만약 루가 여자라는 걸 알았다면 그렇게 잘해 주진 않았을 것이다. 쫓아내지나 않으면 다행이지.

벌컥—

"대장, 뭐하는 거예요? 나 말고 다른 남자 가슴을 더듬거리는 건 싫습니다."

노크도 없이 들어온 케이가 투덜거렸다. 와칸이 인상을 찌푸렸다. 케이가 '셔너'로 행동하는 모습이, 와칸에게는 아직도 적응되지 않는 모양이다.

"자요, 대장. 여길 쓰다듬으십시오."

루의 옆으로 온 케이가 자기 가슴을 내밀며 말했다.

한결 따뜻해진 날씨 때문에 얇아진 옷 위로, 단단한 근육이 드러나는 그의 가슴을 물끄러미 응시했다. 만지고 싶다. 하지만 그러면 안 되겠지.

"쓸데없는 소리하지 마, 셔너. 그렇게 손길이 그리우면 어디

가서 여자라도 만나고 오든가."

루는 마음에도 없는 소리를 내뱉었다. 케이가 서운하다는 듯 눈썹 끝을 늘어뜨렸다.

"싫어요, 대장. 여자 손길이 그리운 게 아니라, 대장 손길을 원하는 거라고요."

그가 '셔너 놀이'에 푹 빠졌다는 걸 알면서도, 그 말에 설레는 자신이 싫었다. 루는 쓴웃음을 지으며 얇은 코트를 집어 들었다.

"됐어. 나가자. 얼른 일 끝내고 수도를 벗어나야지."

*　　*　　*

수도는 무척이나 넓어서, 본청까지는 걸어서 한참이 걸렸다. 여관 주인은 근처에 자동 마차를 타는 곳이 있는데, 그걸 타면 10분도 되지 않아 본청에 갈 수 있다고 했다.

"자동 마차가 뭐야?"

루가 물었다.

"말없이 달리는 마차입니다. 기계로 움직이는 거죠."

"헤에. 그런 게 다 있어?"

"지금은 수도에서만 쓰이지만, 앞으로 대륙 전역으로 퍼질 것 같더군요. 마법 없이도 편히 살아가는 방법이 생긴 거죠."

자동 마차는 30분마다 한 번씩 출발한다고 했다. 대기소에서 기다리는 사람들이 몇 명 눈에 띄었다. 서로 대화를 나누는 걸로 보아 동행인 것 같았다.

수도에서도 루의 미모는 통했다. 사람들이 루를 보며 수군거리기도 하고, 얼굴을 붉히기도 했다.

"대장, 앞으로는 후드를 사서 쓰고 다니시는 게 좋겠습니다."

케이가 말했다.

"응? 왜? 얼굴이 알려지면 안 되나?"

"아뇨, 대장 얼굴은 저만 보고 싶어서요."

"헛소리 좀 작작해, 서너."

"아름다운 것을 혼자 소유하고 싶은 건 누구나 갖고 있는 마음이지요."

"됐어."

까칠한 척 대답하면서도, 루의 심장이 뛰었다. 이 소리가 케이의 귀에 들어갈까 봐 걱정스러웠다.

'대장이 다시 대장의 위치로 돌아가면 이런 말도 해 주지 않겠지.'

그렇다면 계속 이 상태로 있고 싶다는, 바보 같은 생각을 했다.

자동 마차는 일반 마차보다 컸다. 마차와 비슷한 모양이지만 더 많은 사람들이 탈 수 있게 개조되었고, 앞에는 말 대신 마차를 움직이는 기계가 달려 있었다. 기계 때문에 전체적으로 기괴한 생김새였다.

길이 잘 닦여 있어서 자동 마차를 타고 달리는 길은 편안했다. 구온 시와는 사뭇 다른 풍경에 취해, 정신없이 창밖을 구경했다. 사람들의 옷차림도 구온 시와는 달랐다. 좀 더 간편하게 입고 벗을 수 있는 옷을 입은 사람들이 많았다.

"대장도 저런 걸 한 벌 사셔야겠습니다."

케이의 말에 정신을 차렸다.

"아, 응. 그러게."

'대장'이라는 호칭 때문인지, 마차를 같이 타고 있는 사람들의 시선이 루에게로 향했다. 호기심 어린 시선들이 불편했지만, 오만한 대장을 연기해야만 했다. 뻣뻣하게 고개를 들고 앉아 있느라 목에 쥐가 날 것만 같았다.

본청에서만 멈추는 줄 알았는데, 가는 길에 몇 번이나 마차가 멈추고, 사람들이 내렸다. 본청에 도착할 무렵엔 루와 케이만 남아 있었다.

구온 시의 시청 정도로만 생각하고 있었는데, 중앙 본청은 무척 크고 높았다. 회백색 벽돌로 지은 본청은 7층짜리 넓은 건물이었다. 1층 로비에는 안내인들이 앉아 있었는데, 그들에게 가서 스투루티오 섬 토벌에 대해 알리자, 3층의 토벌 담당실로 가라고 했다.

"이렇게 큰 건물은 처음이야."

계단을 올라가며 말했다.

"황궁은 더 큽니다."

"그런 것 같더라. 멀리서도 보일 정도니까."

"앞으로 더 큰 건물들이 많이 생기겠지요."

그런 대화를 나누며 3층 토벌 담당실로 향했다. 그러자 담당자가 서류 한 장을 주며 말했다. 2층의 인명 정보실에 가서 신분을 확인받고 오라고.

시키는 대로 2층에 가서 신분을 확인받는 데만 1시간이 넘게 걸렸다. 확인증을 가지고 다시 토벌 관리부에 가서 2시간이나 대기한 끝에, 또 다른 서류를 받았다. 토벌 증명서로, 이걸 가지고 5층 통제실에 가서 확인 도장을 받아와야 한단다.

이때부터 케이의 표정이 점점 굳어지기 시작했다.

그럴 수밖에 없는 것이, 5층 통제실 앞에서만 2시간 넘게 대기를 해야만 했기 때문이다. 사람이 많으면 어쩔 수 없다고 생각하겠지만, 기다리는 사람들도 없었다.

"오늘은 업무가 종료되었습니다. 내일 다시 와 주세요."

2시간 기다린 끝에 나온 담당자가 말했다. 분노한 케이가 마법을 쓰려는 듯 손을 들어 올렸지만, 루가 그의 손목을 붙잡았다.

"참아, 서너. 나가자."

모두를 불태우고 나가겠다는 케이를, 간신히 밖으로 끌고 나왔다. 부루퉁한 그를 데리고 근처에 있는 식당으로 향했다. 어느새 모습을 드러낸 라크도 그들의 뒤를 따라 식당 안으로 들어갔다.

2층에 자리를 잡고 생전 처음 보는 이름의 음식들을 주문했다. 여전히 부은 케이의 표정을 보며 라크가 킬킬 웃었다.

"반푼이는 인내심이 없구만. 이 정도로 성질을 내는 걸 보면."

"쓸데없는 기다림은 사양이니까요. 갈 길이 바쁜데, 이런 곳에서 발목을 잡힐 줄은 몰랐습니다."

"예전에는 이것보다 빠르게 업무를 처리했는데. 수도도 많이 변했군."

"라크도 수도는 오랜만인가 보군요."

"대륙으로 들어온 후에 쓱 둘러보긴 했어. 높은 건물들이 생겨서 깜짝 놀랐지. 예전에도 높은 건물들은 있었지만, 전부 마법을 사용해서 건축한 것들이었잖아. 이제는 마법이 없어도 그런 게 가능하다는 것이 신기해."

"하지만 이런 건 가능하지 않죠."

케이가 자기 볼을 톡톡 두드리며 말했다.

사실 케이는 구온 시에 있을 때보다 훨씬 더 모습이 변해 있었다. 원래는 마법 약으로 머리카락과 피부색을 변하게 했을 뿐이었는데, 지금은 케이가 직접 마법을 사용해 얼굴의 형태까지 바꾸었다.

그래서 루는 케이와 붙어 있으면서도 때때로 케이가 그리웠다. 그의 원래 얼굴을 보고 싶었다.

곧 요리가 나왔다. 처음 보는 모양의 음식이지만 냄새는 좋았다. 수도에 들어와서 처음 먹는 음식에 기대를 품고 포크를 들었을 때였다.

"토스카의 대장, 루. 맞지?"

누군가 식탁 옆으로 다가와 말을 걸었다. 루는 무시하고 포크를 움직였는데, 그가 빈 의자에 앉으며 말했다.

"난 바빈터 백작이다. 얘기 좀 하지."

*   *   *

바빈터 백작은 둘이 이야기하고 싶으니 아랫것들을 내보내라고 말했다. 루는 절대 나가지 않겠다고 말하는 케이를 간신히 쫓아냈다. 라크는 케이를 따라 나가는 척했지만 모습을 감추고 다시 루의 옆으로 돌아왔다.

라크의 기척이 근처에서 느껴져서, 루는 안심했다.

구온 시라면 모를까, 수도에서 혼자 남겨지는 건 조금 불안했기 때문이다. 바만 제국의 수도는 다른 나라에 온 것처럼, 루에게는 몹시 생경했다.

"토스카의 대장에 대해 듣긴 들었는데, 이거 정말 인물이 걸출하군. 하하하하. 만나서 반갑네."

바빈터 백작이 호쾌하게 말했다. 루는 가만히 그의 얼굴을 뜯어봤다. 나이는 30대 후반, 혹은 40대 초반. 호남인 척하지만 미간의 짙은 주름의 흔적으로 보아 인상을 찌푸리는 일이 많을 것 같고, 말을 마치자마자 꽉 다문 입술은 고집스러워 보였다. 가늘고 찢어진 눈매에 번뜩이는 눈동자는 욕심이 많아 보여서, 가까이하고 싶지 않은 인물이었다.

'전에 비비안을 초대했던 사람이 바빈터 백작 부인이었지. 거

길 가는 길에 비비안이 공격을 받았었고.'

가터 백작이 배후를 찾아내려 했지만 실패했다. 습격자 중 숨이 붙어 있던 사람이 자살을 해 버렸기 때문이다. 하지만 가터 백작은 배후가 짐작이 된다고 말했다.

　—50년 전이었던가. 제국의 재정 상황이 엉망이 되어서 귀족 작위를 무분별하게 팔던 때가 있었지. 바빈터 가문은 그때 작위를 샀어. 뭐, 단지 그뿐이라면 그런 귀족들이 많으니 그냥 넘어갔겠지만, 현재 바빈터 백작의 할아버지, 그러니까 그 당시에 귀족 작위를 돈 주고 산 그 인물이 돈 자랑을 그렇게 했다고 하더라고. 그것 때문에 귀족들 사이에서 배척을 받았나 봐.

돈 주고 귀족 작위를 사더라도, 공을 세우거나 조용히 지내다 보면 어느 사이엔가 원래의 귀족들 사이에 녹아들기 마련이었다. 그러나 바빈터 가문은 대를 이어서도 '돈 자랑'을 하기에 여념이 없었다. 황제에게 잘 보이기 위해, 대륙 각지에서 사들인 보석이나 장식품을 진상하는 바빈터 백작이, 다른 귀족들의 눈에 고와 보일 리가 없었다.

　—귀족들에게 인정을 못 받으면 명예로운 자리에 앉기도 힘들지. 바빈터 백작은 구온 시의 시장이 되고 싶어 했

지만, 귀족들도 시민들도 반대를 했다네. 그래서 난 그자의
소행이 아닐까 싶어.

토스카의 대장 역할을 하며 가터 백작을 만날 기회가 많았고, 대화도 많이 나누었다. 가터 백작은 쉽게 판단하고 떠들어 대는 성격이 아니었다. 신중한 가터 백작에게서 그런 말을 들은지라, 바빈터 백작이 곱게 보이지 않았다.

"무슨 일이십니까?"

루가 딱딱하게 말했다.

"응, 뭐. 대단한 일은 아니고. 지금 어디에 묵고 있지?"

"그걸 알려드려야 할 필요가 있습니까?"

"그렇게 날을 세울 거 없어. 자네들에게 나쁜 짓을 하려고 온 게 아니니까. 아, 혹시 나에 대해 못 들어 봤나? 비비안 양과 친하다면 날 알 법도 한데."

"들어 봤습니다. 전에 비비안 양이 바빈터 백작 부인께 초대를 받아 갈 때에 제가 호위를 했었죠."

기분 탓일까.

순간 바빈터 백작의 표정이 굳어졌다. 루는 조금 더 찔러보기로 했다.

"그때 습격을 당했습니다. 누가 보냈는지는 몰라도, 실력이 형편없는 자들로만 보냈더군요. 총을 들고 있는데도 검 한 자루로 베어 죽일 수 있어서, 오히려 이쪽이 민망할 정도였습니다."

바빈터 백작의 얼굴이 붉게 달아올랐다. 루는 속으로 미소를 지었다.

'이자가 범인인 게 확실하군.'

하지만 이제 와서 뭘 어쩔 생각은 없었다. 바빈터 백작은 실패했고, 가터 백작은 여전히 구온 시의 시장이다. 문제는 구온 시 근처의 영지에서 사는 바빈터 백작이, 어쩐 일로 수도에 와서 루와의 면담을 요청했는지였다. 그의 태도로 보아, 이런 곳에서 만나게 된 것이 우연은 아닌 것 같았다.

"그, 그것참 위험했겠구만. 그래도 자네 혼자는 아니었겠지. 비비안 양을 호위한 기사들도 있었을 테니까."

누가 봐도 '나 범인이야.'라는 듯한 그의 태도에, 루는 안도했다. 바빈터 백작은 생각보다 멍청한 자였다. 머리가 나쁜 자를 상대하는 것은 어렵지 않다.

루가 묵묵히 그를 응시했더니, 그는 민망한 듯 헛기침을 하며 시선을 피했다.

"아무튼 수도는 구온 시와 달리 물가가 비쌀 거야. 구온 시 근처에서 지낼 때 토스카의 이름을 많이 들어 보기도 했고, 자네가 과거에 어렵게 살았다는 이야기도 들었어. 파필리아의 괴물이 자네라면서?"

"네, 뭐."

"아무리 봐도 괴물이란 별명이 붙게 생기진 않았는데 말이야. 괴물이라기보다는 꽃 아닌가, 꽃. 하하하하."

뭐가 웃긴 건지 바빈터 백작이 크게 웃었다. 루는 예의상 짓는 미소조차 짓지 않았다.

"그런데 자네, 정말 남자 맞나?"

바빈터 백작은 주제를 넘나들었다. 루는 인내심의 한계를 느끼며 입을 열었다.

"바빈터 백작님. 무슨 말을 하고 싶은 건지 도통 모르겠습니다. 내 식사를 방해한 이유가 무엇인지요."

정중한 듯 하지만 '할 말 하고 꺼져.'라는 의미를 내포한 말이었다. 바빈터 백작도 그걸 느낀 듯 인상을 찌푸렸다. 곧 불호령이 떨어질 거라 생각했는데, 바빈터 백작은 다시 만면에 미소를 지었다.

'역시 꿍꿍이가 있군.'

바빈터 백작 같은 자가 이런 상황에서도 분노를 억누르는 데는, 중요한 이유가 있을 것이다.

"시골 촌뜨기들에게는 수도가 적응이 안 될 거야. 물가도 비싸고 거리의 모습도 완전히 다르지. 자동 마차는 타 봤나?"

"바빈터 백작님."

"아, 그래, 그래. 할 말 말이지. 근처에 별장 하나가 있어. 토스카를 거기서 묵게 해 주지. 어때?"

"왜죠?"

"응?"

"왜 그런 호의를 베푸시려는 거죠?"

"그거야 자네들이 같은 구온 시 사람들이기도 하고, 가터 백작님과 친하다면 나랑도 친한 거니까. 내가 가터 백작님과는 긴밀한 사이거든."

'그래, 죽이고 싶어 하는 사이겠지.'라고 생각하며 루는 말했다.

"제안은 고맙지만 거절하겠습니다."

이번에는 바빈터 백작이 표정 관리를 하지 못했다.

"뭐라고?"

"호의를 받아들이면 이쪽에서는 빚을 진 기분이 들지요. 나중에 바빈터 백작님의 부탁을 들어줘야 하는 상황이 생길지도 모르고요."

"아니, 내가 불량배 무리들에게 부탁 같은 걸 할 것 같아?"

"네, 우리는 불량배 무리입니다. 좋은 말로 하면 용병단, 나쁜 말로 하면 불량배겠죠. 그런 우리에게 호의를 베풀려는 이유를 모르겠습니다."

"이래서 미천한 것들은 말이 안 통한다는 소리가 나오는 거야. 귀족들 중에는 아량이 넓어서, 너희 같은 것들을 위해 이유 없이 베풀려는 사람들도 있는 법이거든. 그럼 너희 같은 것들은 감사한 마음으로 받아들이면 되는 거야. 나니까 차분하게 이런 설명을 해 주는 거지, 다른 귀족이었으면 넌 이 자리에서 목이 떨어졌을 거야. 알아? 알면 감사한 마음으로 내 제안을 받아들여."

"난 안다고도 안 했고, 그 제안을 받아들일 생각도 없습니다. 내 목을 베실 생각입니까?"

"뭐?"

"그런데 어쩌지요."

루는 등에 메고 있던 클레이모어를 향해 손을 움직였다.

"난 당신에게 질 것 같지 않은데요."

이런 대응은 예상치 못했는지, 바빈터 백작의 얼굴에서 핏기가 빠져나갔다. 그는 겁에 질린 눈으로 의자에서 일어서려다가 기우뚱하더니 옆으로 쓰러졌다.

우당탕―

큰 소리가 나자 식당 안에 있던 사람들이 이쪽을 쳐다봤다. 그들이 키득거리고 수군거리자, 바빈터 백작의 표정이 험악해졌다.

"내, 내가 누군지 알아? 니들 같은 것들이 비웃을 만한 사람이 아냐! 나는 바빈터 백작이다!"

그가 가문의 문장이 찍힌 검을 들어 보이며 외치자, 웃음소리가 쏙 들어갔다. 귀족들 사이에서는 바보 취급을 당해도, 평민들 앞에서는 위세를 펼칠 수가 있었다. 바빈터 백작이 귀족인지 몰랐던 손님들은 서로 눈치를 보며 슬금슬금 식당을 빠져나갔다.

"봤지? 이게 내 위치다, 루."

바빈터 백작이 허리를 펴고 말했다.

"그렇군요. 하지만 검 앞에서는 누구나 평등한 법이지요. 겨루어 보시겠습니까? 백작 가문의 검과 토스카의 검을 걸고?"

"못 배워 먹어서 그런지 버릇이 없군. 나니까 이만큼 참아 주는 거야. 알아?"

"잘 모르겠습니다."

스릉—

루가 검을 뽑았다.

더 이상 바빈터 백작과는 할 이야기가 없었다. 그의 속셈을 짐작했기 때문이다.

'토스카에게 머물 곳을 마련해 주고, 그걸 핑계로 우리를 자기 아래에 두려고 하는 모양인데 순순히 따라 주진 않을 거야.'

수도에서 작위만 받은 후 곧바로 떠날 생각이었다. 이곳을 떠나고 나면 앞으로 바빈터 백작과 부딪칠 일도 없을 것이다. 그래서 루는 더욱 과감해졌다.

거대한 장검을 본 바빈터 백작이 하얗게 질린 낯빛으로 뒷걸음질을 쳤다.

"평민이 귀족을 죽이면 사형이야!"

"잡히지 않으면 그만입니다."

"수도의 경비병들이 얼마나 강한 줄 알아? 구온 시를 생각한다면 오산이야. 이곳의 경비병들은 못해도 기사급이라고."

"하지만 질 것 같지는 않던데요."

루가 한 걸음 다가서자 바빈터 백작이 휙 돌아섰다.

"두고 보자! 오늘 일은 절대로 잊지 않겠다!"

바빈터 백작은 빤한 말을 남기고는 홀연히 그곳을 떠났다. 루는 도로 검을 집어넣고 의자에 앉았다.

요리는 이미 다 식었지만, 루는 포크를 들었다. 어느새 모습을 드러낸 라크가 맞은편에 앉아 웃고 있었다.

"이런 식으로 대처할 줄은 몰랐는데, 루."

"내가 좀 오버했나?"

"나쁘지 않았어. 저런 작자들은 강하게 나가지 않으면 말귀를 못 알아들으니까."

"응, 그냥은 물러나지 않을 것 같더라고."

손님들이 다 빠져나간 식당 2층은 조용하고, 창문으로 들어오는 햇빛 덕에 따스했다. 음식은 다 식었지만 맛있었다.

"셔너는 어디로 갔어?"

"글쎄, 가까운 곳에 있진 않아."

"그래."

"보고 싶어?"

"놀리지 마, 라크. 그런 걸로 장난치고 싶지 않아."

"그럼 어떤 장난을 쳐 볼까?"

"쓸쓸하지 않아?"

루가 라크에게 시선을 보내며 물었다. 라크가 고개를 갸우뚱했다.

"쓸쓸해? 뭐가?"

"마법이 사라져 간다는 건 알고 있었지만, 이곳에 와 보니까 피부로 느낄 수가 있어. 인간들이 더는 마법을 필요로 하지 않는다는 걸. 그래서 이 도시에 들어와 자동 마차와 수많은 기계들을 보는 순간, 널 생각했어. 네가 쓸쓸하지 않을까, 하고."

라크의 입가에 옅은 미소가 번졌다. 늘 짓는 짓궂은 미소가 아닌, 긴긴 세월을 살아온 노인이 짓는 듯한 미소였다. 그는 루를 향해 다정한 시선을 던졌다.

"이번 대지의 아이는 여러 가지로 나를 놀라게 하는구나. 네가 그런 걱정을 하고 있을 줄은 몰랐는데. 나는 괜찮아, 루."

루의 뒤로 순간이동을 한 라크가 두 팔로 루를 끌어안았다. 그 상태로 루의 머리에 턱을 괸 그가 말했다.

"존재하는 것들은 언젠가 사라지기 마련이야. 인간도, 드래곤도, 성과 도시도, 나라도, 혹은 동물과 산조차도 언젠가는 사라지지. 그렇게 흐르는 시간 사이를 걸어가, 멋지게 소멸하기 위해, 우리는 존재하는 게 아닐까?"

"멋지게 소멸하기 위해?"

"그래, 인간은 죽지만 멋지게 산 인간은 이름이 남지. 드래곤은 거의 다 사라졌지만 그 이름은 전설처럼 남아 있어. 마법 또한 마찬가지겠지. 나는 괜찮아, 대지의 아이야. 하지만 기쁘구나. 네가 내 마음을 헤아려 주어서."

*　　*　　*

수도에 마지막으로 들른 게 5년 전이다. 고작 5년이 지났을 뿐인데, 수도의 정경은 눈에 띄게 달라졌다. 그 당시에도 자동 마차가 있기는 했지만 이렇게 많이 다니진 않았다.

'확실히 발전했군. 그렇다면 일 처리도 빨라져야 하는데, 뭐가 문제지?'

오늘 중앙 본청에서의 대우는 이상했다. 본청의 일이 더딘 것은 사실이지만 이 정도는 아니다. 토스카가 토벌을 하고 돌아왔을 때, 가터 백작이 수도에 사람을 보내 알렸다. 수도에서 올라오라는 공문이 왔고, 대략 한 달 만에 이곳에 도착했다.

그사이에 일을 처리할 시간이 충분했을 것이다.

'누군가 방해를 하고 있는 건가?'라는 생각을 할 때였다.

뒤를 따라오는 기척이 느껴졌다.

케이가 공격할 준비를 하고 있는데, 뒤에서 귀에 익은 음성이 들려왔다.

"셔너."

케이는 우뚝 멈춰 서 뒤를 돌아봤다. 눈앞에 예상치 못한 여인이 서 있었다.

"비비안 양?"

수도의 유행에 맞춰 몸매가 드러나는 드레스를 입은 비비안의 얼굴에 환한 미소가 떠올랐다.

"셔너, 보고 싶었어요."

"아니, 이런."

케이가 뒷걸음질을 치기도 전에, 비비안이 달려와 케이의 목에 매달렸다. 그녀에게서 장미꽃 향기가 났다.

'어떻게 알아본 거지?'

케이는 당황했다.

구온 시에 있을 때와는 달리, 얼굴 형태를 살짝 바꿨다. 완전히 달라진 건 아니지만, 보통은 알아보지 못할 정도였다.

케이가 당황한 이유를 안다는 듯, 비비안이 속삭였다.

"당신의 모습이 아무리 변해도, 나는 찾아낼 수 있어요. 당신을 사랑하는걸요."

"비비안 양. 이러시면⋯⋯."

"여기는 구온 시가 아니에요. 남들 눈, 의식하지 않을래요. 당신이 정말로 그리웠어요."

*　　*　　*

알리와 나즐은 신전으로 향했다. 신전은 수도 중앙에 위치한 황궁 근처에 있었다. 아니, 있었었다.

"분명 여기였는데."

불과 몇 년 전까지만 해도 신전이 있던 곳에는, 정체를 알 수 없는 커다란 잿빛 건물이 세워져 있었다. 지나가는 사람들을 붙잡아 물었더니, 황제의 근위 기사를 양성하는 아카데미라는 대답이 돌아왔다. 신전은 2년 전에 다른 곳으로 옮겨졌단다.

"아카데미를 황궁 근처에 세웠다고? 이거 이상한데."

나즐이 이상하다는 듯 중얼거렸다.

"일단 신전으로 가 보자."

알리가 불안한 표정으로 나즐의 손목을 잡아끌었다.

도시에서 가장 눈에 띄는 곳에 있었던 신전은, 성문 밖 산속으로 옮겨졌다. 아무리 기계가 발달하고 신이 잊히는 시대라지만 파격적인 이동이다.

"알리, 뭐가 그렇게 걱정되는 거야?"

알리를 따라 걸음을 서두르며 나즐이 물었다.

"수도에 들어오면서부터 이상한 거 못 느꼈어?"

"이상한 거?"

"나즐. 이건 뭔가 이상해. 우리가 수도에 마지막으로 들른 게 언제지?"

"3년 전이었지, 아마?"

"불과 3년이야. 아무리 기계가 발달했다고 해도, 이건 너무 빨라. 저 건물들, 저 자동 마차들. 아무리 수도라지만 구온 시와 비교할 수 없을 정도로 발전이 빨라. 구온 시가 멀리 떨어져 있기는 해도 큰 도시인데 말이야."

"흐음."

"뭔가 있어, 분명히."

험한 산을 한참 걸어 올라간 후에야 신전을 찾을 수 있었다. 신전은 안타까울 정도로 허름했고, 문 앞을 지키는 성기사도 없었다.

방해를 받지 않고 안으로 들어갔다. 다행히 내부는 잘 꾸며져 있었다. 너른 마당에는 레위르 신의 분신인 독수리상이 있고, 화단에는 꽃이 가득했다. 하늘색 옷을 입은 신관들이 조용히 걸어 다니고 있는 걸 보니, 알리는 마음이 놓였다. 도시는 어떨지 몰라도 신전 안은 변한 것이 없었다.

신관 한 명이 다가왔다.

"기도를 드리러 오셨습니까?"

"대신관님을 만나 뵙고 싶습니다."

"네, 이쪽으로 오시지요."

"쉽네요."

"네?"

"대신관님을 만나 뵙기가 쉽다고요. 제가 누군지 아시고."

원래대로라면 대신관을 만나기 위해서는 까다로운 절차를 걸쳐야 했다.

신관이 쓸쓸한 미소를 지었다.

"보다시피 성 밖으로 이동을 한 후, 신도들이 잘 찾지 않습니다. 이곳은 자동 마차도 다니지 않고, 길도 험하니까요. 대신관님께서 말씀하시길, 이런데도 이곳에 찾아오는 신도가 있다면 몹시 절박한 분이시니 언제든 대신관님께 안내하라 하셨습니다."

"그렇군요."

"그럼 이쪽으로."

신관의 뒤를 따라 안쪽으로 이동했다. 원래 신전 안에는 그 사용에 따라 몇 개의 건물이 있어야 했다. 기도실, 신관실, 휴게실, 훈련실 등등. 하지만 지금은 건물이 둘뿐이었다. 하나는 신도들을 위해 기도실과 휴게실 등이 있는 건물이고, 또 다른 하나는 신관들을 위한 건물인 것 같았다.

"대신관님. 신도께서 찾아오셨습니다."

대신관은 30대 중반쯤 되어 보이는 남자였는데, 그가 젊은 것이 놀랄 일은 아니었다. 신관이 되면 노화가 더뎌지고, 신의 음성을 듣는 대신관의 경우에는 외모가 점점 젊어지기까지 한다. 과거 어느 대신관은 10살 남짓으로 보였다는 이야기도 있다.

오히려 그가 30대 중반으로 보이는 게 이상한 일이었다. 대신관은 보통 20대 초중반쯤으로 보이곤 하니까.

대신관은 알리를 보고 놀란 듯 눈을 크게 뜨더니, 황급히 고개를 숙였다.

"신의 심부름꾼은 처음 뵙습니다. 트루하라고 합니다."

신의 심부름꾼.

보통 신관들은 태어나자마자 신전에 맡겨져 교육을 받고 신을 받들며, 신관으로서 살아가게 되어 있다. 교육을 받고 신심이 깊어지는 과정에서 '신력'이라는 것을 사용할 수 있게 되는데, 그것이 가장 강한 자가 대신관이 되기 마련이다.

그런데 간혹 그런 과정이 없이도 신력을 사용할 수 있는 아이가 태어나곤 한다. 그런 자들을 가리켜 '신의 심부름꾼'이라고 부르며 경외했다.

"신의 심부름꾼이라고 불릴 만큼 신력을 가지고 있지는 않습니다. 말씀 낮추시지요."

"요새 같은 때에 신력을 가지고 있다는 것만으로도 존경을 받으실 만합니다."

"신력을 가진 이가 많이 사라졌나요?"

"저도 이제는 거의 사용하지 못하게 되었습니다. 신의 음성을 들은 지도 오래되었습니다. 아, 안으로 드시지요."

소파에 앉아 대화를 계속했다.

"실례지만 연세가 어떻게 되십니까?"

"올해로 아흔이 되었습니다."

역시 이상하다. 대신관은 보통 150년가량 살고, 그때까지 젊음을 유지한다.

"이 외모가 신기하신가 보군요. 허허."

트루하가 볼을 쓰다듬으며 중얼거렸다.

"재작년부터 급속도로 노화가 진행되기 시작했습니다. 처음에는 제 신심이 부족하여 그런 것인 줄 알고 괴로웠는데, 다른 신관들의 신력도 사라져 가더군요."

"신전을 이곳으로 옮긴 후부터인가요?"

"옮겼다기보다는 쫓겨난 것이지요. 저 도시 안에 레위르 님을 믿는 자들은 얼마 남지 않았을 겁니다. 실제로 두 분도 반년 만에 찾아오신 손님입니다."

"이상하네요. 물론 신도가 점점 줄긴 했지만 이 정도는 아니었습니다. 불과 몇 년 만에 이렇게까지 줄어든 데는 분명 이유가 있을 것 같은데…… 혹시 들으신 것 없으십니까?"

"이것이 관련이 있는지는 모르겠는데."

트루하가 난처하다는 표정을 짓더니 말을 이었다.

"몇 년 전, 수도로 한 점술가가 들어왔습니다. 연보라색 머리카락에 완벽한 금색 눈동자를 가진, 기이한 외모의 어린 소녀였는데…… 그 소녀는 거리에서 점을 치기 시작했습니다. 그런데 그 점이라는 것이……."

점이라기보다는 예언이라고 했다. 짧게는 몇 시간 후, 길게는 몇 달 후까지, 소녀는 정확하게 예언을 했단다. 그 소문이 황궁 안까지 퍼져, 황제의 심부름꾼이 소녀를 데리러 왔다. 소녀는 황궁 안에 들어가기를 거절하며, 점을 치고 싶으면 직접 오라고 말했단다.

황제에게 오라 가라 하다니, 대단한 패기다.

"황제가 실제로 소녀를 만나기 위해 점술관을 찾아갔는지, 가지 않았는지는 모릅니다. 다만 후드를 눌러쓴 남자가 일주일에 한 번씩 점술관에 들어간다는 이야기만 들었을 뿐입니다. 그 시기부터입니다. 수도가 이상할 정도로 빠르게 변화하기 시작한 것이."

그다지 좋은 이야기가 아니었다.

예언가들은 자신이 본 것을 얘기하기를 꺼렸다. 미래를 발설한 결과가 처참하다는 것을 알기 때문이다. 하지만 점술가 소녀는 무분별하게 예언을 하고 있었다.

잠시 고민을 하던 알리가 입을 열었다.

"당분간 신전에서 지낼 수 있을까요?"

"물론입니다. 신의 심부름꾼은 항상 환영이지요."

"저희 두 사람이 묵을 곳을 부탁드리겠습니다. 점술가 소녀는 저희가 한번 만나 봐야 할 것 같군요. 아무래도 좋지 않은 일이 벌어질 것 같습니다."

*   *   *

비비안의 향기가 유독 아찔하게 느껴지는 이유는, 그동안 힘겹게 참아 왔기 때문이었다. '셔너'의 역할을 하면서 루와 함께인 시간이 많았고, 스킨십도 잦았다. 루의 향기와 체온을 느낄 때마다 끓어오르는 욕정을 참는 것이, 케이에게는 고된 일이었다.

루가 귀찮아 할 정도로 스킨십을 하더라도, 욕정에 취해 루를 덮치는 일을 해서는 안 된다는 것쯤은 알고 있었다. 루의 어머니는 오르딘 공작의 욕정 때문에 죽었다. 그런 루에게 대장이라는 이유를 상처를 입힐 수는 없었다.

그러나 생리적인 현상을 멈출 수는 없었다. 루를 만난 후, 여자를 안지 않았다. 아니, 안을 생각조차 하지 못했다. 루와 함께 있는 것만으로도 충분하다고 생각했기 때문이다.

하지만 아니었던 모양이다.

비비안의 풍만한 가슴이 눌리는 느낌과 향기가 거절하기 힘든 유혹이 되어 케이를 덮쳐 왔다. 이곳이 거리가 아니었더라면 그녀를 덮쳤을지도 모르겠다.

케이는 그런 자신에게 환멸을 느꼈다.

그녀의 어깨를 밀어내며, 케이가 차갑게 말했다.

"비비안 양이 수도에 있는 이유를 모르겠군요. 언제 왔습니까?"

"몇 주 되었어요."

"그래요? 수도에 볼일이라도 있었습니까?"

"네."

비비안이 손을 뻗어 케이의 뺨을 만졌다.

"당신의 곁에 있고 싶었어요."

케이는 매몰차게 그녀의 손을 치워 냈지만 비비안은 상처 받은 기색이 아니었다.

"가터 백작님의 영애께서 불량배 무리의 단원 중 하나에 불과한 저를 따라다니는 것이 그다지 좋아 보이지는 않는군요."

"상관없어요, 다른 사람들의 시선 따위는. 나는 이제 내 마음을 가장 중요하게 여기기로 했거든요."

"……"

"당신을 사랑해요. 가문을 버리더라도, 당신 곁에 있고 싶어요. 케이."

"서너라고 불러요, 비비안 양."

"사랑 고백을 할 때는 당신에게 하고 싶었어요."

"그 마음은 받아 줄 수 없겠습니다. 나는 해야 할 일이 있고, 그 일이 끝날 때까지는……."

"알아요, 알고 있어요. 그래서 그 일이 끝날 때까지, 당신 곁에서 돕고 싶어요."

"위험합니다. 귀족의 영애께서 함께할 만한 일이 아닐 겁니다."

"나는 당신이 생각하는 것보다 쓸모가 있을 거예요. 약초를 잘 다루고 인체에 대해서도 잘 알아요. 단원들이 다쳤을 때 치료해 줄 수 있고, 그게 아니더라도…… 돈이 있어요."

"돈이요?"

"네, 돈이요. 저택을 나올 때 챙겨서 나왔거든요."

비비안이 혀를 살짝 내밀면서 웃었다. 케이는 속으로 한숨을 삼켰다.

이 철부지 아가씨를 어쩐다.

말로 해서는 돌아가지 않을 것 같았다. 그렇다고 비비안을 토스카에 받아 줄 수도 없었다. 처음에야 잘 버틸지도 모르지만, 고된 여행이 계속되면 지쳐서 쓰러질 것이다. 곱게 자란 아가씨는 데리고 다니기 힘들다.

"이 도시에서 내가 비비안 가터라는 걸 아는 사람은 없어요. 그냥 비비안이라고 불러요, 서너. 그리고 편하게 대해도 돼요. 나에게도 당신의 친밀함을 나눠 줘요."

비비안은 수도에 오면서 자존심을 다 버린 듯 케이에게 애원했다. 아름다운 여인이 애걸하는 데 화를 낼 남자는 없었다. 케이는 그녀를 빤히 응시하다가 휙 돌아섰다.

"편하게 대하라는 걸 사양할 이유는 없지. 일단 돌아가 있어. 대장과 의논해야 하니까."

"하지만 실질적으로는……."

"토스카의 대장은 루야, 비비안. 그 사실을 간과하지 마."

케이가 걸음을 옮겼다.

아랫입술을 잘근 깨물고 그의 뒷모습을 지켜보던 비비안은 그의 뒤를 따라가기 시작했다. 자존심 같은 건 버린 지 오래다. 그와 떨어지고 싶지 않다.

그녀가 따라오는 걸 모를 리 없건만, 케이는 굳이 비비안을 말리지 않았고, 비비안은 그것을 좋은 징조라고 생각했다.

*　　　*　　　*

신전에서 지내기로 한 나즐과 알리가 루의 방에 있는 것도 이상했지만, 더 이상한 것은 케이의 옆에 붙어 있는 비비안이었다. 수도에서까지 비비안을 보게 될 줄 몰랐던 루는 당혹감을 감추느라 애를 먹었다.

마치 연인이라도 되는 것처럼 케이의 팔에 팔짱을 낀 비비안은 루를 향해 승리의 미소를 지었다.

'왜?'

비비안이 루의 성별에 대해 알 리 없었다. 그런데 왜 저렇게 라이벌을 보는 듯한 시선을 보내는 걸까?

루는 불쾌함을 감추고 방문을 닫았다.

"비비안 양이 왜 여기에 와 있는 거지, 서너?"

"절 따라왔습니다, 대장."

"호오. 그래? 인기가 많아서 좋겠네. 그거 자랑하려고 내 방에 와 있는 거라면 성공했어. 아주 배가 아파 죽겠거든."

농담 섞인 말을 던졌지만 비비안은 인상을 찌푸렸다. 루의 오만한 태도가 마음에 안 든 것이리라.

하지만 루는 그녀의 기분을 살필 생각이 없었다. 이런 곳까지 따라오다니. 솔직히 민폐다.

"비비안이 우리 여정에 함께하고 싶다고 합니다."

창가로 향하던 루는 케이의 말에 우뚝 걸음을 멈췄다.

"뭐라고?"

"약초를 잘 다루고 돈도 많다고 하는군요. 우리 일행에게 도움이 될 수 있다는데요. 어떻게 생각하십니까, 대장?"

"흐음. 여자가 필요했어, 서너?"

루가 케이를 향해 은근한 눈빛을 던지며 물었다. 케이가 피식 웃었다.

"사내에게 여자가 필요한 건 당연하지요, 대장."

케이의 답이 송곳이 되어 루의 심장에 박혔다.

그래, 남자에게는 여자가 필요하지. 그게 당연하지.

루는 쓴웃음을 삼키며 고개를 끄덕였다.

"우리 일정에 폐가 되지만 않는다면 동행해도 좋아."

"난 싫은데."라고 나즐이 중얼거렸지만, 비비안은 못 들은 척 했다.

"나즐과 알리는 왜 여기에 있는 거야?"

"대장에게 보고할 일이 있어서 왔는데……."

알리가 말끝을 흐리며 비비안에게 시선을 던졌다. 나가라는 의미지만, 그것조차 비비안은 모르는 척했다.

"오늘은 그만 돌아가, 비비안. 우리끼리 할 이야기가 있어."

케이가 비비안에게 말했다. 비비안을 향한 그의 태도가 한결 편해졌다는 사실이 루의 가슴을 후벼 팠다. 두 사람의 친근한 모습을 보는 건 즐겁지 않다.

"나도 이제 일행이 될 텐데……."

"동행을 허락한 것일 뿐, 비비안 양이 우리 토스카라는 건 아냐. 셔너를 향한 마음은 알겠지만 적당히 하고 돌아가지?"

루가 말했다. 비비안은 노골적으로 적대감이 어린 시선을 보내다가 벌떡 일어났다.

"그래요, 루. 나가드리지요. 그럼 회의 잘해요, 셔너."

비비안은 보라는 듯이 케이의 볼에 입을 맞추고는 휙 돌아서서 방을 나갔다. 셔너가 가볍게 두 손을 들며 말했다.

"난 피하려고 했습니다, 대장. 생각지 못한 입맞춤이었어요."

"그런 건 아무래도 상관없어. 알리, 하려는 말은?"

"점술가 소녀에 대한 이야기예요, 대장."

알리가 오늘 있었던 일과 대신관에게 들은 이야기를 설명하는 동안 아무도 말을 끊지 않았다. 알리의 보고가 끝났을 때 라크가 모습을 드러냈다.

"예언이란 말이지?"

"네, 라크 님도 몰랐습니까?"

"대륙을 대충 둘러보기만 한 거라서 자세한 건 몰랐어. 바만 제국 수도가 유독 발전한 게 이상하다는 생각은 했지만."

"다른 나라들 수도는 이렇지 않죠?"

"응."

"아무래도 예언가가 미래의 기술을 끌어들인 게 아닌가 싶습니다. 높은 건물들만 봐도…… 이게 마법 없이 가능한 걸까요? 아무리 기계가 있다고 하지만."

"그럴싸한 예측이야."

"하지만 제가 알기로 예언가가 보는 미래란 불투명한 것이 많다고 알고 있습니다. 기술을 가져다줄 정도로 뚜렷하게 미래를 볼 수 있는 사람은 없다고 아는데…… 라크 님이 보기엔 어떤가요?"

"기이한 것이 태어났구나, 라는 생각을 하고 있지. 신기한 계집이군. 한번 만나 봐, 루."

"그래야겠어. 나즐, 알리. 신전에서는 머물 수 있겠어?"

"네, 대장. 일단 허락은 받아 뒀어요."

"그래, 그럼 일단 돌아가 있도록 해. 점술가 소녀를 확인해 보고 그쪽에 알릴 테니까."

"아, 그거 말인데요. 대신관의 말로는 신전이 이동을 하면서, 신관과 신관 후보생들 대부분이 신전을 떠나 여기저기로 흩어졌다고 합니다. 그들 중에 신력이 남아 있는 자들을 찾아내서 이쪽에 합류를 시키고 싶은데, 괜찮을까요?"

"수도를 떠나겠다고?"

"어차피 수도에서는 할 일이 없을 것 같아서요. 만약 점술가 소녀가 문제가 될 것 같으면 이곳에 있어야겠지만, 그게 아니라는 게 확인되면 곧바로 떠나고 싶어요."

루는 케이를 돌아봤고, 케이는 가볍게 고개를 끄덕였다.

"그래, 좋아. 그럼 그렇게 해. 점술가는 내일 찾아가 볼게. 오늘은 좀 쉬고 싶어."

나즐과 알리가 꾸벅 인사를 하고 나갔지만, 셔녀는 꿈쩍도 하지 않았다.

"셔녀, 나가."

"조금만 더 있다가 나갈게요, 대장."

"됐으니까 나가. 비비안 양이나 챙겨 주지 그래?"

"에이, 대장. 내가 다른 여자에게 눈 돌려서 삐치셨어요?"

케이가 평소처럼 장난스럽게 말하며 루를 향해 팔을 뻗어 왔다. 다른 때라면 못 이기는 척 그의 품에 안겼겠지만, 이번에는 그러지 않았다. 루는 슬쩍 뒤로 물러나며 말했다.

"내가 왜 삐쳐? 네가 어떤 여자랑 뒹굴든, 나와는 관계없는 일이야. 나는 피곤하고, 여기는 내 방이야. 나가, 셔너."

"대장, 나한테 너무 차가워요. 다른 애들한테는 안 그러면서."

"네가 필요 이상으로 들러붙으니까 그렇지. 다른 애들은 그러지 않잖아."

"필요 이상입니까?"

"응, 필요 이상이야."

"내가 대장을 만지는 게 그렇게 싫어요?"

사실은 좋아, 라고 말할 수 없었다. 루는 그를 똑바로 응시하며 말했다.

"응, 싫어."

순간, 케이의 눈동자에 상처를 입은 빛이 스치고 지나갔다. 하지만 착각이리라. 그는 곧 근사한 미소를 지으며 가볍게 고개를 숙였다.

"알겠어요, 대장. 그럼 앞으로는 주의할게요."

"응, 주의해."

"쉬어요, 대장."

"응."

케이가 나갔다.

이곳이 케이의 방이 아니니 나가는 게 당연하다. 하지만 여느 때보다도 강한 공허함이 느껴졌다.

"주아, 이리 와."

침대에 누워 주아를 부르자, 구석에 얌전하게 누워 있던 주아가 달려왔다. 주아의 폭신한 털에 얼굴을 묻은 루의 옆에, 라크가 앉았다. 라크는 루의 검은 머리카락을 쓰다듬으며 말했다.

"그냥 말해 버려, 루."

"뭘?"

"네가 여자라는 걸."

"싫어."

"왜 그렇게 고집을 부려? 사내는 욕정에 지배되는 생물이야. 네가 그 가슴을 드러내고 유혹하면, 몇 번쯤은 그의 품에 안길 수 있을걸."

"싫어, 라크."

"그에게 안겨. 사랑의 언어를 내게 줘서 사랑을 속삭이진 못하겠지만, 적어도 그의 체온은 얻을 수 있겠지. 그 얄미운 비비안이란 계집아이를 제치고 말이야."

"나는 비비안의 대용품이 될 생각 없어. 애정 없는 품에 안길 생각도 없어. 이대로가 좋아. 내가 루로 있는 한, 그는 내게 다정한 시선을 보내 주니까."

＊　　＊　　＊

케이는 거칠게 방문을 닫았다.

'빌어먹을!'

루를 안고 싶다. 루의 입술을 탐하고 옷을 벗겨 알몸을 감상하고 싶다. 그 작고 따스한 몸을 안아 주고, 핥아 주고, 쓰다듬어 주고 싶었다.

빌어먹을 욕망이다. 사내에게 이런 감정을 느끼다니.

플라토닉러브 따위는 세상에 존재하지 않는다. 사랑을 하면 입을 맞추고 싶어지고, 그 육체를 탐하고 싶어지는 게 당연하다.

셔너라는 이름으로 루를 안고 쓰다듬는 동안, 무시하려고 했던 욕망이 걷잡을 수 없을 만큼 커져 버렸다. 이런 때에 비비안이 나타나 준 것이 다행이었다.

'그래, 루는 늘 귀찮아 했지.'

케이가 대장일 때는 모르겠지만, 셔너가 된 후 루에게 스킨십을 할 때마다 루는 싫은 기색을 보였다. 같은 사내의 손길이 귀찮고 역겨운 것이 당연했다. 케이만 해도, 와칸이나 쿠반이 자신을 끌어안는다고 생각하면 소름이 돋으니까.

그동안 루는 참아 준 것이리라. 그걸 간과하고 있었다.

"왜 그렇게 표정이 썩었어, 셔너?"

침대에서 들려오는 소리에 깜짝 놀랐다. 방 안에 쿠반이 있다는 것조차 깨닫지 못했다.

"아아, 쿠반. 너야말로 표정이 말이 아닌데."

"어, 난 지금 기분이 아주 더러워."

"왜?"

"시카족 계집이랑 좀 뒹굴까 했는데, 그 계집이 날 깠거든. 갈

데가 있다면서."

"같이 가지 그랬어?"

"싫다더라고. 이 몸이 같이 가 주겠다는데도 거절하다니."

"그냥 솔직하게 같이 있고 싶다고 말하지 그랬어?"

"같이 있고 싶은 건 아니었거든? 내가 계집 따위와 같이 있고 싶어 할 것 같냐?"

"그럼 왜 그렇게 화가 난 건데?"

"무시를 당했으니까! 이 몸이 죽여주는 잠자리를 제공해 주는데도 거절을 했으니까!"

"……"

"빌어먹을 계집. 안아 주나 봐라. 넌 왜 그 모양인데?"

"재미없는 이야기를 들었거든."

루 때문이라고 말할 수는 없었다. '싫어.'라고 말하며 똑바로 응시하던 그 푸른 눈동자 때문이라고는, 죽어도 말할 수 없었다. 그래서 케이는 점술가에 대해 이야기했다.

"그런 일이 있단 말이야? 대장은 뭐래?"

"내일 가서 만나 보겠대."

"흠. 위험한 계집일 수도 있으니, 내가 지금 가서 보고 올까?"

"관둬. 상대는 예언가야. 네가 찾아올 것 역시 알고 있을지도 몰라."

"그럼 더 잘됐지. 위험한 계집이다 싶으면 죽여 버리면 되니까."

"관두라고 말했다, 쿠반."

케이의 음성이 낮아지자, 막 일어났던 쿠반이 콧등을 실룩거리며 도로 침대에 누웠다.

"성질은."

"네놈 성질이나 어떻게 해 보지 그래? 그런 성질머리로는 조만간 쥬엔에게 차일 거다."

"헹. 그 계집이 날 찰 리 없잖아."

"왜 없다고 생각하지? 네가 첫 키스 상대라서?"

"응. 그 계집은 나랑 결혼하고 싶어서 안달이 나 있거든."

"글쎄. 시카족의 규율이 그렇긴 하지만, 쥬엔이 널 버려야겠다고 판단한다면 방법이 아주 없는 것도 아니지. 널 죽이면 그만이니까."

"에이, 셔너. 그런 끔찍한 소리는 하지 말지? 쥬엔이 날 죽이고 싶어 할 리 없어."

"모를 일이야. 여자 마음이란 갈대 같으니까. 그리고 하나 더. 쥬엔이 마음을 돌려, 시카족과 함께 널 죽이려 하더라도 보호해 줄 생각 없어. 그런 날이 오면 토스카에 민폐 끼치지 말고 혼자 멀리 떠나. 알겠냐? 네 뒤치다꺼리는 하고 싶지 않으니까."

쿠반이 매정하다는 둥, 차갑다는 둥 투덜거리는 것을 무시하고, 케이는 생각에 잠겼다. 루를 향한 마음 때문에 고민할 때가 아니었다.

'예언가라.'

라크는 전부 말해 주지 않았다. 미래를 뚜렷이 볼 수 있는 예언가. 이전에도 그러한 예언가가 태어났다는 문서를 읽은 적이 있다. 그리고 그런 예언가가 태어났을 때는 반드시 무언가가 사라진다는 것도.

'1200년 전에는 대륙이 사라졌지.'

문서로 전해졌을 뿐이니, 사실이 아닐지도 모른다. 하지만 케이는 뚜렷한 미래를 보는 예언가의 등장이, 그저 신기한 일만은 아니라는 생각이 들었다.

게다가 수도가 이렇게 발전하는데도, 오르딘 공작이 아무런 조치도 취하지 않는 것 또한 이상했다. 미래의 기술을 가지고 와서 사용한다면, 무시무시한 화력의 무기 또한 만들 수 있게 될지도 모른다.

마법이 아무리 강하다고 해도, 그것을 사용하는 이는 인간이다. 강력한 무기를 만나면 마법사가 힘을 발휘하지 못하고 죽을지도 모른다.

'봉인된 마법을 풀어서 인간을 병기로 만들어 방패막이로 사용하려는 건가? 확실히 공격을 받아 줄 인간들이 앞에 있으면, 마법사가 움직이기도 쉽겠지. 게다가 인간 병기는…… 그래, 황궁을 침략할 수 있어.'

바만 제국의 황궁에는 방어 마법이 걸려 있었다. 아주 오래전, 마법이 강하던 시대부터 대마법사들이 지속적으로 걸어 둔 방어 마법. 현재의 마법사들이 가진 힘으로는, 그 방어막을 깨뜨릴 수 없었다.

이 때문에 황제는 티그리스라는 마법사 무리를 건드리지 않고 놔두는 것이다. 현존하는 마법사들로는 황궁을 칠 수 없으니까.

하지만 인간 병기는 달랐다.

봉인된 마법은 인간의 정신을 지배하고, 육체를 강화시키는 마법이었다. 마법이 걸려 있기는 해도 인간은 인간. 황궁을 공격할 수 있을 것이다.

검에 맞아도 고통을 느끼지 못하는 인간 병기들을, 황제의 기사들은 상대하지 못하리라. 인간 병기만 있다면 황궁을 점령하는 것은 일도 아니었다.

'오르딘 공작보다는 봉인된 마법을 깨뜨리는 게 우선이겠군. 내 힘으로 가능할지는 모르겠지만.'

  *   *   *

수도라고 해서 뒷골목이 없는 건 아니었다. 바빈터 백작은 골목 깊은 곳에 있는 선술집 안으로 들어갔다. 그곳은 흑의 용병들이 자주 애용하는 곳으로, 흑의 용병이란 그 어떤 더러운 일이라도 돈만 주면 처리해 주는 용병들을 말했다.

큰 덩치에 험악한 인상의 용병들이 삼삼오오 모여 술을 마시는 걸 보고, 바빈터 백작은 움찔했다. 하지만 곧 루를 떠올렸다.

'오만한 새끼. 내가 감히 누군 줄 알고.'

중앙 본청의 담당자들에게는 큰돈을 써서 토스카의 작위 하사를 한 달 정도만 늦춰 달라고 말해 뒀다. 그동안 토스카에게 별장과 여러 편의를 제공해, 그들의 환심을 살 생각이었다.

하지만 오늘 루의 만남으로 모든 게 틀어졌다. 자기 주제를 모르는 오만한 놈은 사양이다.

'잘해 주려 했더니 안 되겠어.'

바빈터는 이를 으득 갈았다.

'죽이고 공을 가로채는 방법까지는 사용하지 않으려고 했는데 어쩔 수 없군.'

'토스카'라는 이름은 구온 시에서 유명했다. 그래서 그들을 얻고 싶다는 욕심도 있었다. 하지만 이제는 아니다. 그런 것들을 곁에 두느니 없애 버리는 편이 낫다.

바빈터 백작은 선술집 안을 둘러보다가, 가장 강해 보이는 용병들을 향해 다가갔다.

* * *

쥬엔은 수도 안에서 은밀히 몸을 숨기고 있는 시카족들을 만나는 중이었다. 그들은 족장의 딸인 쥬엔을 걱정하고 있었기에, 오랜만에 보는 쥬엔을 반겨 주었다. 그들과 술을 마시며 그간의 일에 대해 얘기하다 보니, 어느새 밤이 깊었다.

술집 문이 거칠게 열리며 붉은 머리의 사내가 들어온 것은, 쥬엔이 슬슬 일어날까 하고 있을 때였다.

술집 안을 훑어본 쿠반은 쥬엔을 발견하고는 저벅저벅 걸어와 그녀의 손목을 잡아 일으켰다. 쥬엔과 같은 테이블에 앉아 있던 시카족들이 무기를 향해 손을 뻗었지만 쥬엔이 말렸다.

"아는 사람이야."

"아는 사람? 계집, 내가 그냥 아는 사람이라고?"

쿠반은 '아는 사람'이라는 표현이 마음에 안 드는 모양이었다. 하지만 쥬엔은 수정할 생각이 없었다.

그동안 마음을 밀어붙이기만 했다. 하지만 쿠반의 거친 행동은 변하지 않았다. 그렇다면 이제 당길 차례다.

나에게 끌려와, 쿠반.

"그럼 우리가 뭐라도 되나요?"

"계집, 나는 네……."

거기까지 말한 쿠반이 콧등을 찡그리고 입을 다물었다. '네 남편 될 사람이잖아.'라는 말은 절대 나오지 않는 모양이다. 상관없다.

오늘 아침까지만 해도, 여행 내내 루만 챙기는 쿠반 때문에 살짝 기분이 상했던 건 사실이다. 하지만 오랜만에 부족 사람들을 만나 술을 마시고 나니, 그런 것 따위 아무래도 좋아졌다.

어찌 되었든 루는 남자고, 현재 토스카의 대장 역할을 하고 있다. 쿠반은 역할에 충실했을 뿐이다.

"내 시간 방해하지 말고 그만 돌아가요, 쿠반."

"내가 네 시간을 방해했다고?"

"응, 지금 방해하고 있잖아요. 이분들과 술 마시는 거 안 보여요?"

쿠반이 시카족들을 향해 험악한 시선을 던졌다.

시카족들은 당황하는 중이었기 때문에, 쿠반의 시선에 대응할 생각도 하지 못했다.

'쥬엔이 왜 저러지?'

쥬엔은 자신에게 함부로 하는 남자를 보아 넘기는 성격이 아니었다. 평소의 쥬엔이었다면 붉은 머리 사내의 목은 이미 떨어져 나갔을 것이다.

"이것들은 뭔데?"

"알 거 없잖아요. 그만 귀찮게 하고 돌아가요, 쿠반."

쥬엔의 매몰찬 말에 쿠반이 인상을 찌푸렸다.

"그따위로 행동하면 후회할 텐데."

"그래요?"

"두고 봐, 쥬엔! 나도 딴 여자들이랑 놀아날 거니까!"

"그러시든가요."

기대한 반응이 아니었는지 쿠반의 얼굴이 더 일그러졌다. 쿠반은 잿빛 눈동자로 쥬엔을 한동안 노려보다가 몸을 휙 돌려 가게를 나갔다. 그가 나가자마자 부족 사람들이 달려들 듯 물었다.

"대체 뭐야?"

"쥬엔 님한테 저런 식으로 대하다니. 뭐하는 남자입니까?"

"혹시 저 남자가 토스카의 대장이야?"

부족 사람들이 시끄럽게 떠들어 대는 게 잦아든 후, 쥬엔이 담담하게 말했다.

"내 첫 키스 상대."

*　　　*　　　*

점술가와 만나는 것은 쉽지 않았다. 점술관 앞을 지키는 남자는 예약을 해 두라고만 했다. 문제를 일으키고 싶지 않아서 일단 예약을 하고 머무는 숙소를 알려 주긴 했지만, 며칠이 지나도록 연락이 오지 않았다.

중앙 본청에서도 기다리라고만 했다. 굳어지는 케이의 얼굴을 보니, 루는 심히 걱정스러웠다. 설마 폭발하진 않겠지.

본청에서 9시간을 대기하다가 돌아오는 길에 케이가 말했다.

"대장, 전에 말한 대로 해야 할 것 같습니다."

"응, 그럴게."

그래서 숙소로 돌아오자마자 일행을 불러 모았다. 다들 수도 생활이 즐거운 한편, 초조한 듯 보였다. 루는 그들을 한번 돌아본 후 말했다.

"작위를 받을 때까지는 아무래도 더 오래 걸릴 것 같아. 이런 식으로 시간 낭비를 하는 건 안 좋겠어. 각자 수도에서 생각해 둔 것 좀 있어? 나즐이랑 알리가 신관 후보생들을 모으려는 건 알고 있고."

손을 번쩍 든 나즐을 보며 덧붙인 말에, 한참 떠들어 대고 싶었던 나즐이 실망한 표정을 지었다. 유진이 손을 들었다.

"대장, 수도에 신기한 기계들이 많아요. 괜찮은 것들 좀 구해서 히센에게 가지고 가면 개조를 해서 사용할 수 있을 것 같은데. 어때요?"

"응, 그렇게 해."

"돈이 좀 많이 들 것 같아요."

"전부 다 쏟아부어도 상관없어."

"수도에서 지낼 돈이 모자랄 텐데."

"그런 건 어떻게든 될 거야. 기계들을 혼자 가지고 가긴 힘드니까 텐치가 유진과 함께 가."

"전 좀 더 여기 있으면 안 돼요?"

수도 생활을 가장 즐기고 있던 텐치가 조심스레 물었다.

"안 돼, 텐치. 유진과 함께 가. 그래, 와칸."

손을 든 와칸을 지적했다. 와칸이 말했다.

"쥬엔이 수도에 있는 시카족 사람들과 만나고 있다고 합니다. 그들이 이쪽에서 해야 할 일은 다 끝냈다고 하는데, 남쪽으로 가는 길에 같이 내려가는 게 어떨까 싶습니다."

"잠깐, 잠깐. 네가 쥬엔이 뭘 하고 다니는지를 어떻게 알아?"

쿠반이 끼어들었다.

"쥬엔이 말해 줬으니까."

"쥬엔이 말해 줬다고? 네놈한테? 직접?"

"그래."

"말도 안 돼! 나한테는 아무 말도 없었어!"

"네게는 말할 가치를 느끼지 못한 모양이지."

"쥬엔은 내 여자라고!"

"쥬엔이 왜 네 여자지? 노예 계약서라도 작성했나?"

"난 쥬엔과 겨, 곌…… 음…… 아무튼 그렇다고!"

"쿠반, 질투는 회의 끝나고 해."

루가 차갑게 말하자 쿠반이 불만스러운 표정으로, "질투는 무슨. 내가 질투를 왜 하겠수?"라고 투덜거린 후 입을 다물었다.

"그럼 쥬엔이랑 얘기하고 같이 남부로 가. 쿠반도 같이."

"난 싫수! 그런 비밀스러운 계집 따위."

"쿠반."

루의 옆에 앉아 있던 케이가 쿠반을 지그시 노려봤다.

"아, 왜 다들 나한테만 그래?"

"네놈이 자꾸 헛짓거리를 하니까 그렇지."

유진이 면박을 줬다.

"저희가 다 떠나면 두 분이 남게 되는데, 괜찮으시겠습니까?"

와칸이 걱정스럽게 물었다.

"응, 괜찮아. 라크도 있고."

루의 말에, 모습을 감추고 있던 라크가 말했다.

"아니, 나는 빼. 말했다시피 인간들의 일에 직접적으로 개입할 생각은 없으니까. 내 도움을 원하면 그에 상응하는 대가를 치르든가."

"까칠하게 굴지 마, 라크. 말이 그렇다는 거지."

"드래곤은 확실한 걸 좋아하거든."

어느새 모습을 드러낸 라크가 루의 허리를 끌어안았다. 그리고 귓불을 핥듯 입술을 가까이 대고 속삭였다.

"네 몸을 준다고 약속하면, 널 지켜 주지."

"내 몸은."

루는 라크의 팔에서 벗어나며 덧붙였다.

"내가 지켜, 라크. 이런 식으로 끌어안는 건 그만뒀으면 좋겠는데."

"널 안으면 기분이 좋거든."

싱글싱글 웃는 라크를, 케이가 노려봤다.

라크는 드래곤이고, 케이에게 큰 도움을 주고 있긴 하지만 케이는 그가 싫어서 견딜 수가 없었다. 라크는 화가 날 정도로 루에게 스킨십을 해 댔다. 때로는 케이에게 보라는 듯이 루를 끌어안아서 신경에 거슬렸다.

'드래곤만 아니었어도 확 구워 버리는 건데. 나도 루를 안고 싶다고!'

그 생각이 얼마나 강렬한지, 멍하니 앉아 있던 나즐에게 저절로 읽히고 말았다. 케이의 숨겨진 욕망을 읽어 버린 나즐은 속으로 한숨을 삼키며 시선을 돌렸다.

'아이고야. 대장, 아무리 그래도 이런 상황에서 루를 끌어안고 키스하고 싶고, 옷을 벗기고 싶다는 생각은 너무하잖아요!'

나즐은 루가 여자라는 사실을, 케이에게만큼은 들키지 말아야 한다고 생각했다. 지금 케이의 욕망에 제동을 거는 것은 루가 남자이기 때문이다. 루가 여자라는 걸 알고 나면, 케이는 루의 마음에 상관없이 루를 안을지도 몰랐다.

회의를 끝낸 후, 각자 떠날 준비를 했다. 이런 일이 생길지도 모른다는 걸 미리 얘기해 뒀기 때문에, 준비를 하는 데는 오랜 시간이 걸리지 않았다.

가장 먼저 알리와 나즐이 떠났다. 그 후에 쥬엔과 쿠반, 와칸, 그리고 시카족이 수도를 나섰고, 가장 마지막이 유진과 텐치였다.

"유진."

유용한 기계들을 잔뜩 사들여 마차에 싣고 떠날 준비를 하는 유진을, 케이가 불렀다.

"히센이랑 휴이와 합류한 후에 시카족과 만나서 남부를 정리해 둬."

"그건 셔너로서 하는 말?"

"아니."

유진이 살짝 고개를 숙였다.

"남부를 싹 정리해 두겠습니다."

　　　　*　　　　*　　　　*

　　루와 케이의 수중에 남은 돈은 10실버. 앞으로의 일을 생각했을 때 큰돈은 아니었다.

　　1실버는 1000타리온. 하루 숙박비는 200타리온이므로, 5일만 묵어도 1실버가 날아갔다. 방값을 줄이기 위해서 케이와 같은 방을 사용해야 하는데, 케이는 먼저 그 말을 꺼내지 않았다.

　　'셔너'의 성격으로 봐선 동료들이 떠나기도 전에, 대장과 같은 방을 쓰게 되었다고 좋아해야 할 법도 한데, 아무 말도 없으니 불안했다.

　　"방을 합치는 게 좋을 것 같은데."

　　결국 루가 먼저 입을 열었다. 케이와 함께하는 잠자리가 떨린다는 이유로 돈을 낭비할 수는 없었다. 방 두 개를 빌리면 하루 숙박비가 400타리온이다.

　　"괜찮겠습니까?"

　　케이가 주아를 쓰다듬으며 물었다.

　　"뭐가?"

　　"저랑 한방을 사용해도 괜찮으시겠습니까, 대장?"

　　"안 될 건 뭐야? 같은 남자인데."

　　순간 케이의 눈가에 상처를 입은 듯한 빛이 스치고 지나갔다. 하지만 루는 착각일 거라고 생각했다. 루가 남자라는 이유로 케이가 상처를 받을 이유가 없다.

"그렇죠. 안 될 거 없죠. 그럼 이따 들어가는 길에 카운터에 말해 두겠습니다."

루와 케이는 숙소 근처의 저렴한 식당에서 끼니를 때우는 중이었다. 식비도 아껴야 하기에, 그들이 시킨 것은 빵과 스프뿐. 고기 한 덩어리 없는 식사를 하는 내내 루는 휴이가 몹시 그리웠다.

"본청에서는 언제쯤 작위를 내려 줄까?"

"이렇게까지 더딘 걸로 봐선 방해하는 손길이 있다고 봅니다. 하지만 대단한 작위도 아니고 자작일 뿐인데 방해를 받는 게 이상하군요."

"아, 짐작 가는 게 하나 있어. 얼마 전에 바빈터 백작을 만났거든."

"바빈터 백작?"

"응, 기억 안 나? 예전에 비비안 양이 바빈터 백작 부인의 초대에 응해서……."

"셔너."

루의 말은, 비비안의 목소리에 끊겼다. 자기 이야기를 하는 줄 알았다는 듯 나타난 비비안의 모습에, 루는 당황했다. 그녀는 발목까지 오는 회색 원피스를 입고 있었다. 도시에서 유행 중인 옷차림 중 하나였다.

머리를 틀어 올리고, 진주 장식이 된 패시네이터를 쓴 비비안은 사랑스럽고 앙증맞아 보였다. 그녀는 환한 미소를 지으며 다가와 케이의 옆에 섰다. 루는 보이지도 않는다는 듯 행동하는 비비안 때문에, 루는 난처했다.

저쪽이 모르는 척하는데 먼저 아는 척할 필요는 없겠지.

"서너, 오랜만이에요. 그동안 많이 바빴나 봐요."

"여긴 어떻게 알고 찾아왔지?"

"수도에는 돈만 주면 무슨 일이든 해 주는 사람들이 많이 있거든요."

"그들과 가까이 지내지 않는 게 좋을 거야. 지금은 경호기사도 옆에 없으니까."

"하지만 당신이 있잖아요."

케이는 대답하지 않았고, 루는 기분이 나빠졌다. 그의 침묵이 긍정처럼 느껴졌기 때문이다.

'아니, 기분 나쁠 것 없어. 비비안은 언젠가 대장이랑 맺어질 여자니까.'

"그런데 이것만 드신 거예요? 저녁 식사인데."

비비안이 식탁 위에 놓여 있는 빈 그릇을 보며 말했다. 루와 케이의 앞에는 깨끗이 비운 스프 그릇 하나와 빵이 놓여 있던 접시. 두 개밖에 없었다.

"아, 혹시 돈이 부족하신 거라면 제가 지원을 해드릴게요. 저택을 떠날 때 많이 챙겨 왔거든요."

"됐어, 비비안 양. 우리의 식사는 걱정하지 말고 비비안 양의 몸이나 잘 챙겨."

케이는 경호기사가 없는 비비안이 위험에 처할까 봐 한 말이
었는데, 비비안은 그것을 자기 건강을 걱정해 준다고 받아들인
모양이었다. 그녀의 얼굴에 달콤한 미소가 번졌다.

"괜찮아요. 저는 잘 챙겨 먹고 있어요. 아, 서너. 나도 숙소를
옮겼어요. 여러분이 있는 곳으로."

"뭐라고?"

"여러분이 있는 곳으로 숙소를 옮겼다고요. 그래야 더 잘 챙
겨 드릴 수 있을 것 같아서요."

비비안의 적극적인 행동이 루를 놀라게 했다. 구온 시에 있을
때도 적극적이기는 했지만 이 정도는 아니었다. 저택에서 가출
을 하며 귀족의 영애가 갖춰야 하는 몸가짐을 아예 두고 온 것
같았다.

케이는 무언가 말하려다가 고개를 절레절레 젓고는 입을 다
물었다. 무슨 말을 해도 비비안을 떨어뜨려 놓을 수 없다는 걸
깨달은 것이다.

"그만 일어나시죠, 대장. 내일 또 본청에 가려면 쉬셔야 합니
다."

"응, 그래."

그제야 루가 있다는 것을 알았다는 듯, 비비안이 루를 돌아보
며 미소를 지었다. 그녀의 미소는 케이를 향할 때와는 다른 느낌
이었다. 미묘한 짜증이 밴 미소가 루의 마음을 불편하게 만들었

다. 비비안과 적대시하고 싶지 않았다.

'걱정 마, 비비안. 나는 남자야. 대장이 내게 마음을 줄 리 없어.'라고 루가 생각하는데 비비안이 말했다.

"괜찮죠, 루?"

"뭐가?"

"같은 숙소에 머무는 거."

"그거야 비비안 양 마음이지."

차갑게 말하고 그녀를 스쳐 지나가려 했다.

"루는 강하면서 왜 그렇게 셔너를 데리고 다니는지 모르겠어요. 자기 몸 정도는 혼자서도 지킬 수 있지 않나요?"

"비비안."

케이가 낮은 음성으로 그녀의 이름을 불렀지만, 비비안은 못 들은 척 덧붙였다.

"각자 할 일이 많을 텐데, 둘이 한 팀이 되어 돌아다니는 건 인력 낭비인 것 같은데."

"비비안!"

듣다 못한 케이가 비비안의 손목을 움켜쥐었다. 하지만 비비안은 겁내지 않고 루를 똑바로 응시하며 말했다.

"내 말이 틀렸나요, 루?"

이건 대놓고 싸우자는 태도다.

루는 비비안의 행동을 도통 이해할 수가 없었다. '셔너'가 루를 챙기는 건, 토스카의 계획을 위해 어쩔 수 없는 일이었다. 당분간 루는 대장으로 행동해야 했고, 부하가 대장을 지키는 건 당연했다. 게다가 루는 남자였다.

'왜 이러는 거지?'

비비안이 나쁜 사람이라고 생각해 본 적은 없다. 구온 시에서의 그녀는 똑똑하고 생각이 깨어 있으며, 자기가 원하는 일을 하기 위해 사람들의 시선도 아랑곳하지 않고 노력하는 여자였다.

'그래, 그거구나.'

자기가 원하는 것을 얻기 위해 사람들의 시선도 신경 쓰지 않고 노력하는 유형.

지금 비비안이 원하는 것은 케이다. 그를 얻기 위해, 비비안은 무슨 짓이든 하기로 마음먹은 모양이었다. 그렇다면 루도 그에 맞춰 행동해 주는 수밖에 없었다.

토스카는 해야 할 일이 있다. 비비안이 언젠가 케이의 여자가 될지는 몰라도, 지금 토스카의 기강을 무너뜨리는 걸 두고 볼 순 없는 일이었다.

"숙소를 같은 곳으로 잡는 건 상관없어, 비비안."

이윽고 루가 입을 열었다.

"하지만 토스카 내부의 일에 대해, 당신이 관여하거나 지적할 권리는 없어. 우리가 인력을 낭비하든, 셔너가 날 지키기 위해 목숨을 걸든 당신이 상관할 바는 아니라는 거야."

루가 강경하게 나올 줄은 몰랐는지 비비안의 눈이 커졌다. 곧 그녀의 눈에 노기가 서렸다. 루는 무시하고 말을 덧붙였다.

"내 말 알아듣겠지, 비비안 양? 서로 예의를 갖춰서 행동할 수 있으면 좋겠네. 아무리 남자에 눈이 멀었더라도, 그의 대장에게 무례한 행동은 심한 거 아닐까?"

"감히……."

비비안의 입술이 파르르 떨렸다.

"감히 내게……."

"감히? 나는 최대한 당신에게 예의를 갖추려고 노력하고 있어. 하지만 당신이 뭔데? 당신은 내 부하인 셔너의 여자, 아니, 아직은 셔너의 여자도 아니지. 내 부하를 따라다니는 계집일 뿐이야. 내가 더 심한 말을 하기 전에, 예의를 갖춰 주겠어?"

루는 무표정하게 비비안을 응시했다. 비비안의 얼굴은 분노로 붉게 달아오르다 못해 터질 것만 같았다. 제국 최고의 미녀라고 불릴 만큼 아름다운 자태는 사라지고 없었다. 지금 그녀는 질투와 분노에 사로잡힌 망령 같았다.

사랑이라는 것은 사람을 저렇게까지 변하게 하는 걸까? 그렇다면 케이를 사랑하는 나도, 때로는 저렇게 추악한 모습을 드러낼 때가 있는 걸까?

루는 비비안을 놔두고 가게에서 나왔다. 케이가 서둘러 루의 뒤를 따랐다.

"잘하셨습니다, 대장."

케이가 말했다. 루는 걸음을 멈추고 그를 돌아봤다. 푸른 눈으로 그를 노려보며, 루는 말했다.

"계집 관리 잘해, 서녀. 이런 불쾌함은 한 번으로 족하니까."

케이의 입가에 미소가 떠올랐다. 그건 '서녀'로서의 미소가 아닌, 케이의 미소였다. 아주 오랜만에 본 그의 미소에 심장이 덜컥 내려앉았다.

원래의 얼굴과는 달라졌는데도, 그의 미소를 본 것만으로 심장이 반응했다. 원래의 얼굴로 돌아오면, 이 심장이 얼마나 더 뛰어 댈 것인가. 케이가 쭉 이 모습으로 머무는 편이 나을지도 모르겠다.

"네, 염두에 두겠습니다."

케이가 말했고, 루는 마법에서 풀려난 듯 돌아서서 다시 걷기 시작했다.

*   *   *

비비안은 주먹을 꽉 쥐었다가 비틀거리며 쓰러지듯 의자에 앉았다. 화가 치밀어서 심장이 멎을 것만 같았다.

'루…….'

루의 새파란 눈동자가 여전히 눈앞에 아른거렸다. 그 청명한 하늘 같은 눈동자가 비비안의 심장을 찌르는 것만 같았다.

루가 싫었다.

'파필리아의 괴물 따위가.'

왜 이리도 싫은지 모르겠다.

루의 말에 틀린 것은 없었다. 그의 말이 옳았다. 비비안은 케이를 따라다닐지언정, 그들의 방식에 토를 달아서는 안 되는 입장이었다.

머리로는 알고 있는데 마음이 따라 주질 않았다. 루 따위가, 토스카의 대장 대행 따위가 자신에게 그런 말을 한 것에 모멸감이 느껴졌다.

'죽어 버렸으면 좋겠어.'

케이는 루만 응시하고 있었다.

루가 비비안의 자존심에 깊은 상처를 안기는 말을 하는 동안, 케이는 황홀하다는 듯 루만 바라보고 있었다. 루의 말보다, 케이의 행동이 비비안을 더욱 초라하게 만들었다.

전에도 느꼈지만 오늘은 확신했다.

루를 향한 케이의 눈빛은 단지 대장을 아끼는 부하의 표정이 아니었다. 케이는 루를 욕정의 대상으로 보고 있었다.

*   *   *

돈을 아끼기 위해 케이와 한방을 사용하기로 했지만, 그렇다고 해서 긴장이 사라지는 건 아니었다. 마음의 준비를 충분히 했는데도, 그와 단둘이 밀폐된 공간에 있는 것이 버거웠다. 농밀해진 공기에 정상적인 호흡이 불가능할 정도였다.

사실 그 방 안에는 라크도 함께였다. 평소의 루라면 그의 존재를 느낄 수 있겠지만, 루는 라크의 기척을 깨닫지 못할 정도로 긴장해 있었다.

그건 케이도 마찬가지였다.

수도에 들어오면서 루와 같은 방을 쓰고 싶다고 투덜거리긴 했다. 하지만 막상 판을 벌려 놓으니 긴장되는 건 어쩔 수 없었다.

둘은 첫날밤을 치르는 부부처럼 방 한가운데에 어색하게 굳어 있었다. 어정쩡한 자세로 서 있던 루가 입을 열었다.

"나…… 먼저 씻을게."

"네, 대장!"

케이가 차렷 자세를 하며 대답했다. 상당히 웃긴 모양새였지만, 루는 그게 웃기다고 생각할 만큼 여유롭지 않았다. 어색하게 미소를 지으며 기계처럼 뚜벅뚜벅 걸어가 욕실 안으로 들어갔다.

문을 잠그자마자 루는 문에 등을 대고 주르륵 미끄러지듯 주저앉았다.

'으아.'

이 문 하나를 사이에 두고, 케이가 있다. 그것만으로도 숨이 턱 막혔다.

'으아, 죽겠네. 어떡하지?'

그와 한 공간에서 지내는 게 처음은 아닌데도 왜 이리 긴장되는지 모르겠다. 호흡을 하는 자연스러운 행위조차, 생각을 해야할 만큼 바짝 얼어 있었다.

'정신 차려, 루. 너는 남자야. 밖에 있는 건 사랑하는 남자가 아니라 부하일 뿐이야.'

하지만 그렇게 생각되지 않았다.

식당 앞에서, 오랜만에 보았던 '케이'의 미소가 뇌리에 남아 있었다.

박박박—

"꺅!"

문을 긁는 소리에 소스라치게 놀라 비명을 질렀다. 갑작스러운 비명이라 여자 같은 소리를 내고 말았다. 두 손으로 입을 막고 문 바깥쪽에 귀를 기울였다.

"주아, 그러지 마."

케이의 음성이 들려왔다. 주아가 루와 함께 있고 싶어서 욕실 문을 긁고 있는 모양이다. 다행히 루의 여자 같은 비명 소리를 수상쩍게 여기는 기색은 없었다.

살그머니 문을 열자마자 주아가 콧등을 문틈으로 밀어 넣고 킁킁거렸다.

"주아, 같이 목욕하고 싶어?"

루의 말에 주아의 눈이 커졌다. 루는 이 하얀 늑대가 인간의 말을 알아들을지도 모른다는 생각이 들었다. 몸에 물 묻는 걸 좋아하지 않는 주아는 주춤주춤 뒷걸음질을 치더니 케이의 발치로 도망쳤다.

루는 다시 문을 닫았다.

주아 덕분에, 심하게 경직되어 있던 몸이 조금은 풀렸다. 루는 머리를 쓸어 넘기고, 문이 잘 잠겼는지 확인한 후 옷을 벗었다. 알몸이 되고 나니 바깥의 기척에 조금 신경이 쓰여서 귀를 기울였다.

케이가 주아의 털을 쓰다듬으며, "이 엉큼한 놈. 대장이 목욕하는 데 따라 들어가려고 하다니. 네놈이 수컷이라는 걸 잊지 마, 주아."라고 꾸짖는 소리가 들려왔다. 루는 피식 웃으며 욕조로 가서 수도꼭지를 열었다. 수도의 수도 시설은 구온 시보다 훨씬 발달되어 있었다. 수도꼭지를 열자마자 물이 쏴아아 쏟아져 나왔다.

아직 물이 차오르지 않은 욕조 안에 들어가 앉은 루는, 점점 높아지는 수면을 가만히 응시했다.

쏴아아아―

욕실 안에서 물 쏟아지는 소리가 들려왔다.

'루는 옷을 벗고 있겠지?'라고 생각하다가 케이는 고개를 저었다.

'쓸데없는 생각하지 마, 케이.'

하지만 상상하는 것만으로도 아랫도리에 힘이 들어갔다.

한심스럽다.

주아를 쓰다듬으며 긴장을 완화시켜 보려 애썼지만 쉽지 않았다. 사랑하는 이와 한 공간에 머무는 것이, 이토록 고된 일일 줄은 몰랐다.

똑똑—

노크 소리에 벌떡 일어났다.

"누구냐?"

"종업원입니다. 다과를 가지고 왔어요."

"다과? 시킨 적 없는데."

"장기 투숙객을 위해 제공되는 서비스입니다."

"아아, 그래?"

쿠빌레에서도 장기 투숙객에게는 서비스를 제공하곤 했다. 케이가 문을 열자 낯익은 종업원이 쟁반을 들고 들어왔다. 쟁반 위에는 찻주전자와 찻잔 두 개, 그리고 막 구운 쿠키 여러 개가 놓여 있었다.

저녁을 부실하게 먹은 터라 배가 고픈 상태였다. 당장에라도 쿠키를 다 먹어 치울 수 있었지만, 루가 나올 때까지 기다리기로 했다.

"그럼 쉬십시오."

종업원이 꾸벅 인사를 하고 나갔다.

"날 잊지 마, 반푼이."

언제부터 모습을 드러내고 있었는지, 라크가 쿠키 한 조각을 집어 들며 말했다.

"아아, 라크. 잊을 리가 없지요."

사실은 그의 존재를 새까맣게 잊고 있었다. 라크는 케이의 마음을 안다는 듯 짓궂은 미소를 지었다. 언젠가 루를 전부 갖게 될 얄미운 드래곤이지만, 케이는 그의 미소가 마음에 들었다.

"나는 계속 여기에 있을 거야. 루에게 괜한 짓 하지 마."

"안 합니다."

"거짓말쟁이. 할 거면서."

"안 해요, 라크. 물론 잠결에 끌어안을 수는 있겠지만요."

"토스카의 대장은 머릿속이 음란한 망상으로 꽉 차 있는 멍청이였군."

"뭔가 오해하시는 모양인데, 음란한 망상만 하는 건 아닙니다."

"호오. 그래? 그럼 이 머릿속에서……."

라크가 검지로 케이의 관자놀이를 건드렸다.

"또 어떤 망상을 하고 있지?"

"미소."

"미소?"

"루가 제게만 미소를 지어 주는 망상을 합니다. 루의 푸른 눈동자가 오롯이 저만을 담는 망상을 하고요. 그 입술이 제게 사랑을 속삭이는 망상을 합니다."

"중증이군. 그런 간지러운 말을 막 내뱉다니."

"그러게요. 저도 제가 이런 말을 하는 놈이 될 줄은 몰랐습니다. 하지만 어쩌겠습니까. 멈출 수가 없는 것을."

"걱정 마, 반푼이. 내가 오랫동안 인간을 지켜본 결과 깨달은 게 하나 있다면, 영원한 감정은 없다는 거야. 사랑을 맹세한 연인들, 상대를 위해 죽을 수도 있다고 말하는 인간들을 많이 봤지. 하지만 한때의 감정일 뿐이야. 상황과 조건에 따라 얼마든지 변하지."

"그렇습니까?"

"그래."

라크는 단호하게 대답했다. 거짓말은 아니었다. 상황과 조건에 따라 얼마든지 변하는, 기한이 있는 감정. 그러나 때로 인간은 영원히 변치 않는 감정을 보이기도 했다. 죽음이 갈라놓아도 사라지지 않는, 열띤 감정을 가진 자가 존재하기도 했다.

그에 대해서는 구태여 말해 주지 않았다.

"그렇게 좋아 죽겠으면 고백하지 그래? 사랑한다고, 그 몸을 안고 싶어서 미쳐 죽겠다고."

라크의 장난스러운 말에 케이가 피식 웃었다.

"이 마음을 드러내는 건, 이제 와서는 어렵지도 않습니다. 처음에는 이 감정을 부하들에게 들킬까 봐 전전긍긍했지요. 셔너로 살아가면서 드러내기 시작했더니, 부하들의 시선 따위 아무래도 좋다는 걸 알겠더군요."

"그런데?"

"루는 받아 줄 겁니다. 제 마음을."

"그럼 뭐가 문제야?"

"루가 제 마음을 받아 주는 것이 문젭니다."

"엥?"

"루는…… 제 개입니다."

"……."

"제 명령을 따르고, 제 감정을 살피죠. 루는 절 위해 못 할 것이 없습니다. 같은 사내의 마음을 받아 주는 것이 끔찍하더라도, 받아 주겠지요. 개들이 어떤 상황에서도 주인에게 꼬리를 흔들듯이."

케이가 욕실 문 쪽으로 시선을 돌렸다.

"그래서 안 됩니다. 저는 루를 제 곁에 영원히 붙잡아 두고 싶지만, 그 이상으로 루의 자유를 바라게 되어 버렸습니다. 참으로 모순된 마음이지요."

케이의 입가에 쓸쓸한 미소가 번졌다.

"어떻게든 곁에 두고 싶으면서도, 사랑하기에 그런 고집을 피울 수 없게 되었다는 것이."

*   *   *

"어떻게든 곁에 두고 싶으면서도, 사랑하기에 그런 고집을 피울 수 없게 되었다는 것이."

욕조 밖으로 나오는데, 케이의 음성이 들려왔다.

그러고 보니 방에는 케이만 있는 게 아니었다. 라크도 있었다. 잠시 그의 존재를 잊고 있었다는 사실에 얼굴이 달아올랐다. 라크는 루가 뻣뻣하게 행동하는 것을 가까이에서 지켜보고 있었을 것이다.

'누굴 곁에 두고 싶다는 거지?'

주어가 없는 말인지라, 루는 자기를 얘기하는 것이리라고는 상상도 하지 못했다.

'비비안을 말하는 건가?'

그럴지도 모르겠다.

루의 옆이라서 비비안에게 차갑게 굴긴 하지만, 사실은 그녀의 매력에 사로잡혔을지도 모른다. 루에게 비비안이 어떻게 보이든, 그녀가 매력적이고 당찬 여자인 것만은 분명하니까.

사내들은 때때로 여느 여자들과 다른 톡톡 튀는 매력에 반하곤 한다고 들었다. 비비안의 저돌적인 면이 케이의 마음에 들었을지도.

루는 크게 한숨을 내뱉은 후, 욕실을 문을 열고 나갔다. 라크는 다시 모습을 감춘 듯했지만, 이제는 그의 존재를 확연하게 느낄 수 있었다.

"시원하십니까, 대장."

케이가 물었다. 루는 가볍게 고개를 끄덕이고, 턱으로 테이블을 가리켰다. 저게 뭐냐는 의미였다.

"장기 투숙객을 위한 서비스라는군요."

"여기도 그런 걸 주나 보네. 수도 민심은 구온 시보다 차가운 줄 알았는데."

"그러게요. 앞으로도 계속 제공이 된다면, 저녁은 이걸로 때워도 될 것 같습니다."

"응, 돈을 아껴야지. 나중에 남쪽으로 갈 여비도 필요하니까."

"머리 말려 드릴까요?"

케이가 다가오며 물었다. 루는 싫다고 하려다가 관두고 고개를 끄덕였다.

"응, 해 줘."

늘 거절만 하던 루가 순순히 받아들이자, 그는 조금 놀란 것 같았다. 그가 놀라는 표정을 보는 게 좋았다.

의자에 앉자, 그가 루의 뒤로 돌아왔다. 그는 루의 머리를 감싸고 있던 수건을 쥐고 조심스럽게 젖은 머리카락을 닦기 시작했다. 수건 너머로 그의 큼직한 손이 느껴졌다. 천천히 움직이는 느낌이 좋아서, 긴장이 되는 한편 노곤한 졸음이 밀려왔다.

루는 눈을 깜빡거리며 졸지 않으려고 애썼다. 여기서 졸면 케이는 루를 번쩍 안아 들어 침대로 옮겨 줄 것이다. 그런 건 부끄럽다.

약간 서툴긴 했지만 케이는 공들여 루의 머리카락에 묻은 물기를 닦아 주었다. 거의 다 말려 갈 때에, 누군가 방문을 노크했다.

"누구냐?"

케이가 물었다.

"니아 님의 점술관에서 왔습니다."

대답을 듣자마자 루는 벌떡 일어났다. 아직 머리 위에 놓여 있던 수건이 어깨에 부딪쳤다가 바닥으로 떨어졌다. 케이가 그것을 집어 들었다.

"놀랍군요. 우리 단원들이 떠나자마자 찾아오다니."

케이도 같은 생각을 하는 모양이었다.

며칠째 찾아가서 채근해도 만날 수 없었던 점술사, 혹은 예언가인 니아가 둘만 남은 지금에서야 사람을 보냈다는 것이 우연처럼 느껴지지 않았다. 과민 반응일지도 모르겠지만.

케이가 방문을 열었고, 그동안 점술관 앞에서만 보았던 사내가 그 앞에 서 있었다. 사내는 케이와 루를 한 번씩 돌아본 후 딱딱하게 말했다.

"지금 니아 님께서 시간이 난다고 하십니다. 방문하시겠습니까?"

방문하지 않을 이유가 없었다.

중앙 본청의 일 처리도 그렇고 점술관도 그렇고, 기다리는 데는 진력이 났다. 구온 시에서는 빠르게 돌아갔던 일상이, 수도에 도착하면서부터 멎어 버린 것 같은 기분이었다.

"점술관으로 가면 됩니까?"

케이의 질문에 사내가 답했다.

"제가 안내하겠습니다."

점술관이 아닌 니아가 사는 집으로 안내를 받았다. 수도에서 가장 좋은 곳에 살 줄 알았던 니아는, 성문 바깥의 민가 중 하나에서 지내고 있었다. 겉으로만 봤을 때는 다른 민가와 똑같았다.

하지만 루는 민가 구석구석의 그림자에 몸을 감추고 있는 인기척을 느꼈다. 미미한 살기와 경계심이 묻어 나오는 기척. 아마도 니아를 지키는 사람들일 것이다. 황제가 보낸 사람들일까, 아니면 니아가 직접 고용한 사람들일까.

상당히 본격적인 경호를 받는 것이 이상하진 않았다. 유명한 점술가이니, 그만큼 적도 많으리라. 혹은 그녀를 납치해서 자기 사람으로 만들려는 이들도 있으리라.

"니아 님. 모셔 왔습니다."

대문을 들어가 작은 마당을 지나, 건물 앞에 멈춘 사내가 말했다.

"들어오세요."

가느다란 목소리가 들려왔다. 금방이라도 꺼질 불꽃같은, 강한 듯하면서도 위태로운 음성이었다.

문고리에 손을 댄 심부름꾼이 루와 케이를 돌아봤다.

"니아 님께 실례되는 행동은 하지 마십시오. 니아 님의 신변에 문제가 생기면, 당신들의 목숨도 없을 겁니다."

협박이었다.

루가 가볍게 고개를 끄덕이자, 심부름꾼은 미심쩍은 시선을 보내다가 문을 열었다. 같이 들어갈 줄 알았는데, 심부름꾼은 그 자리에 멈춰 서 두 사람이 들어가기를 기다렸다. 루가 먼저, 그 다음에 케이가 뒤따라 들어왔다. 그리고 문이 닫혔다.

좁은 민가 안은 단출하게 꾸며져 있었다. 잠을 잘 수 있는 침대와 밥을 먹을 식탁. 평범한 재질이었다.

황제에게 사랑을 받는다고 해서 호화롭게 살 줄 알았기 때문에 조금 놀라웠다. 침대 가장자리에 앉아 있던 니아가 천천히 일어나며 두 사람을 향해 걸어왔다.

연보라색 머리카락과 황금빛 눈동자. 말로만 들었을 때는 몰랐는데, 직접 보니 신비로웠다. 머리카락 색깔 때문인지, 안 그래도 하얀 피부가 더욱 창백하게 보였다.

황제에게 사랑받는 예언가라는 말을 들었을 때만 해도, 당돌한 소녀를 예상했다. 나즐의 여자 버전일 줄 알았는데 전혀 그렇지 않았다. 니아는 금방이라도 흩어질 듯 야리야리하고 차분해 보였다.

금빛 눈동자는 어린 소녀의 것 같지 않게 깊고 고요했다. 니아는 케이를 한 번, 그리고 루를 한 번 쳐다봤다. 특히 루에게 긴 시선을 보내던 니아가 말했다.

"루, 당신과 단둘이 이야기하고 싶어요."

"그건⋯⋯."

"나가, 셔너."

반박하려는 케이의 말을 막으며, 루가 차갑게 말했다.

"하지만 대장, 여기에는 우리만 있는 게 아닙니다."

"알아. 그래도 나가서 대기해."

케이는 루의 선택이 불만스러운 듯했지만 곧 고개를 숙이고는 돌아섰다. 문으로 향하는 그의 기세에 분노가 담겨 있었지만, 루는 무시했다. 아니, 케이의 기분을 신경 쓸 수가 없었다.

'어디까지 알아낸 거지?'

이 집에 들어와 니아와 눈을 마주하는 순간, 그녀가 예상보다 많은 것을 알고 있음을 깨달았다. 어떻게 깨달은 건지는 모르겠다. 어쩌면 대지의 축복 어쩌고 때문일지도 모른다. 어찌 되었든 루는 니아가 인간을 초월한 존재, 어쩌면 드래곤까지도 초월할 수 있는 존재라는 것을 느꼈다.

"나는 인간이에요."

루가 막 '당신은 신입니까?'라는 질문을 던지려는 때에, 니아가 먼저 말했다.

"이 세상에 태어난 지 25년이 되었어요. 하지만 아주 많은 것을 보았죠. 아니, 경험했어요."

니아가 앉으라는 듯 의자를 가리켰다. 루가 그곳에 앉자 니아는 양초에 불을 붙였다. 파란색 양초는 불을 붙여도 촛농이 떨어지지 않았다. 수도의 특별한 기계 중 하나인가 싶었는데, 니아가 말했다.

"이 촛불이 닿는 곳에서 내는 목소리는 밖으로 새어 나가지 않아요. 이건 기계가 아니에요. 마법이죠."

"마법? 아는 마법사라도 있어?"

"당신이 죽인 마법사가 이 도시를 지나간 적이 있었어요. 그에게 이런 양초가 있다는 걸 알았고, 하나 훔쳤죠. 훔치는 건 어려운 일이 아니니까요."

루가 죽인 마법사라면, 코호만을 말하는 것이리라. 그녀가 그 사실을 알고 있다는 것이 그다지 놀랍지 않았다.

"나는 이제부터 당신이 다른 곳에 흘리고 싶지 않은 이야기를 할 거예요. 레클리스 님이 그 이야기를 들어도 되는 건가요?"

심지어 니아는 모습을 숨기고 있는 라크의 존재까지 알고 있었다.

"응, 상관없어."

이 양초가 마법이라면, 라크에게까지 소리를 차단할 수는 없을 것이다. 라크야말로 마법의 정점인 드래곤이니까.

니아는 그럴 줄 알았다는 듯 고개를 끄덕이고 주위를 둘러봤다. 정체를 들킨 라크가 모습을 드러내기를 기다리는 것이겠지만, 무슨 생각인지 라크는 여전히 모습을 숨기고 있었다. 니아가 포기한 듯 어깨를 으쓱했고, 그 모습은 상당히 인간다워서 루는 조금 안심했다.

"그럼 이야기할게요."

니아가 입을 열었다. 그녀는 가느다란 목소리를 가지고 있었지만, 눈빛만큼은 형형했다.

"이 대륙은 피바람이 몰아칠 거예요. 루, 당신 때문에."

니아가 한 말의 의미를 이해할 수가 없었다. 그래서 루는 아무런 대꾸도 하지 못하고 그녀의 입술만 응시했다. 니아는 상관없다는 듯 말을 이었다.

"미래의 기술을 가지고 와서 사용하는 게 얼마나 위험한 일인 지 알고 있어요. 해서는 안 될 일이라는 것도 알아요. 하지만 나 는 당신 때문에 벌어질 수많은 죽음을 막고 싶었어요."

"나 때문에?"

"먼 미래에 이런 이야기가 있어요. 이곳의 나비가 날개를 펄럭 거리면, 저기 다른 대륙에서 폭풍이 몰아친다."

무슨 뜻인지 도통 알 수가 없었다.

"어느 작은 사건 하나가 상상도 못 할 큰 사건으로 번지는 것 을 말해요. 당신의 선택이 모든 것을 뒤바꾸었어요."

"내 선택?"

"내가 보는 미래는 하나가 아니에요. 미래는 여러 개가 있죠. 때로는 인간의 노력으로 미래가 바뀌기도 해요. 하지만 당신의 선택이 만들어 낸 미래는 바뀌지 않아요. 또 다른 미래가 보이질 않았죠."

"잠깐만, 니아. 나는 네 말을 못 따라가겠어. 내가 어떤 선택을 했다는 거야? 그 선택, 안 하면 되는 거 아냐?"

"이미 했어요."

"그게 대체 뭔데? 나는 선택할 기회가 없었어."

"정말요? 진짜로 없었나요?"

"그래. 나는 전혀 걸리는 게 없는데."

니아의 입가에 싸늘한 미소가 떠올랐다.

"복수."

"……!"

"당신이 복수를 선택한 순간, 대륙의 미래가 지옥을 향해 움직이기 시작했어요. 루엘라인."

*   *   *

검은 그림자 하나가 루의 방을 살피고 있었다. 아무도 없는 방. 테이블 위에 그대로 남은 쿠키를 본 그림자가 쳇, 하고 혀를 찼다.

그의 이름은 버디. 돈을 받으면 무슨 짓이든 하는 흑의 용병이었다.

얼마 전, 선술집에서 바빈터 백작은 버디에게 사람 한 명 죽여주는 대가로 3골드를 제안했다. 토스카의 대장 루. 들어 본 적도 없는 이름이었다.

무명의 용병단 대장을 죽이는 일에 3골드는 넘치는 대가였다. 보통은 사람 한 명 죽이는데 몇 실버. 전쟁이 별로 없는 평화로운 시대에 용병들이 할 수 있는 일은 많지 않았다. 1실버만 줘도 사람을 죽일 수 있는 용병들이 널리고 널렸는데, 3골드라니.

—강한 자요. 조심하는 게 좋아. 시끄러워지는 것이 싫으니 은밀히 처리해 주시오. 죽이면 좋지만, 산 채로 잡아다 주면 3골드를 더 얹어 주겠소.

그 자리에서 죽이는 것이 쉽긴 하지만, 산 채로 잡아가면 3골드가 더 생긴다. 마다할 이유가 없었다.

　처음에는 가벼운 마음으로 토스카라는 무리를 지켜봤다. 하지만 보면 볼수록 가볍게 접근할 만한 인물들이 아니라는 걸 깨달았다.

　버디는 지금 흑의 용병으로 생활하지만 한때는 꽤 유명한 용병단의 단장이었다. 상대의 실력을 가늠할 수 있는 눈을 가지고 있었다.

　무명의 용병단이라 어중이떠중이들의 모임인 줄 알았는데 아니었다. 루와 셔너의 실력은 가늠하기 힘들지만, 다른 녀석들이 문제였다. 와칸과 쿠반은 일대일로 붙으면 이길 수 없을 것 같고, 유진은 총을 가지고 다녔으며, 텐치는 간신히 상대할 수 있을 정도. 굳이 위험을 무릅쓸 필요는 없어서 습격할 기회를 노리고 있었는데, 다른 단원들이 전부 도시를 떠났다.

　남은 것은 가장 약해 보이는 루와 셔너뿐.

　호텔의 종업원을 매수해서 수면제를 탄 쿠키와 차를 올려 보내도록 했다. 한 모금, 한 입만 먹어도 곧바로 잠이 드는, 강력한 수면제였다.

　셔너는 죽이고, 루는 납치할 생각이었다. 여관 근처를 서성거리다가 눈에 띄고 싶지 않아 다른 곳에 들러 술 한잔을 마시고 돌아왔는데, 잠들어 있어야 할 루와 셔너가 보이지 않았다. 쿠키와 차도 그대로였다.

'어딜 간 거지?'

짐은 그대로 있었다.

뒤져 볼까 하다가 관뒀다. 괜히 사람이 드나든 흔적을 남겨서는 안 된다.

'뭐, 곧 돌아오겠지.'

버디는 다시 창문을 열고 밖으로 나갔다. 이번에는 멀리 가지 않고 근처에서 대기했다. 그들이 방에 들어와 수면제를 먹고 잠든 기색을 보이면, 곧바로 행동할 계획이었다.

*　　*　　*

오랜만에 본명을 들었지만 감상에 젖을 틈은 없었다. 루의 입술 사이로 억눌린 음성이 흘러나왔다.

"내 복수가 대륙을 지옥으로 빠뜨린다고?"

"그래요."

"어째서? 나는 그저 오르딘 공작을 죽이고 싶을 뿐이야."

"말했죠. 나비의 날갯짓이 불러일으킨 폭풍."

"그런 건 모르겠어."

루의 푸른 눈동자가 흔들렸다. 아주 잠깐 니아의 눈에 안쓰럽다는 감정이 스치고 지나갔다. 니아는 작게 한숨을 내쉬고 입을 열었다.

"당신이 케이를 만나 오르딘 공작에 대해 말하지 않았더라면, 그가 오르딘 공작에게 복수해 주겠다는 생각도 하지 않았을 거예요. 그는 늘 그래 왔듯 티그리스의 눈을 피해 숨어 살았을 것이고, 오르딘 공작은 그를 발견하지 못했겠죠."

"하지만 오르딘 공작은 반란을 꿈꾸고 있어."

"꿈만 꾸고 있는 거죠. 오르딘 공작이 가진 건 아무것도 없어요."

"권력도, 돈도 있잖아. 그는 제국의 황제보다 강한 권력을 가졌다고 알려져 있어."

"그렇다고 해서 황제가 될 수 있는 건 아니에요. 오르딘 공작이 가진 것은 티그리스와 봉인된 마법 무기뿐. 마법이 사라져 가는 시대에, 선대 검은 호랑이조차 지키지 못한 마법사들이 도움이 될 리가 없지요. 봉인된 마법 무기는 케이가 있어야만 봉인을 풀 수 있고요. 오르딘 공작은 케이를 발견하지 못하고, 그렇게 늙어 죽을 운명이었어요. 잘해 봐야 가지고 있는 드넓은 영토를, 오르딘 공작령으로 바꿀 정도였겠죠."

루는 아랫입술을 지그시 깨물었다. 그러지 않으면 비명이 터져 나올 것만 같았다.

"당신이 첫사랑을 만난 것에 만족해 오르딘 공작에 대해 떠들어 대지만 않았더라도, 대륙은 평화로웠을 거예요. 오르딘 공작이 죽고, 그 아들이 공작의 지위를 물려받아요. 라일라체는 성품이 올곧고 정직한 사람이에요. 그는 황제에게 충성하고 평민들에게 베풀며 살아가게 돼요. 하지만 당신의 욕심이 많은 것을 변화시켰어요."

루는 더 이상 듣고 싶지 않았다. 하지만 니아의 말을 방해해서는 안 된다는 것을 알았다. 루는 자신의 선택으로 인해 벌어질, 많은 일들을 들어야 할 의무가 있었다.

"케이는 오르딘 공작의 손에 들어갈 거예요. 그가 가진 마법 무기의 봉인은 풀릴 것이고, 그가 만들어 낸 인간 병기들이 무고한 사람들의 목숨을 빼앗을 거예요. 길에 널린 시체와 어미의 시신을 끌어안고 울부짖는 아이, 그 갓난아기조차도 인간 병기의 발에 짓밟혀 넝마가 되겠죠. 피가 공기를 적시고, 그 안에서 숨을 쉬는 자들의 폐는 피에 물들 거예요. 그게 당신의 선택이 만들어 낸 미래의 땅이에요."

숨이 턱 막혔다.

니아의 음성이 루를 그 현장 속으로 끌어들였다. 루는 피바람이 몰아치는 한가운데에 서 있었다. 강처럼 흐르는 핏물 속에 우두커니 서서, 붉은 공기 사이로 보이는 남자를 응시했다.

오르딘 공작.

그 남자는 승리에 찬 미소를 지으며 루를 쏘아보고 있었다.

"미래를…… 바꿀 거야."

간신히 말했다. 크게 말했다고 생각했는데 아니었다. 자기 귀에도 들리지 않을 만큼 작은 목소리였다.

"내가 미래를 바꿀 거야."

"아니요. 바꿀 수 없어요. 당신의 선택 이후로 이 부분에서만큼은 다른 미래가 보이지 않았거든요."

"네가 전지전능한 건 아니잖아."

"그래요. 하지만 예언에서만큼은 전지전능해요."

"그렇다면……."

"포기하자고 하면 돼."

루가 하려는 말을, 니아가 먼저 말했다. 루는 눈을 크게 뜨고 니아를 쳐다봤다.

"이 상황을, 내가 보지 못했을 거라고 생각했나요? 지금부터 당신이 할 행동, 당신이 할 말을, 내가 모를 거라고 생각해요?"

소름이 돋았다.

"루, 이미 늦었어요. 당신이 케이에게, 이제 복수를 그만두자고 말해도 케이는 그러지 않을 거예요. 케이의 마음은 변하지 않아요. 그것만이 당신을 웃게 해 주는 방법이라고 알고 있으니까."

"대장이 날 웃게 하기 위해 대륙의 멸망을 택할 리가 없잖아."

니아는 그 말에 대꾸하지 않고 루를 빤히 응시했다. 그녀의 깊은 눈동자가 루를 숨 막히게 만들었다. 루는 도망치고 싶었다. 귀를 틀어막고, 아무것도 못 들은 척, 알지 못하는 척 이 장소를 벗어나고 싶었다.

하지만 그럴 수 없었다.

이렇게 흔들리는 마음으로 니아의 앞을 벗어난다고 해서, 마음이 곧아지는 것은 아니었다. 흔들림은 균열을 만들어 내고, 균열로부터 실패의 구덩이가 파인다.

"나비의 날갯짓이라고 했지?"

"그래요."

"그렇다면 다른 대륙에 불어온 폭풍은 나비의 잘못일까?"

"⋯⋯."

"그 폭풍으로 생긴 피해는 전부 나비의 잘못인 걸까?"

"⋯⋯."

"나비는 그저 살고자, 혹은 본능 때문에 날개를 펄럭였을 뿐인데, 그로 인한 결과가 전부 나비의 잘못이 되는 걸까?"

탁—

루는 두 손으로 테이블을 내리치고 니아를 똑바로 응시했다. 이제 더 이상 그녀의 눈동자가 두렵지 않았다.

"그래, 네 말대로 난 케이를 다시 만나게 된 것에 만족해야 했을지도 몰라. 하지만 나는 욕심이 많거든. 내 부모를 죽인 자가 평화롭게 살다가 죽는 꼴을 보고 싶지 않아. 그자가 경험할 수 있는 최악의 고통 속에서 죽기를 바라고 있어. 이 마음은 변하지 않을 거야."

"루."

"복수를 포기하면, 나는 평생 부모님의 죽음을 가슴에 품고 괴로워하면서 살게 될 거야. 그리고 그 결정을 평생 후회하겠지. 내가 왜 그래야 하지? 나는 잘못한 거 없는데? 내 부모님도 잘못한 거 없는데?"

"……."

"미래에 벌어질 모든 죽음에 이유를 찾아야 돼? 누군가에게 덮어 씌워야 돼? 그렇다면 잘못 찾았어. 여기서 한 명, 잘못을 저지른 사람을 찾자면 그건 오르딘 공작이야. 그자가 내 부모님을 죽이지 않았더라면, 나 역시 오르딘 공작에게 복수할 생각을 하지 않았을 테니까."

니아가 눈을 감았다. 루는 이곳에서의 볼일이 끝났다고 생각했다. 할 말은 다 했다.

니아가 말한 대로, 미래에 그런 끔찍한 일이 벌어진다면 죄책감이 들 것이다. 하지만 오롯이 자신의 잘못은 아니었다. 오르딘 공작이 부모님을 죽였다. 단지 자신의 욕망을 채우기 위해서. 그런 그에게 복수하고 싶은 마음을 품은 것을 잘못이고 욕심이라 하는 것은 부당하지 않은가.

이제 혼자만 희생하는 짓은 하고 싶지 않았다.

"루엘라인. 나는 당신을 죽일 수도 있었어요."

일어나서 나가려던 루는 니아의 나직한 음성에 걸음을 멈췄다.

"당신이 케이를 만나기 전, 당신을 죽일 수도 있었어요. 그러면 오르딘 공작에게 복수를 하고 싶어 하는 인물도, 케이의 마음을 흔들어 놓을 인물도 사라지는 거니까."

"그럼 죽여."

"못 그래요."

니아가 눈을 떴다. 그녀의 눈가에는 눈물이 고여 있었다.

"내가 당신을 왜 안 죽였다고 생각해요? 사람을 죽이는 게 도덕적이지 않은 일이라서? 죄책감 때문에? 루엘라인. 나는 오르딘 공작의 손에서 사람들을 구하기 위해 가져다 쓰면 안 되는 미래의 기술까지도 가져다 쓰는 사람이에요."

니아가 천천히 일어나 루를 향해 다가왔다. 그녀는 두 팔을 뻗어 루를 끌어안았는데, 그 행동이 놀라울 정도로 다정해서 당혹스러웠다. 루는 그녀를 밀어낼 생각도 못 한 채 굳어 버렸다.

"매일, 매일 당신을 보았어요. 당신이 태어나는 순간부터, 나는 매일 당신의 미래를 보았어요. 당신의 아버지가 당신을 위해 사 오는 드레스, 당신의 어머니가 당신을 위해 구워 주는 쿠키, 그리고 그것을 받을 때마다 환하게 웃는 당신의 얼굴. 나는 매일, 매일, 그런 것들을 보았어요."

"……설마."

"그래요, 루엘라인. 나는 당신의 부모보다 더 오랫동안 당신의 성장 과정을 지켜봤어요. 부모를 잃은 당신이 얼마나 끔찍한 고통과 외로움 속에서 살았는지, 개를 가장 친한 친구라고 여기며 살아가는 그 고독이 얼마나 차가운지 나는 매일 보았어요."

루는 이를 악물었다.

"나는, 루. 그래서 도저히 당신을 죽일 수가 없었어요."

루는 떨리는 손을 들어 니아의 양쪽 어깨를 붙잡았다. 그리고 그녀를 떼어 내고 그녀를 내려다봤다.

"방금 하나 생각났는데."

니아는 루가 무슨 질문을 할지 안다는 듯 속삭였다.

"그래요. 예언가는 하지 말아야 할 짓을 했을 때, 소중한 것을 하나씩 잃어요."

예언가가 하지 말아야 할 짓은 미래에 존재하는 것을 가져와 사용하는 걸 말했다. 미래를 알기 원하는 이에게 알려 주는 것은, 조금 위험하긴 하지만 괜찮았다. 하지만 미래의 기술을 끌어와 사용하는 것은 금기였다.

"뭘 잃었어?"

"처음에는 시간."

그제야 떠올랐다. 니아가 25년 살았다고 말했다는 것이. 니아는 어디를 봐도 10살로만 보였다.

"두 번째는 눈."

니아의 눈빛은 강렬했지만, 그 눈에 비치는 것은 아무것도 없었다. 미래의 기술을 끌어오는 대가로 시력을 잃은 것이다.

"세 번째는 생."

"니아."

니아의 입가에 쓸쓸한 미소가 떠올랐다.

"나는 죽어 가고 있어요, 루."

*　　　*　　　*

루가 돌아간 후 니아는 쓰러지듯 침대에 누웠다.

니아가 죽어 가고 있다는 말을 들은 루는 울었다. 착한 아이
였다. 처음 본 니아를 위해 울어 주다니.

니아는 루를 미워하기도 하고, 사랑하기도 했다.

처음에 루의 영상을 보기 시작했을 때, 그녀의 생을 지켜보게
되었을 때에, 원망했다. 왜 그런 끔찍한 고독을 보여 주는 것이
냐, 왜 저 안쓰러운 아이의 절망을 보게 하는 것이냐, 신을 원망
했다. 그러다가 사랑하게 되었다.

그 고통 속에서도 담담히 살아가려 노력하는 루를, 간혹 싱그
러운 햇살 같은 미소를 짓는 루를, 언니의 마음으로, 혹은 어머
니의 마음으로 사랑하게 되었다.

그런 한편 미웠다.

복수 때문에 사람들을 절망에 밀어 넣게 될 루의 선택이, 이해
되는 한편으로는 원망스러웠다.

'사람들을 구하기 위해 뭐든 할 수 있을 줄 알았는데.'

니아는 쓴웃음을 지었다.

사실 다른 미래로 나아갈 방법이 하나 있기는 했다.

루가 오르딘 공작을 찾아가 그를 유혹하고, 그의 여자가 되는
것. 오르딘 공작은 루의 아름다움에 홀려, 마법 무기나 대륙의
지배 같은 것은 잊고, 그녀의 치마폭에 싸여 여생을 보내게 될
것이다.

원래는 루가 찾아오면 그 이야기를 해 줄 생각이었는데, 사랑

스러운 그 얼굴을 마주하니 입술이 떨어지지 않았다. 루를, 저 안쓰러운 아이를, 내 사랑하는 동생을 그런 남자의 품에 안기게 할 수 없었다.

그래서 니아는 죽음을 택했다.

미래의 기술을 더 많이 가져오면, 그 지옥에서 몇 명쯤은 구해 낼 수 있을 것이다.

*　　　*　　　*

니아의 집에서 나온 루의 표정이 좋지 않아 케이는 걱정이 됐다. 다가가 무슨 일이냐 물어보려 했지만, 그 전에 루가 한 손을 가볍게 올려 제지시켰다.

"잠깐만. 가까이 오지 마, 셔너."

가슴에 미미한 통증이 느껴졌지만, 케이는 순순히 뒤로 물러났다.

루는 걷기 시작했고, 케이는 그 뒤를 묵묵히 따라갔다. 숙소에 도착할 때까지 루는 한 마디도 하지 않았다.

"셔너, 이제 와요?"

숙소 앞에서 기다리고 있던 비비안이 반색을 하며 다가왔다. 케이는 울컥 짜증이 났다. 루가 걱정되어 마음이 심란한데, 비비안까지 상대하기는 싫었던 것이다. 매몰찬 말로 그녀를 물리려 했지만, 루가 말했다.

"셔너, 비비안 양이랑 산책이라도 하다가 와. 난 좀 쉬고 싶어."

"대장, 늦었습니다."

"응, 늦은 건 알아. 그래도 산책을 하기에 괜찮은 날씨잖아."

날씨가 좋긴 했다. 밤하늘은 구름 한 점 없이 청명해서, 별이 쏟아질 듯 빛났다.

하지만 산책을 한다면, 루와 하고 싶었다.

"잠깐 혼자 있고 싶어. 생각을 정리해야 할 것 같아. 잠시만 나 갔다 와."

"알겠습니다, 대장."

루는 무척 고통스러워 보였다. 슬퍼 보이기도 했다.

'대체 예언가 계집이 무슨 소리를 지껄인 거지?'

당장에라도 그녀의 집으로 달려가, 루에게 한 말을 토해 내게 하고 싶었다. 무엇 때문에 루가 저토록 고통스러워 하는지 묻고 싶었다. 하지만 케이는 잠자코 루의 명령을 따를 만한 이성이 남 아 있었다.

루는 돌아보지도 않고 여관 안으로 들어갔고, 케이는 루의 모습이 사라지기를 기다렸다가 비비안과 함께 그곳을 떠났다.

*　　*　　*

라크는 참담한 기분이었다.

예언가는 라크의 예상보다 더 많은 것을 볼 수 있었다. 그녀가 그런 말을 할 줄 알았더라면, 루와 만나게 하지 않았을 것이다.

니아는 틀렸다.

앞으로 벌어질 모든 일은, 루에게서 비롯된 일이 아니다. 일어나야 할 일이 일어나는 것일 뿐이다. 게다가 그 끔찍한 미래라니. 과연 봉인된 마법 하나가 그러한 효과를 낼 수 있을까?

사실 라크는 그 봉인된 마법 무기에 대한 한 가지 가설을 세우고 있었다. 그 때문에 예언가가 본 미래가 전부 옳지는 않을 거라고 생각했다.

'잘못 본 거겠지. 루는 대지의 축복을 받았으니.'

대지를 밟고 있는 한 루는 무적이었다.

'그 축복 때문에 예언조차 헝클어진 것일 가능성이 높아. 예언가가 악용되어서, 루에게 위협이 되면 안 되니까.'

하지만 루에게 그런 말까지 해 주지는 않았다. 인간이 성장을 하기 위해선 장애물이 필요하다. 장애물을 넘을 때마다 견고해지며 완성되어 가는 인간을 라크는 무수히 보아 왔다.

라크는 루가 더욱 견고해지기를 바랐다.

'그래도 예언가 아이와 대화를 나눠 볼 필요는 있겠어. 상당히 괜찮은 녀석인 것 같은데, 이대로라면 곧 목숨을 잃을 거야.'

니아의 재능이 아까웠다. 그렇게 특출 난 예언가는 쉬이 태어나지 않는다. 지금 태어난 이유는 아마도 시대의 과도기이기 때문일 것이다.

많은 것이 뒤바뀌는 시대. 많은 것이 사라지고, 생겨나는 시대.

그리하여 케이처럼 월등히 뛰어난 마력을 가진 마법사가, 니아처럼 예리하게 미래를 보는 예언가가, 그리고 그 어떤 대지의 아이보다도 강한 축복을 받은 루가 태어난 것이리라. 존재했었음을 알리고, 마지막을 고하기 위해.

라크는 씁쓸한 마음으로 조용히 방을 빠져나갔다.

그리고 루는 연거푸 한숨을 내쉬다가 다 식어 버린 차를 찻잔에 따라 한 번에 들이마셨다.

니아는 가만히 라크를 응시했다. 아니, 응시하는 것처럼 보일 뿐, 그녀의 눈에 비치는 것은 없었다. 그녀의 시야는 캄캄한 암흑이었지만, 니아는 이 방 안에 위대한 마법의 생물이 존재한다는 것을 알 수 있었다.

"어쩐 일이신가요? 루와 함께 계셔야지요."

"앞이 안 보이는데 내가 있다는 걸 어떻게 알았지? 이 장면도 미리 보고 왔나?"

"제가 모든 미래를 보는 건 아니에요. 특히 저에 대한 미래는 잘 보이지 않지요. 보고 싶지도 않고."

"현명하군. 자신의 미래를 미리 아는 건 좋은 일이 아니거든."

뼈가 있는 말이었다. 루에게 그녀의 선택으로 인한 미래를 알려 준 것이, 드래곤의 심기를 건드린 모양이었다.

"루에게 말해 준 걸 후회하지 않아요."

"아아, 그걸 나무라려고 온 게 아니야, 니아. 나는 네가 잘못된 선택을 하고 있다는 걸 말해 주려고 왔어."

"잘못된 선택이요?"

그런 말은 처음 들었다. 니아는 예언가였다. 잘못된 선택을 할 리 없다. 선택의 결과를 미리 알고 있으니까.

하지만 위대한 드래곤은 말했다.

"네 생각은 틀렸어, 니아. 네가 본 미래 역시."

"저는 틀린 미래를 보지 않아요."

"그래, 여러 개의 미래를 본다고 했지. 내가 말을 잘못했다. 틀린 게 아니라, 너는 여러 개의 미래 중 하나를 본 것뿐이야."

"아니에요. 루의 미래는 확실했어요. 그건 바뀔 수 없어요. 아니, 당신은 드래곤이니까 비밀을 지켜 줄 거라고 믿고 이야기할게요. 사실은 미래가 하나 더 있기는 해요."

니아는 조심스럽게, 루에게는 말할 수 없었던 미래를 털어놨다. 팔짱을 끼고 서서 니아의 이야기를 들은 라크가 고개를 끄덕였다.

"그래, 그런 방법도 있겠군. 여인에게 홀린 사내들은 정신을 못 차리는 법이니까."

"하지만 이 방법은 절대로 루에게 말하지 마세요. 저는 루가 그 끔찍한 고통을 참는 삶을 원하지 않아요."

"대륙의 인간들이 전부 죽는다 해도?"

니아는 망설이지 않고 대답했다.

"네, 그런다고 해도."

"흐음. 또 다른 미래가 있을 수도 있다는 건 어떻게 알지? 그것도 보여?"

"꿈을 꿔요. 밤에 잘 때, 혹은 백일몽처럼. 그 꿈에서 저는 길을 걸어가죠. 갈래 길이 나타나요. 저는 그중 하나를 선택해요. 그러면 그곳에 선택으로 인한 미래가 존재하고, 저는 그 속에 섞여 들어가요. 루의 선택으로 인한 길은 단 두 개뿐이었어요."

"대단해."

라크가 박수를 쳤다.

예언가들이 미래에 섞여 들어가는 일은 없었다. 보통은 멀리서 흘러가는 오라를 보듯 감상할 뿐이다. 예언이 뭉뚱그려 말하는 듯 정확하지 않은 이유가 거기에 있었다. 확실하게 보질 못하니까. 하지만 니아는 미래의 기술을 훔쳐 올 만큼, 미래를 경험한다. 대단한 능력이다.

"정말이지, 대단한 저주로군."

"저주……라고요? 예언은 신이 주신 능력이에요."

"보통은 그렇다고 알고 있지. 하지만 정말로 그렇게 생각해? 미래를 보여 주는 것이 네게는 그리도 달콤한 일이야?"

라크의 음성이 묵직해졌다.

"타인의 미래를 경험하고, 혹은 헤아릴 수도 없이 먼 미래의 일을 아는 것이 네게는 그렇게나 아름다운 일이야?"

라크의 말에 반박할 수가 없었다.

아름답지 않았다.

물론 아름다운 미래도 있었다. 신혼부부가 아이를 낳아 행복하게 지내는, 그러한 미래를 보는 것은 달콤했다. 하지만 대부분의 미래가 끔찍했다. 어떤 사람은 죽고, 어떤 사람은 강간을 당하고, 어떤 사람은 귀족의 마차에 치인다. 어떤 나라는 침략을 당하고, 어떤 나라는 자연재해에 멸망하고, 또 헤아릴 수 없이 멀고 먼 어떠한 미래는 사람이 살 수 없는 척박한 땅이 되어…….

니아의 눈에 맺혔던 눈물이 주르륵 흘러내렸다.

"절 괴롭히러 오셨나요?"

"아니, 네게 알려 주려고 왔어. 그리고 네 목숨을 구해 주려고 왔지."

"제 목숨을 구하다니요? 당신도 미래를 보나요?"

"그런 게 아니야, 니아. 나는 루의 선택과 그로 인한 미래에 대해 말하려고 온 거야. 또 다른 미래가 존재할 수도 있거든."

"하지만 내가 본 길은…….”

"네 능력이 그렇게 절대적이야?"

"지금껏 한 번도 틀린 적 없어요."

"그렇다고 해서 절대적이라는 건 아니지. 이 세상에 절대적인 것은 신밖에 없어. 하지만 네 힘은 신이 준 게 아니거든."

"그럼 뭐죠?"

"돌연변이야."

"돌연변이?"

"마법도, 예언의 능력도, 전부 돌연변이지. 어쩌다 보니 툭 튀어나온 못 같은 거란 말이야."

"그럴 리가 없어요."

"부정하고 싶겠지만 이게 진실이야. 간혹 놀라운 능력을 가진 인간들이 태어나지. 노력하지 않아도 뛰어난 검술을 사용하는 자, 그림을 잘 그리는 자. 그러한 천재들이 태어난단 말이야. 마법사는 노력 없이 마력을 담을 수 있는 자들이고, 예언가는 노력 없이 미래를 볼 수 있는 자들이야. 그냥 인간이 가지고 태어나는 하나의 능력일 뿐이야, 그건. 신의 축복 비슷한 것도 아니지."

"신력은……."

"노력을 통해 신의 인정을 받아야만 아주 조금 부여되는 축복이라고 할까?"

"하찮은 인간이 보기에 월등한 힘 따위 사실은 아무것도 아니라는 거야, 니아. 너는 루의 미래를 점칠 수 없어."

"왜죠?"

"루는 대지의 축복을 받은 아이니까."

"그건 알고 있어요. 하지만 당신의 말대로라면 그것 역시 돌연변이……."

거기까지 말한 니아가 무언가 깨달은 듯 입을 다물었다. 그녀의 눈에 경악이 서렸다. 그녀는 믿을 수 없다는 듯 입술을 달싹거렸다.

"설마……."

"그래, 그 설마야. 레위르 님은 대지의 신이지. 대지의 축복을 받았다는 것은, 곧 신의 축복을 받았다는 것. 대지의 축복을 받은 아이란, 아무런 이유도 노력도 없이 신의 사랑을 받은 아이라는 거야. 하찮은 인간이 가진 능력 따위가 대지의 아이의 미래를 전부 다 읽을 수 있을 리 없잖아."

"그게 정말인가요?"

"나는 아주 오래 살았어, 니아. 인간이 상상도 할 수 없는 세월을 걸어오며, 대지의 축복을 받은 아이들을 만나 왔지. 대지의 아이들은 땅을 밟고 서 있는 한, 무적이야. 그런데 루는 그중에서도 가장 강한 축복이 느껴져. 그런 루의 미래를 과연 네가 정확하게 읽어 낼 수 있을까?"

그렇다고 한다면 오만이었다. 그래서 니아는 입을 다물었다.

믿기 힘든 말이었다. 대지의 축복을 받은 아이가 신의 축복을 받은 아이라니. 신이 잊히는 시대라 하지만, 그래도 신은 신이었다. 조건 없이 신의 축복을 받았다는 게 어떤 건지, 짐작조차 되지 않았다.

"인간의 희생정신을 싫어하지 않아, 니아. 하지만 귀여운 아이가 헛되이 목숨을 버리는 꼴을 보는 건 즐겁지 않지. 니아, 미래의 기술을 훔쳐 오는 건 그만둬. 루는 분명히."

라크가 니아의 볼을 쓰다듬었다.

"옳은 선택을 할 거야."

12장

 관자놀이가 지끈거렸다. 눈가도 화끈거리고 심장도 빨리 뛰었다. 잠결에도 몸 상태가 심상치 않다는 것을 깨달았다.

 '불편해.'라고 생각하다가 루는 몸이 자유롭지 않다는 것을 깨달았다. 번쩍, 눈을 뜨자 익숙지 않은 공간이 시야에 들어왔다. 루는 주먹을 꽉 쥐고 몸을 움직여 보려 했지만 불가능했다. 손목이 뒤로 묶여 있고, 발목 또한 밧줄에 칭칭 묶여 있었던 것이다.

 '어떻게 된 거지? 여긴 어디고?'

 루는 우선 주위를 둘러봤다.

 좁은 창고 같은 곳이었다. 창문이 없어서 빛 한 조각 들어오지 않는 공간은 어둠에 잠겨 있었다. 하지만 그런 건 문제가 되지 않았다. 루는 시각에 온 신경을 집중했다. 그러자 서서히 시야가

밝아지며 갇힌 공간의 모습이 보였다.

'도살장인 것 같은데.'

여기저기 널려 있는 도구들. 잘 관리하지 않는지 망치나 칼 따위에는 검붉은 피가 묻어 있었고, 지독한 냄새가 났다. 바닥에 스며든 피가 썩는 냄새였다.

'저건 무기로 사용할 수 있겠어.'

루는 몸을 움직여 칼이 있는 쪽으로 가려고 했지만, 얼마 가지 못해 움직임을 멈췄다. 밧줄이 뒤에 있는 기둥에 단단히 묶여 있었던 것이다.

'제길.'

루는 인상을 찡그리고 밧줄을 당겨 보았지만, 두꺼운 밧줄은 끊어지지 않았다. 손목과 발목도 비틀어 봤지만, 당연히 풀리지 않았다.

루는 빠르긴 해도 힘이 센 편은 아니었다.

'누가 날 여기로 데려온 거지?'

루는 기억을 더듬었다.

방에 들어가 차를 마셨다. 어쩐지 눈꺼풀이 무거워져서 침대로 향하다가 쓰러졌던 것 같다. 쿵, 하고 바닥에 부딪칠 때의 감각이 남아 있었다. 넘어질 때 잘못된 건지, 팔뚝이 욱신욱신 쑤셨다.

'뼈가 부러졌나?'

루는 난처했다. 무기도 없는데 부상을 당했고, 움직임이 자유롭지도 못하다. 최악이다.

'이걸 어쩐다.'

다키안 백작에게 묶였을 때는 라크가 있었지만, 지금은 그의 기척이 느껴지지 않았다. 혹시나 하는 마음에 루는, "라크, 거기 있어?"라고 불러 봤지만 대답은 돌아오지 않았다.

'그래, 매번 라크의 도움을 기대할 순 없지. 도와주는 대가도 치러야 하고.'

루는 뒤쪽 벽을 살폈다. 밧줄을 끊을 만한 것이 있는지 살펴보기 위해서였다. 하지만 벽돌을 쌓아 만든 벽뿐이었다.

'벽에 문지르면 밧줄이 약해지려나?'

아무것도 안 하는 것보다는 낫다는 생각에, 루가 늘어진 밧줄을 잡아 벽에 가지고 갔을 때였다.

쾅—

거칠게 문이 열렸다.

루는 마른침을 삼키며 들어온 인물을 확인했다. 바빈터 백작이었다.

바빈터 백작이 랜턴에 불을 붙였다. 좁은 공간이라 랜턴 하나로도 충분히 밝았다.

"날 무시했지? 응?"

바빈터 백작이 근처에 있던 커다란 칼을 하나 집어 들었다. 끈적거리는 검붉은 피가 묻어 있는 칼로, 뼈를 자를 때 사용하는 것 같았다.

'질 것 같다.'라고 루는 생각했다.

'지금 상황에선 내가 할 수 있는 게 없어.'

이럴 줄 알았으면 뒤로 묶인 손을 앞으로라도 돌려놓을 걸 싶었다. 그럼 어떻게든 해 볼 수 있을 텐데.

질 것 같다는 생각은 드래곤인 라크를 제외하고 처음으로 해 봤다. 그동안은 상대가 누구든 질 것 같지 않았다.

"나는 말이야. 네놈을 잘 봐주려고 했어. 구온 시 뒷골목 불량배 무리여도, 크게 써 주려고 했다고. 그러면, 응? 감사한 마음을 품고 발을 핥아야지. 뭐? 질 것 같지 않아? 응? 어디 한번 또 그 말을 해 보시지. 응?"

바빈터 백작이 걸어오는 동안, 루는 이 상황을 벗어날 방법을 생각해 보려고 했다. 하지만 아무 답도 떠오르지 않았다.

가까이 다가온 바빈터 백작이 루의 머리채를 휘어잡고 뒤로 젖혔다.

"불량배 새끼 주제에! 지금이라도 내 발등을 핥고 잘못을 빌면 아량을 베풀어 주지. 나는 아주 마음이 넓거든."

그럴 생각은 없었다.

죽더라도 목숨을 구걸할 수는 없다. 그것이 토스카의 대장 역할을 맡은 루의 의무였다. 토스카의 대장은 어떤 상황에서도 오만하고 고고해야만 했다.

"안됐네, 바빈터 백작. 나는 잘못한 게 없고, 있다 해도 당신의 발등을 핥을 생각이 없거든."

루가 담담히 말했다. 그것이 바빈터 백작의 이성을 끊어뜨렸다.

퍼억—

바빈터 백작이 루의 복부를 걷어찼다. 불시에 얻어맞은 루는 쿨럭거리며 허리를 굽혔다.

퍼억— 퍼억—

루가 방어할 새도 없이, 바빈터 백작의 무자비한 발길질이 쏟아졌다.

'별거 아냐, 이 정도는.'

파필리아의 괴물로 살아갈 때에, 이보다 더한 폭력을 당했다. 궂은일 한번 해 보지 않은 귀족의 발길질 따위는 아무것도 아니다.

루가 별로 고통스러워하지 않자 바빈터 백작은 분노했다. 그는 들고 있던 칼을 추켜올렸다. 루의 손목이든, 발목이든 하나를 잘라 내야겠다. 피를 보면 루의 오만한 태도도 사라질 것이다.

바빈터 백작은 루가 그 아름다운 얼굴을 비굴하게 일그러뜨리고 발등을 핥는 꼴을 보고 싶었다. 잘못했다고 빌며 우는 모습을 볼 때까지, 루를 죽이지 않고 괴롭힐 작정이었다.

휘익—

루의 발목을 향해 바빈터 백작이 칼을 휘둘렀다.

*　　　*　　　*

비비안은 생글생글 웃으며 케이의 팔에 매달려 있었다. 그녀의 가슴이 케이의 팔을 지그시 눌러 왔다.

"저, 우리 극장에 갈래요? 아주 재미있는 연극 공연을 한다더라고요."

"이 시간에?"

"수도는 구온 시와 달라요. 이 시간부터가 시작이거든요."

"흐음."

연극이든 뭐든 아무래도 좋았다. 케이는 빨리 이 시간이 흘러갔으면 했다.

루는 괴로워 보였다. 아무리 루의 명령이라지만, 루를 두고 다른 사람과 시간을 보내는 것이 즐거울 리 없었다. 루가 말한 '잠시만'이 어느 정도의 시간인지 알고 싶었다. 비비안과 함께 걷는 내내 케이의 머릿속은 그저, '이제 잠시만이 지났을까? 이쯤이면 돌아가도 되나?'라는 생각으로 꽉 차 있었다.

케이가 다른 생각을 한다는 걸 눈치챈 비비안은 아랫입술을 잘근 깨물었다.

아무리 자유로운 연애를 즐기는 수도라고는 해도, 사내의 팔에 가슴을 문지르는 행위는 창부들이나 하는 짓이었다. 하지만 비비안은 그런 행동을 해서라도 케이를 유혹하고 싶었다.

아버지는 케이의 아이를 가지라고까지 말했다.

그래, 아이를 갖는 것이 답이다. 그의 아이를 가지면 케이의 태도도 달라질 것이다. 자신을 쏙 닮은 아이와 그런 아이를 낳아 준 비비안에게 고마워하며 다정하게 대해 주리라.

그 생각이 여자로서 얼마나 수치스러운 생각인지는 알고 있었다. 하지만 비비안은 그를 갖고 싶은 마음이 폭발할 정도로 커져서, 이제는 멈출 수 없게 되었다.

비비안은 애교스럽게 케이의 팔을 흔들었다.

"셔너, 날 좀 봐 줘요."

허공 어딘가를 응시하고 있던 케이의 시선이 비비안에게로 향했다. 셔너로 변장한 그의 눈동자는 갈색. 하지만 비비안은 그 갈색 눈동자조차도 사랑했다.

이 눈동자가 나만 바라봐 주면 얼마나 좋을까. 루를 보듯, 나를 봐 주면 얼마나 행복할까.

비비안은 손을 뻗어 그의 뺨을 쓰다듬었다. 그는 뿌리치지 않았고, 그것이 비비안을 기쁘게 했다. 어쨌든 그에게 있어서 비비안은 다른 여자들과 다른 존재였다. 그것만으로도 만족스러웠다.

"셔너, 오늘 밤에는 말이에요."

나와 함께 보내요, 라는 말을 하려고 했다. 하지만 그의 시선이 갑자기 돌변하는 통에 뒷말을 이을 수가 없었다.

셔너는 갑자기 눈을 번쩍 뜨고 어딘가를 노려봤다. 그의 미간에 깊은 주름이 새겨졌다.

"제길."

그의 얇은 입술 사이로 욕설이 흘러나왔다.

"셔너?"

그는 곁에 비비안이 있다는 걸 잊은 듯했다. 지금껏 본 적 없
는 안광을 내뿜던 그는 비비안을 놔두고 달려가기 시작했다. 비
비안은 그를 잡지 못하고 그가 멀어지는 것을 지켜봤다.

이윽고 그의 모습은 보이지 않게 되었고, 버림받은 비비안은
주먹을 꽉 쥐었다.

*   *   *

꼼짝없이 발목을 잃게 되었다고 생각했다. 그래서 루는,

'발목 하나 잃고 이곳에서 살아 나갈 확률이 얼마나 될까.'

따위의 생각을 하고 있었다.

터엉—

하지만 발목을 정확하게 노리고 날아온 칼은 보이지 않는 무
언가에 막혀 튕겨 나갔다. 바빈터 백작도, 루도 놀랐다. 둘 다 눈
을 휘둥그레 뜨고, 발목을 응시했다.

'뭐지?'

"뭐, 뭐야?"

바빈터 백작이 외쳤다.

'나도 몰라!'라고 루는 생각했다.

바빈터 백작은 다시 한 번 칼을 휘둘렀다.

터엉—

이번에도 무언가가 칼을 막아 냈다. 그제야 루는 목 부근이 따뜻하다는 것을 깨달았다. 그 온기는 언젠가 케이가 걸어 준 목걸이로부터 시작되고 있었다.

'아, 이게 마법 도구였구나.'

목걸이에는 주인의 몸이 위험한 순간 방어막이 생기는 마법이 걸려 있었다.

'하지만 이것도 계속되진 않을 거야.'

시간을 벌긴 했지만, 마법 도구의 마법은 발동되는 순간부터 점점 약해진다는 것을 알고 있었다. 게다가 바빈터 백작은 마음 대로 되지 않는 것이 화가 나는지, 더 강하게 칼을 휘두르고 있었다.

루는 일단 몸을 추스르고 벌떡 일어났다. 양쪽 발목이 묶여 있어서 서 있기가 쉽지 않았다.

"대체 무슨 수작을 부린 거지?"

바빈터 백작이 으르렁거렸다. 루는 대답 없이 그를 노려봤고, 바빈터 백작은 총을 꺼내 들었다. 이번에는 발목을 노리지 않고 루의 몸을 노렸다.

탕—

터엉—

총알도 튕겨 나갔지만 이번에는 둔탁한 통증이 느껴졌다. 방어막이 점점 약해지고 있는 것 같다.

'큰일 났다.'

발목 하나 잃는 것은 괜찮지만 팔을 잃는 건 안 된다. 루는 휘청거리면서도 총알을 피하기 위해 노력했다. 몇 번은 피했지만 전부 다 피할 수는 없었다.

탕— 타앙—

바빈터 백작은 마구잡이로 총을 쏘아 댔다.

터엉— 터엉—

튕겨 나가던 소리가, 채앵— 깨지는 소리가 바뀌었다.

방어막에 균열이 생겼다.

바빈터 백작도 그걸 눈치챈 듯 비릿한 미소를 지으며 루에게 더 가까이 다가와, 총을 발사했다.

챙캉—

방어막이 사라졌다.

*　　　*　　　*

라크가 흠칫하며 뒤를 돌아봤다.

"왜 그러시죠?"

아직도 볼에 닿아 있는 그의 손이 긴장하는 느낌에 니아가 이상하다는 듯 물었다.

"마법이 느껴져."

"마법이요?"

"수상한데. 가 봐야겠어."

"드래곤님."

"라크라고 불러."

"저는 앞으로 어떻게 해야 하죠?"

혼란스러운 듯한 니아에게 라크는 말했다.

"꿈에서 보는 미래에 시선을 빼앗기지 마. 현재를 보고, 현재 일어나는 일을 통해 미래를 상상해. 그렇게 그려진 미래가 진짜라고 믿어."

"그게 잘못된 믿음이라면요? 내가 잘못 상상한 거라면요?"

"적어도 네 스스로 그린 미래인 거잖아. 꿈에 휘둘리지 마, 니아."

*   *   *

총알이 팔뚝을 스쳤다. 스친 피부에서 피가 흘렀다. 총알이 박히지 않아 다행이었다.

피를 본 바빈터 백작이 혀로 입술을 축였다.

그의 눈동자가 광기로 번들거렸다. 일이 계획대로 되지 않아 분노가 극에 달해 광기로 변질된 것이다.

저런 눈빛을 루는 알고 있었다.

파필리아의 괴물로 지내던 시절, 루를 괴롭히던 이들은 루가 신음을 흘리지 않으면 분노했고, 광기에 젖어 더 심하게 루를 때렸다.

'큰일이군.'

발목 하나로 끝났을지도 모르는데, 이제는 끔찍한 괴롭힘을 당하다가 죽게 생겼다.

"그 예쁜 얼굴의 피부를 조금씩 도려내 주지."

음산한 목소리가 도살장 안에 울렸다.

"손가락도 하나씩 잘라 주겠어."

바빈터 백작이 루의 머리채를 휘어잡았을 때였다.

쾅—

거칠게 문이 열렸다.

바빈터 백작은 반사적으로 총을 치켜들었다. 총구가 루의 관자놀이를 꾹 눌렀다. 낯선 느낌에 루는 인상을 찌푸렸다.

"루."

그 음성이 루의 이름을 부른 것은 아주 오랜만이었다. 루는 눈을 크게 뜨고 도살장 안에 들어온 사람을 응시했다.

케이였다.

"어이구. 부하 놈이 구하러 왔군."

바빈터 백작이 킬킬거렸다. 총을 들고 있으니 무서운 게 없는 모양이다.

"그런데 어쩌나. 나에게는 총이 있거든."

"루, 괜찮은가?"

케이는 바빈터 백작의 말을 무시하고 물었다. 루가 가볍게 고개를 끄덕였다. 케이의 시선이 루의 얼굴에서 피가 흐르는 팔뚝으로 향했다. 그는 잠깐 인상을 찌푸렸지만, 곧 무표정하게 돌아가 바빈터 백작을 노려봤다.

"지금 그 총을 내려놓으면 죽이진 않겠다."

케이가 말했고, 바빈터 백작은 웃음을 터뜨렸다.

"푸하하하하하. 미쳤어? 난 총이 있어. 네놈은 뭘 가졌지?"

'마법.'이라고 생각하며, 케이는 바빈터 백작과 루의 모습을 꼼꼼히 살펴봤다.

마법을 사용해서 죽이면 그만이지만, 총이 문제였다. 총구는 루의 관자놀이에 닿아 있고, 바빈터 백작의 손가락은 방아쇠에 걸려 있었다. 바빈터 백작이 마법에 당한 고통으로 손가락에 힘을 주면 큰일이었다.

"네놈도 죽여 줄 테니까 거기 무릎 꿇고 앉아 있어. 무릎 꿇으라고!"

"내가 인질이 되지."

케이가 무릎을 꿇으며 말했다. 바빈터 백작이 또 웃었다.

"인질? 놀고 있네. 네놈도, 이놈도 죽을 테니까 걱정하지 마. 지금 난 총이 있거든. 이 새끼가 없어진 걸 알았을 때 도망쳤으면 네놈 목숨은 구할 수 있었을 텐데. 지금 난 둘 다 살려 보낼 생각 없어."

그때 루는 케이의 뒤, 열린 문으로 들어오는 사람을 발견했다.

"대장!"

황급히 외쳤지만, 상대가 더 빨랐다. 놈은 들고 있던 몽둥이로 케이의 뒤통수를 후려쳤다.

퍼억—

둔탁한 소리와 함께 케이가 비틀거리며 쓰러졌다.

"잘했어, 버디."

바빈터 백작의 칭찬에, 버디가 씩 웃었다.

'저자는 누구지? 아니, 지금 그게 중요한 게 아니지.'

케이까지 쓰러졌다. 큰일이다.

'내가 죽더라도 대장은 살아야 하는데.'

하지만 방법이 없었다. 두 손, 두 발은 꽁꽁 묶여 있고, 바빈터 백작에게는 총이 있다. 루도, 케이도 이곳에서 죽게 되리라.

문득 니아의 예언이 떠올랐다.

'괜찮아, 니아. 미래는 하나 더 있었어. 나도, 대장도 여기서 죽어서 오르딘 공작은 마법 무기의 봉인을 풀지 못할 거야.'

*   *   *

모습을 감추고 도살장 앞에서 상황을 지켜보던 라크는 피식 웃었다.

'바보는 아니었군, 반푼이.'

케이가 쓰러지자, 바빈터 백작은 안심하고 총을 집어넣었다. 그리고 버디에게 칼을 가지고 오라고 시켰다. 루의 피부를 한 조각, 한 조각 잘라 낼 생각이리라.

하지만 그건 잘못된 선택이었다.

케이는 기절하지 않았고, 공격할 준비를 한 채 바빈터 백작이 총을 집어넣기만을 기다리고 있었다. 케이의 몸 안에 가득 찬 마력과 예리한 불꽃을 라크는 느낄 수 있었다.

'시동어도 없이 마법을 구체화시키다니. 대단해, 반푼이.'

라크는 돌아섰다.

더 이상 지켜볼 것도 없었다. 케이는 송곳처럼 예리하게 만든 불꽃을 일으킬 것이다. 아마도 그 불꽃은 바빈터 백작의 내장에서부터 시작되리라. 내장을 모조리 태우자마자 불꽃은 꺼지겠지. 바빈터 백작과 가까이에 있는 루가 화상을 입지 않도록.

인간의 육체 내에서 마법을 일으키는 것은 대단한 실력자가 아니면 불가능한 일이었다. 아마 케이도 지금까지는 사용해 본 적 없을 것이다. 루를 지키기 위해, 지금 방금 생각해 내고 사용하려고 하는 것이 분명하다.

"끄아…… 컥…… 커어어……."

바빈터 백작의 기괴한 신음 소리가 흘러나오다가 뚝 끊겼다.

"뭐, 뭐야?"

버디의 당황한 목소리.

화르륵—

그리고 그의 몸에 불이 붙는 소리.

"으아아아아아악! 부, 불이! 으악! 뜨, 뜨거워! 살려 줘!"

버디의 비명 소리.

라크는 씩 웃으며 날아올랐다.

*　　*　　*

끝이라고 생각했기에 루는 당황했다.

바빈터 백작이 갑자기 고통스러운 신음을 흘리더니, 타는 냄새가 나기 시작했고, 쓰러졌다. 그다음에 일어난 일은 루도 알 수 있었다. 케이에게서 쏘아진 화염이 버디의 몸에 붙어 그를 태운 것이다.

비명도 제대로 지르지 못한 바빈터 백작과 달리 버디는 한동안 끔찍한 비명을 내지르다가 죽었다. 몸부림치던 버디가 쓰러지자 불이 꺼졌고, 한때는 버디였던 숯덩이만 남았다.

기절한 줄 알았던 케이가 서서히 몸을 일으켰다. 그리고 루에게 다가와 말없이 밧줄을 풀기 시작했다.

"저기."

루는 그를 어떻게 불러야 좋을지 알 수 없었다. 조금 전 그는 루를 대장이 아닌 루라고 불렀다. 그렇다면 지금의 그는 케이인 걸까?

"머리, 괜찮아……요?"

케이는 대답하지 않고 루의 다친 팔뚝을 쓰다듬었다. 그의 손가락 끝이 가늘게 떨리고 있다는 것을, 루는 뒤늦게 깨달았다. 미간을 모으고 피가 흐르는 루의 팔뚝을 확인하는 그의 모습에 가슴이 아팠다.

"저기……."

"케이아스."

"네?"

"내 이름은 케이아스."

"아, 네에."

그가 갑자기 왜 자기 풀네임을 말하는 건지 이해할 수가 없었다. 어리둥절한 표정의 루를, 그가 똑바로 응시했다. 순식간에 그에게 걸렸던 변형 마법이 풀렸다. 은발에 붉은 눈동자로 돌아온 그가 루의 뺨을 쓰다듬었다.

오랜만에 보는 그의 원래 모습에 루는 전율했다. 심장이 두근두근 걱정스러울 정도로 빠르고 격하게 뛰기 시작했다. 그의 손은 따뜻했고, 향기는 아찔했다.

"내 이름을 불러 줘, 루."

그가 쉰 목소리로 말했다. 간절함이 담긴 음성이었다.

"케이아스."

이유도 모른 채 그의 명령, 아니, 애원을 들어주었다. 그의 입가에 미소가 번졌는데, 어째서인지 가슴이 아팠다.

그가 눈을 감았다가 떴고, 그의 모습은 다시 '셔너'의 모습으로 돌아왔다.

"지키지 못해서 죄송합니다, 대장."

그가 말했다.

"아니, 괜찮아."

"괜찮지 않아요."

그가 루의 팔소매를 찢어 냈다. 총알에 스친 상처가 드러났다. 피는 거의 멎은 상태였지만, 주위에 피가 묻어 지저분했다.

"다쳤잖습니까."

"가볍게 스친 정도야. 연고를 바르면…… 그헉!"

루는 말을 마칠 수 없었다. 그뿐만 아니라 괴상한 소리까지 내고 말았다. 그가 갑자기 루의 상처 부위를 핥기 시작한 것이다.

그의 혀가 상처 부위에 묻은 피를 닦아 냈다. 간지러우면서도 따뜻한, 이상한 느낌에 루는 숨을 쉴 수가 없었다. 그의 입술이 닿는 부위에서 시작된 달콤한 전율이 루의 전신을 지배했다.

도살장 안에는 고약한 냄새가 가득했지만, 이제 그런 것이 하나도 느껴지지 않았다. 루의 시각은 그의 부드러운 머리카락으로, 후각은 그의 향기로, 그리고 촉각은 그의 입술로 가득 채워져서 다른 것을 받아들일 수가 없었다.

루는 심장이 금방이라도 멎을 것처럼 뛰었다. 그만하라고 말해야 하는데 목소리가 나오지 않았다.

영원처럼 길게 느껴지면서도 찰나처럼 짧게 느껴지는 시간이 지난 후 그가 입술을 뗐다. 그는 말없이 루를 안아 들었다.

"아, 호, 혼자 걸을 수 있어. 피, 피, 피를 많이 흘린 것도 아니고."

당황한 루가 말을 더듬으며 사양했지만, 그는 꿈쩍도 하지 않았다. 어쩐지 더 이상 거부하면 안 될 것 같았다. 어둡게 침잠한 그의 갈색 눈동자가 몹시도 괴로워 보였기 때문이다.

그래서 루는 여관에 도착할 때까지 가만히 그에게 안겨 있었다. 그의 향기를 마음껏 맡으면서.

*　　*　　*

똑똑—

서류를 정리하던 라일은 노크 소리에 고개를 들었다.

"네."

문이 열리고 부하가 들어와 책상 앞에 섰다.

"대장, 성 밖의 도살장에서 총소리가 났다는 신고를 듣고 사람을 보냈습니다."

"아아, 그래요?"

최근 수도에서의 총탄 사고는 자주 벌어지는 일이었다. 일부러 보고를 하러 들어온 이유를 알 수 없었다.

"이상한 시체를 발견했습니다."

부하가 덧붙인 말에, 라일은 펜을 내려놨다.

"이상한 시체?"

"네. 총기 소유자가 당한 것 같은데, 아무래도…… 오셔서 직접 보셔야 할 것 같습니다."

수도 경비대는 실력이 출중한 자들만 있었다. 어지간한 사건은 아랫선에서 알아서 해결하기 때문에, 대장인 라일이 자리를 오래 비우고 여행을 다닐 수 있었던 것이다. 그런 부하들이 난처해하는 것은 처음이었다.

라일은 의아해하며 부하와 함께 경비대 본부를 나섰다.

도살장에는 두 구의 시체가 있었다.

입구 쪽에 쓰러진 시체는 불에 타서 인간 모양의 숯덩이가 되어 있었다. 이상한 건 안쪽에 있는 시체였다.

"왜 죽은 거죠?"

겉모습은 멀쩡했다.

"내장이 탔습니다."

시체를 조사하고 있던 부하가 말했다.

"내장이 탔다고요?"

"네. 내장만 탔습니다, 대장. 겉은 멀쩡한데 속만 탔어요. 마치 몸 안에서 불이 난 것처럼."

오싹—

팔뚝에 소름이 돋았다.

몸 안에서 불이 났다고?

말도 안 되는 현상이었다. 수도의 문물이 아무리 발달했다고는 하지만, 그런 식의 무기는 듣도 보도 못했다.

라일은 시체 옆에 쭈그리고 앉았다.

고약한 냄새가 나기는 해도, 겉으로 보기에는 정말 멀쩡했다.

얼굴이 고통으로 일그러진 것을 빼면, 잠들었다고 생각해도 될
정도였다.

"또 새로운 무기가 개발된 걸까요?"

옆에 기립해 있던 부하가 불안한 듯 물었다.

"새로운 무기라……."

최근 몇 년 사이에 개발부는 황제의 지원을 받아 새로운 것들
을 많이 만들어 냈다.

"가서 알아보세요. 인간의 내장만 태우는 무기가 개발되었는
지."

"네, 대장."

명령을 받은 부하가 자리를 떠났다. 다른 부하가 말했다.

"대장, 여길 보면 이 사람들만 있었던 건 아닌 것 같습니다. 누
군가를 감금했던 것 같습니다."

벽 쪽의 밧줄을 가리켰다. 밧줄은 기둥에 묶여 있었고, 잘려
나간 밧줄 조각도 있었다.

"그리고 총알이 몇 개 떨어져 있긴 한데, 어디에도 맞은 자국
이 없습니다. 마치 무언가에 튕겨서 떨어진 것처럼."

"그렇군요."

기이한 사건이었다.

"이 남자의 신분은 확인됐나요?"

"네. 바빈터 백작으로, 구온 시 근처에 영지를 갖고 있었습니
다. 조부 대에서 백작 작위를 산 것으로 알려져 있고, 한 달 전

수도로 들어왔다고 합니다."

구온 시.

그 도시의 이름을 들으니, 그리운 얼굴이 떠올랐다. 아니, 그
이름을 들었기 때문이 아니다. 그 도시를 떠난 후 매일 그녀를
떠올렸다. 흔들림 없는 새파란 눈동자를 가진 그녀를.

하지만 지금은 루를 생각할 때가 아니었다.

"바빈터 백작이 수도에 들어온 이유는?"

"토벌 관리부의 담당과 긴밀하게 만나고 있었다고 합니다."

"토벌 관리부?"

"구온 시에 토스카라는 용병단이 있는데, 그들이 세운 공을 가
로챌 생각이었던 것 같습니다. 토벌 관리부 담당에게 큰돈을 쥐
여 준 것 같더군요."

"토스카?"

"네, 아십니까? 얼마 전에 수도로 들어왔는데."

라일은 혼란스러웠다.

토스카가 이곳에 와 있다고? 루가 수도에 있다고? 게다가 바
빈터 백작이 토스카와 어떻게든 관련이 있다고?

오싹―

또다시 소름이 돋았다.

이번에는 케이를 떠올렸기 때문이다. 그의 새빨간 눈동자. 깊
게 가라앉은 눈빛을 떠올리니 등에서 식은땀이 흘렀다.

어째서일까.

그러면 이런 일을 할 수도 있으리란 생각이 들었다.

"토스카가 어디에 머물고 있죠?"

"잡아 올까요?"

"아니, 내가 가 봐야 할 것 같습니다. 숙소 이름을 알려 줘요."

*　　　*　　　*

여관 앞에 오도카니 서 있는 사람이 있었다. 비비안이었다.

케이에게 안겨 있는 루를 본 비비안의 표정이 굳어졌다.

"셔너."

비비안이 다가왔다.

"갑자기 그렇게 떠나 버려서 무슨 일이 있나 걱정했어요."

비비안은 루가 팔에서 피를 흘리고 있는데도 본 척도 하지 않
았다.

"비켜."

케이의 차가운 반응에, 비비안은 상처받은 표정을 지었다. 하
지만 아주 잠깐일 뿐, 그녀는 다시 케이의 팔을 붙잡았다.

"셔너, 나는 당신이 날 두고 가서 혼자 돌아와야 했어요. 밤거
리를 혼자 걷는 게……."

"비켜, 비비안. 대장이 다쳤다. 당신을 상대할 틈 없어."

그제야 비비안의 시선이 루의 팔에 닿았다.

"이런 건…… 연고를 바르면 낫지 않나요?"

그녀의 고집스러운 반응에 케이는 짜증스러운 표정을 지었다.

"비비안. 나를 화나게 하지 마."

"하지만 셔너, 나는……."

"비켜. 내가 밀쳐 주기를 바라는 건가?"

비비안이 아랫입술을 잘근 깨물었다.

루는 비비안을 좋아하지 않았지만, 지금은 그녀가 안쓰러웠다. 처음 봤을 때와는 완전히 달라진 비비안의 행동이 안타까워서 무슨 말이든 해 주고 싶었다.

그녀는 케이에 대한 마음이 너무 커져서, 자기가 무슨 행동을 하는지도 모르는 것 같았다. 한 남자의 마음을 얻고자 하는 욕심이 너무 커져서, 그걸 주체하지 못하는 듯 보였다.

하지만 루는 아무 말도 하지 않았다. 이런 상황에서 끼어들어 봐야, 그녀의 화만 돋울 뿐이다.

다행히 비비안은 옆으로 비켜섰고, 케이는 묵묵히 그녀를 스쳐 여관 안으로 들어갔다. 그 모습을 응시하는 비비안의 눈가에 눈물이 고였다가, 주르륵 흘러내렸다.

케이가 루를 침대에 눕혔다. 그의 표정이 무척이나 고통스러워 보였다. 상처를 입은 것은 이쪽인데, 왜 그가 저렇게 괴로운 표정인지 모르겠다.

"셔너, 난 괜찮아."

"난 안 괜찮아."

케이의 모습이 원래대로 돌아왔다. 그는 침대 끄트머리에 앉아 루를 지그시 응시했다.

"난 안 괜찮다, 루."

"대장……."

"작은 흠 하나 생기지 않도록 지키고 싶었는데. 내 불찰이다."

"토스카의 단원으로 살아간다는 건, 이런 거 아닙니까. 비비안의 말대로 연고를 바르면 나을 상처입니다."

"그런가?"

"네, 대장. 대장이 주신 목걸이 덕에 상처라곤 고작 스친 것이 전부입니다."

"그래."

그럼에도 그의 표정은 조금도 밝아지지 않았다.

그의 걱정스러운 눈빛이 루를 괴롭게 했다. 왜 저렇게 뜨거운 눈으로 응시하는 걸까? 괜한 기대를 품게.

"앞으로 더 많은 싸움이 있을 거고, 더 많은 상처를 입게 될 텐데, 그럴 때마다 이러시면 곤란합니다."

"그런가? 내가 널 곤란하게 만드나?"

"네, 곤란합니다, 대장."

기대를 품게 되니까요. 대장이 날 아낀다고, 어쩌면 사랑할지도 모른다고, 그런 바보 같은 생각을 하게 되니까요.

흘러나올 뻔한 말을 루는 간신히 삼켰다.

"그래, 주의하지."

케이가 순순히 말했다.

구석에 웅크리고 있던 주아가 침대 위로 뛰어올라 와, 루의 무릎 위에 누웠다. 루는 주아의 흰 털에 얼굴을 파묻었고, 케이는 그런 루를 가만히 응시하고 있었다.

그의 시선이 부담스러웠다.

"대장, 이제 셔너로 안 돌아가시는 겁니까?"

"그래, 아쉬운가?"

"아니요. 전 이편이 좋습니다. 토스카의 대장 역할은 안 맞는 옷을 입은 기분이었습니다."

"그런 것치고는 아주 잘하던데."

"이왕 하는 거라면 제대로 해야 하니까요."

그가 옅은 미소를 지었다.

"그래, 제대로 해야지. 하지만 단원으로 돌아가더라도 대장일 때의 오만함은 유지해 줬으면 좋겠군."

"노력해 보죠."

원래의 위치로 돌아가 대화를 하는 것이 편안했다. 루는 그의 가슴에 얼굴을 묻고 싶다는 충동을 느꼈다. 역시 이런 편안함은 좋지 않다. 속에 품은 욕망이 스멀스멀 기어 나오니까.

"앞으로 어떻게 할까요? 제 생각에는 바빈터 백작이 토벌 관리부에 손을 써 둔 것 같습니다. 토스카의 공을 가로채려는 데에 혈안이 되어 있었던 것 같아요."

"그래서였군."

"그를 죽였으니 좀 더 기다려 볼까요?"

"아니."

케이가 단호하게 대답했다.

"수도의 경비대는 구온 시와 달라. 어떻게든 바빈터 백작을 죽인 자를 찾아낼 거다. 귀찮아지기 전에 수도를 뜨는 게 좋겠군."

"그럼 귀족 작위는……."

"그따위 것은 없어도 돼. 작위가 있으면 좀 더 편해질 줄 알았는데, 오히려 번거로울 뿐이었어. 내일 날이 밝는 대로 남부로 향한다."

그의 차가운 눈빛을 보니, 문득 니아의 예언이 떠올랐다. 루때문에 대륙이 죽음으로 물들 것이라는 예언. 케이가 오르딘 공작의 손에 들어가 봉인된 마법을 풀게 되리란 끔찍한 미래.

숨겨서 될 일이 아니었다.

똑똑—

어렵게 입을 열려는데 누군가 방문을 노크했다.

비비안일 거라고 생각했다.

"들어가겠습니다."

하지만 조금은 강압적으로 들려오는 음성은 비비안의 것이 아니었다.

대답하기도 전에 문이 열리고, 방문자가 들어왔다.

라일이었다.

흰 제복을 입은 라일은 어두운 안색이었다. 그는 조금 혼란스
러운 눈빛으로 루와 케이를 응시했다.

"라일……."

수도에서 그를 보게 될 줄은 몰랐다. 그가 입은 제복에는 수
도 경비대의 인장이 수놓아져 있었다.

"루, 케이."

그의 표정으로 보아 아직은 케이와 티그리스의 관계에 대해
모르는 것 같았다.

"시체가 둘 발견됐습니다."

그는 곧장 본론으로 들어갔다.

알고 왔구나.

루는 주아를 꽉 끌어안았다. 루의 기분을 느낀 듯 주아가 낮
게 으르렁거렸다.

"기이한 시체였습니다. 하나는 내장만 타서 죽었더군요. 외상
은 전혀 없이."

그가 낮게 말하며 루와 케이의 표정을 살폈다.

"혹시 바빈터 백작이라고 아십니까?"

"내가 죽였다."

케이의 말에 라일의 표정이 굳었다.

"당신이 죽였다고요? 죄를 인정하는 겁니까?"

"죄? 글쎄. 내가 죽이긴 했지만 죄가 있었다는 생각이 들진 않는군. 놈이 루를 죽이려고 했거든."

"아……."

"놈이 루를 납치한 후 고문하려 했지. 죽일 수밖에 없는 상황이기에 죽였다. 죄가 되나?"

"사실입니까, 루?"

라일이 루를 돌아봤다.

"네, 사실입니다."

"그렇군요. 참고하도록 하겠습니다."

"참고하도록 하겠다고요?"

"귀족을 죽인 이상 본부에 가서 조사를 받아야 합니다. 거칠게 대하지는 않겠습니다. 나와 함께 가시죠, 케이."

"싫은데."

"케이, 나는 당신과 싸우고 싶지 않습니다."

"그건 나도 마찬가지야."

"부당한 대우를 받게 하지 않겠습니다. 간단한 조사만 마치면 돌려보내드릴 테니, 함께 가시지요."

"싫어."

케이의 고집스러운 대답에 라일이 허리에 찬 검을 향해 손을 움직였다. 하지만 루가 더 빨랐다.

납치되었다가 돌아온 루는 가진 무기가 없었다. 라일을 향해 빠르게 몸을 날려, 그가 검을 쥐기 전 먼저 그의 검을 뽑아 들었다. 그리고 어깨로 라일의 가슴을 밀어붙였다.

턱—

벽에 라일의 등이 닿았다. 루는 잘 벼린 검날을 라일의 턱 밑으로 가져갔다.

"나의 대장을 데려갈 순 없을 겁니다, 라일."

순간, 라일의 녹색 눈동자에 아픔이 스쳤다. 그래서 루도 가슴이 아팠다.

그가 루에게 보여 준 다정한 애정을, 루는 여전히 기억하고 있었다. 그의 햇살 같은 미소를 지울 수가 없었다. 그 모든 것을 생생히 기억하기에, 그에게 상처를 줘야 하는 이 순간이 마음에 들지 않았다.

하지만 어쩔 수 없었다.

"당신은 나의 대장에게 손가락 하나 댈 수 없습니다."

"당신의 대장이 사람을 죽였습니다, 루."

"내 대장은 그래도 됩니다."

"루."

"설사 내 목숨을 구하기 위해서가 아니었더라도, 내 대장은 그래도 됩니다."

"당신은 정말……."

라일의 눈썹이 아래로 늘어졌다. 그의 눈두덩이 슬픔을 띤 색으로 붉어졌다.

"가혹하군요, 루."

"우리를 놔주었다는 오해를 받으면 당신도 곤란하겠지요. 오늘 밤, 우리는 이 도시를 떠날 겁니다. 당신을 기절시키고 갈 테니, 우리를 잡으러 왔다가 당했다고 하세요."

"루."

검 손잡이로 그를 기절시키기 위해 검을 들어 올릴 때였다. 벌컥, 문이 열리며 바흘이 뛰어 들어왔다.

"라일…… 루? 네가 왜……?"

생각지도 못한 광경에 당황하는 바흘을 처리하는 게 우선이었다. 루는 그대로 몸을 돌리며 뛰어올랐다. 바흘은 검을 손에 쥐고 있었지만, 루를 막을 수는 없었다. 루의 움직임이 눈으로 좇기 힘들 만큼 빨랐기 때문이다.

픽―

둔탁한 소리와 함께 바흘이 휘청거렸다.

바흘을 한 번에 기절시키기에는 힘이 모자랐다. 다시 한 번 검을 휘두르려 했지만, 이번에는 바흘이 검을 움직였다.

"바흘, 공격하지 마세요!"

라일의 외침에 바흘이 멈칫하는 순간, 검 손잡이가 바흘의 관자놀이를 후려쳤다. 바흘의 눈동자가 흔들렸다.

"루, 왜……."

휘청―

바흘의 무릎이 꺾였다.

쿵―

바흘이 쓰러진 후, 루는 검을 꽉 쥐고 호흡을 골랐다. 아니, 호흡을 고르는 척 마음을 다잡았다.

'어째서?'

자신이 위험에 빠질 순간인데도, 라일은 바흘의 공격을 막았다. 루를 다치게 하지 않기 위해.

그를 이해할 수가 없었다. 아무리 사랑하더라도, 자신을 공격하려는 여자 따위는 버려두는 편이 낫다.

루는 간신히 감정을 갈무리한 후, 그를 돌아봤다. 라일은 슬픈 표정으로 루를 보고 있었는데, 그건 루 역시 마찬가지였다. 아무리 감정을 억누르려 해도, 그를 향한 미안함을 감추기 힘들었다.

"미안해요, 라일."

"미안하다면 이런 짓 하지 마세요, 루. 다시 한 번 말하지만, 나는 당신의 대장을 가혹하게 대하지 않습니다. 조사만 하고 바로 돌려보낼게요. 그편이, 당신들이 움직이기에도 좋을 겁니다."

"그렇지 않아요. 미안해요."

"루……."

"미안해요, 라일."

퍽—

검 손잡이로 그의 관자놀이를 가격했다. 휘청거리다가 쓰러지는 그를 루가 한 팔로 받아 들었다. 조심스럽게 방에 눕히고 검을 그의 옆에 내려놓았다.

케이는 묵묵히 그 모든 것을 지켜보고 있었다.

"내일 오전에 출발하는 건 무리일 것 같아요, 대장. 오늘 출발하시지요."

"그러지."

어차피 준비할 것은 없었다.

"빠르게 가면 먼저 출발한 녀석들과 합류할 수 있겠군."

"네, 가면서 들르고 싶은 곳이 있습니다."

"어디?"

"예언가 소녀의 집이요."

"그래."

"비비안은 어쩔 건가요?"

"두고 가."

"하지만 그녀는……."

"두고 가."

그녀가 안쓰러웠다.

비비안은 원래부터 그렇지 않았다. 그녀는 케이를 사랑하면서 그의 사랑을 얻지 못하자 자신을 잃어버린 것 같았다. 귀족으로 태어나 갖고 싶은 것을 모두 가져 왔는데, 가장 갖고 싶은 케이의 마음을 얻지 못해 조금씩 변질되어 가는 것처럼 보였다.

하지만 케이의 태도는 잘못되지 않았다. 괜한 기대를 품게 해 봐야, 그녀의 마음만 더 병들 뿐이다. 이쯤에서 떨어지면 언젠가는 케이를 잊고 좋은 남자를 만나 행복하게 살아가리라.

루는 막연히 그렇게 생각하며, 고개를 끄덕였다.

"알겠습니다."

그들은 서둘러 짐을 챙기고 여관을 빠져나왔다. 두 사람이 말을 두 마리 빌려 성문을 빠져나간 것은 1시간 후의 일이었다.

*　　*　　*

니아는 둘의 방문을 예상한 듯 놀라지 않았다. 그녀의 발치에는 커다란 갈색 가방이 놓여 있었다.

"니아, 어디 가?"

루의 질문에 니아가 옅은 미소를 지었다.

"같이 가려고요."

"응?"

"뭐?"

니아의 말에 케이까지도 황당한 표정을 지었다.

"나도 같이 가야겠어요."

"아니, 저기, 니아."

"눈은 안 보여도 생활하는 데 지장은 없어요. 나는 미래를 볼 수 있으니 당신들에게 도움도 될 거고요."

"우리가 가는 길은 위험할 거야."

"둘만 가면 위험하겠죠. 저랑 같이 가면 위험하지 않아요."

"니아……."

"같이 가요."

그녀는 고집스럽게 말했다.

"그리고 당신이 하려는 말, 하지 않아도 알고 있어요."

니아의 금빛 눈동자가 루를 똑바로 향했다.

"그런 미래를 만들지 않겠다는 말을 하려고 왔죠? 내 꿈에서도 당신은 그렇게 말했죠. 물론 그 뒤로 펼쳐진 건 그런 미래였지만."

"그런 미래라는 게 뭐지?"

케이가 끼어들었다. 그러고 보니 케이에게 그 미래에 대해 말하지 못했다. 설명해 주려 하는데 니아가 차갑게 말했다.

"당신은 알 필요 없어요."

"이봐……."

"같이 가요, 루. 당신의 미래, 옆에서 지켜보고 싶어요."

니아는 케이를 무시하고 루만 상대했다. 루는 어이없다는 표정으로 서 있는 케이를 돌아봤다.

"괜찮을까요, 대장?"

"싫어."

케이가 단호하게 거부했을 때에야, 니아가 그를 돌아봤다.

"티그리스의 작은 호랑이는 생각보다 마음 씀씀이가 좁군요. 자기 마음에 좀 안 든다고 해서, 공사를 구분하지 않고 날 두고 가려고 하다니. 이성적으로 생각하면 내가 있는 편이 일행에게 더욱 도움이 되리라는 것을 알고 있을 텐데요."

"그래도 싫어."

"고집부리지 마요, 케이. 당신의 의견 같은 건 중요하지 않아요. 나는 루의 대답만 들으면 돼요. 당신은 루의 결정을 거부할수 없을 테니까."

니아의 말에 케이는 당황했다.

그녀의 말대로 케이는 루의 결정을 거부할 수 없었다. 그는 루가 원하는 것은, 케이 본인이 아무리 싫더라도 들어줄 수밖에 없는 마음을 품게 되었다. 그것을 니아가 알고 있었다.

'제길.'

이 마음을 아는 사람들이 늘어나는 건 유쾌한 일이 아니다.

'대체 저 여잔 미래에서 뭘 본 거지? 내가 루에게 고백이라도하나?'

상상하기도 싫다. 같은 사내의 손등에 입맞춤을 하며 사랑을고백하는 미래 따위는. 아마도 루는 끔찍하단 표정을 지을 것이고, 부하 놈들은 킬킬거리며 비웃으리라.

"루, 같이 가요."

니아가 다시 루에게 말했다.

루는 난처한 기분이었다.

확실히 니아를 데리고 가면 도움이 될 것이다. 그녀는 앞이 보이지 않아도 보이는 사람처럼 생활하는 것 같았고, 미래까지 볼수 있었다.

만약 두고 가면 오르딘 공작의 손에 들어갈지도 모른다. 미래를 보는 자가 오르딘 공작의 편에 선다면, 여러모로 곤란해지리라.

"대장, 저는 데리고 가는 게 좋을 것 같습니다."

"마음대로 해."

케이가 투덜거리며 집 밖으로 나갔다. 니아가 그럴 줄 알았다는 듯 미소를 지었다.

"그럼, 루. 잘 부탁해요."

*　　*　　*

케이는 자기 말에 니아를 태우자고 했다. 니아는 아무래도 상관없다고 했지만, 루는 니아가 여자라는 게 마음에 걸렸다. 케이가 다른 여자와 말을 타는 건 거북하다.

"제 말에 태우겠습니다."

루의 말에 케이가 인상을 찌푸렸다.

"내 말에 태워."

"아니요, 대장. 제 말에 태우겠습니다. 대장이 불편한 건 싫습니다."

"난 그 여자가 네 말에 타는 게 더 불편해."

"왜요?"

"응?"

"니아가 제 말에 타는데, 왜 대장이 불편하죠?"

"아, 그건⋯⋯."

네가 딴 여자를 안고 가는 게 싫으니까, 라는 말은 물론 할 수 없었다. 케이가 왜 대답을 못하는지 아는 니아는 속으로 웃음을 짓고 있었다.

이 두 사람, 참 재미있구나. 서로의 마음을 몰라서 전전긍긍하는 꼴이라니.

한참의 실랑이 끝에, 결국 루가 니아를 태우기로 결정되었다. 케이는 루를 이길 수 없었다.

*　　*　　*

먼저 깨어난 건 라일이었다.

밝아 오는 창밖을, 라일은 멍하니 응시하고 있었다. 생각을 정리해야 하는데 가슴이 아팠다. 얻어맞은 머리보다 가슴의 통증이 더 심해서, 아무것도 생각할 수가 없었다.

가늘게 호흡하며 눈을 감았다.

루의 냉정한 눈빛이 떠올랐다. 그 순간의 루는, 케이를 위해 목숨이라도 바칠 수 있을 것처럼 보였다. 구온 시에서 라일과 함께한 시간은 전부 잊었다는 듯 냉랭한 시선으로 라일을 제압했다.

루의 눈동자에 담긴 사람은 케이, 한 명뿐이었다. 라일을 보는 순간에도, 그 눈동자에는 케이가 비치고 있었다.

케이를 향한 루의 마음을 알고 있었지만, 이렇게 확실하게 확인하고 나니 다시 한 번 상처를 받게 된다. 라일은 고통스러운 심장을 차라리 뜯어내고 싶었다.

'나도 공사를 구분하지 못하는 성격이었군.'

원래의 라일이라면, 정신을 차리는 순간 루와 케이에 대한 수배령을 내릴 것이다. 하지만 라일은 그 두 사람을 잡아들이고 싶지 않았다. 케이를 잡아들이면 루는 라일을 원망할 것이다.

'아니, 차라리 원망이라도 받는 게 낫나? 지금은 나에 대해 아무 감정도 없으니.'

라일은 깊은 한숨을 내쉬었다.

"으으……."

바흘이 신음과 함께 정신을 차렸다.

"라, 라일 님."

그가 벌떡 일어나 라일의 곁으로 다가왔다.

"괜찮으십니까?"

"응, 괜찮아요."

"루, 그 녀석이 왜 수도에 있는 겁니까? 그리고 왜 우리를 공격한 거죠?"

"……."

"라일 님이 살인 사건의 범인일지도 모르는 자를, 혼자서 찾아갔다는 소리를 듣고 따라왔습니다. 설마 루가 범인입니까?"

"생각을 좀 해 봐야 할 것 같아요."

"라일 님. 라일 님이 루를 아끼시는 건 알고 있습니다. 저도 그 녀석을 아끼고요. 하지만 살인 사건의 범인을 감싸 주셔서는 안 됩니다. 그게 알려지면 공작님께도 폐가 될 겁니다."

"알아요. 하지만…… 아직 잘 모르겠어요. 그 두 사람이 진짜 범인인지, 아니면 피해자일 뿐인지."

바흘에게 처음으로 거짓말을 했다. 아니, 루가 여자라는 걸 숨겼으니 두 번째 거짓말인가?

라일은 쓴웃음을 지었다. 여자 때문에, 충신에게 거짓말까지 하게 되다니. 바보 같은 짓이라는 걸 아는데 어쩔 수 없다. 루와 관계되면, 몸과 입술이 제멋대로 움직인다. 스스로 의지를 가진 듯이.

"확신이 들면, 그때 수배령을 내릴게요. 바흘은 일단 모르는 척하고 있어요."

바흘은 미심쩍은 표정이었지만, 알겠다고 대답했다.

라일은 천천히 호흡했다. 가슴이 아파서 숨을 쉬기가 힘들다. 차라리 이대로 호흡을 멈춰, 사라지고 싶다. 사랑하는 이에게 거절당한 이 기분은, 정말이지 끔찍하다.

*   *   *

비비안의 얼굴이 하얗게 질렸다.

아침에 일어나자마자 곱게 단장을 하고 케이의 방으로 찾아갔다. 물론 루도 같이 사용하는 방이지만 상관없었다. 케이와 함께 외출을 할 예정이었다.

아무리 노크를 해도 나오지 않아서, 조심스럽게 문을 열었다. 안에는 아무도 없었다. 짐도 없었다.

카운터에 가서 어떻게 된 일인지 물어보니, 지난밤에 떠난 것 같다는 답이 돌아왔다. 자기들도 떠나는 걸 못 봤는데, 아침에 경비대 대장이 방 정리를 하라고 알렸단다.

"어, 어디로 갔대요?"

"그걸 내가 어떻게 알아요?"

"정말 몰라요? 어느 방향으로 갔는지도 못 봤어요?"

"아가씨, 내가 여기서 밤을 새워서 일하는 게 아니야. 오늘 오전부터 근무했다고."

비비안이 귀족이라는 걸 모르는 점원이 건성으로 대꾸했다. 비비안은 화가 났지만 여기서 문제를 일으킬 수는 없었다. 둘의 행방을 찾아내는 게 우선이었다.

"정말로 들은 게 없어요?"

"없다니까 그러네. 아니, 우리 여관에서 묵는 여행객이 몇 명인데, 어디로 가는지 일일이 어떻게 다 확인해? 정 궁금하면 경비대 대장께 물어보시든가."

"경비대 대장이요?"

"오늘 아침에 그 방 정리하라고 한 걸 보면, 어디로 갔는지 알지도 모르지."

괜찮은 생각이었다.

그들이 수도로 온 후 남부로 내려갈 거란 계획은 알고 있었다. 하지만 남부 어딘지는 정확히 몰랐다. 길이 어긋날지도 모른다.

비비안은 황급히 여관을 나와 경비대 본부로 향했다.

* * *

"밖이 소란스럽군요."

라일이 루와 케이를 어떻게 처리해야 할지 고민하고 있는데, 집무실 밖이 시끄러웠다. 부하가 난처한 표정으로 말했다.

"어떤 여자가 대장을 만나야 한다고……."

"여자?"

"네, 자기가 구온 시 시장의 딸이라고는 하는데…… 비비안이라고 하더군요."

"비비안?"

개인적인 친분은 없지만 얼굴은 알고 있었다. 구온 시에 있을 무렵, 때때로 시장 거리를 돌아다니는 그녀를 본 적이 있다. 청초한 외모에 성녀 같은 분위기를 풍기던 여자였다.

'토스카의 대장에게 마음이 있다는 말은 들었는데. 설마 여기까지 따라온 건가? 아니, 그럴 리 없지.'

사내를 따라다니는 건 귀족가의 여인이 할 짓이 아니다. 급한 용무가 있을 거라고 생각하며 부하에게 말했다.

"들여보내세요."

이윽고 들어온 비비안의 모습에, 라일은 조금 놀랐다. 비비안은 구온 시에서 봤을 때와 분위기가 완전히 달라졌다. 광기 서린 눈동자와 잘근 깨문 입술, 초췌한 얼굴에선 전과 같은 온화함을 찾아볼 수가 없었다.

"수도 경비대의 대장이시죠?"

비비안은 라일을 알아보지 못했다. 라일은 가볍게 고개를 끄덕이며 의자를 가리켰다.

"앉으시지요."

"케이, 케이가 어디로 갔는지 아세요?"

비비안은 의자에 앉지도 않고 성급하게 질문을 던졌다.

"오늘 아침에 그의 방을 정리하라고 말했다면서요? 케이가 어디로 갔는지 들었어요?"

"비비안 양. 일단 진정하시고……."

"남부로…… 남부로 내려갈 거란 이야기는 들었어요. 하지만 어디로 갔는지 정확히는 몰라요. 남부가 좁은 곳이 아니잖아요. 당신은 들었죠?"

"비비안 양."

"원래는 나도 동행하기로 되어 있었어요. 그래서 여기까지 온 건데, 왜 내게 말도 없이 떠난 건지…… 지난밤에 무슨 일이라도 있었던 건가요? 경비대 대장이 개입할 만한 사건이라도 있었어요?"

비비안은 라일이 대답할 틈도 주지 않고 단숨에 말을 쏟아 냈다. 버림을 받았단 충격에, 약간 정신이 나간 것처럼 보이기도 했다.

그런 그녀를 지켜보는 것이 라일은 달갑지 않았다.

나도 저럴까? 루에게 푹 빠진 나도, 남들의 눈에는 저리 보일까?

입 안이 썼다.

"비비안 양. 나는 그들이 어디로 갔는지 모릅니다."

"거짓말!"

"정말이에요. 그들은 갑자기 떠났습니다."

"그럴 리 없어요. 나에 대한 언급도 하지 않고 떠났다고요?"

"그래요."

"그럴 리 없어. 케이가 날 버렸을 리 없어."

비비안이 바닥을 내려다보며 중얼거렸다. 라일은 속으로 한숨을 삼켰다.

"난 아는 게 없습니다. 일단 구온 시로 돌아가시는 게 좋겠습니다. 원하신다면 구온 시에 비비안 양을 모시러 오라는 전언을……."

"당신을 본 적 있어요."

문득 고개를 든 비비안이 라일을 빤히 응시하며 말했다.

"어디선가 본 얼굴이라고 생각했는데. 그래요, 본 적이 있어요. 구온 시에서 루와 함께 다녔었죠?"

"······그래요."

"그래, 맞아. 당신이었군요. 어쩐지······."

"그건 중요한 문제가 아닙니다."

"아니, 중요해요. 당신은 루와 친했잖아요. 그렇다면 토스카의 비밀도 알고 있겠네요. 케이가······ 웃······!"

순간, 금언 마법이 발동했다. 비비안은 가슴을 움켜쥐고 주저 앉았다.

상황을 모르는 라일은 눈을 휘둥그레 뜨고 있다가 황급히 비비안에게 다가갔다.

"비비안 양? 괜찮은가요?"

"괘, 괜찮아요."

비비안이 숨을 헐떡거리며 대답했다.

금언 마법이 가져다주는 고통은 강력했다. 심장에 칼이 꽂힌 통증. 케이에게 버림받았다는 충격에, 비비안은 금언 마법에 대해 잠시 잊고 있었다.

"아무래도 상태가 안 좋은 것 같은데······ 의사를 불러드릴까요?"

"아니요, 괜찮아요. 정말로. 그저······ 어디까지 알고 계세요?"

"어디까지라니요?"

"그들이 하려는 일에 대해서요."

"그런 것은 들은 적 없습니다."

"정말요?"

"이런 걸로 거짓말을 하지는 않아요, 비비안 양. 의자에 좀 앉아요. 의사를 부르죠."

"괜찮다니까요!"

비비안이 새된 목소리로 외쳤다.

"난 정말로 괜찮아요. 나는 그저 케이를 찾고 싶은 거라고요."

그녀의 음성에 울음이 섞였다. 라일은 참담한 기분으로 그녀를 응시했다.

어찌해야 할까. 버림받은 충격 때문에 망가지는 여자들이 있다는 말은 들어 봤지만, 실제로 보는 건 처음이다. 그것도 귀족가의 여인이 이렇게 행동하다니. 어떻게 상대해야 할지 모르겠다.

"나는 수도에 있을 거예요. 소식을 알게 되면 말해 줘요. 말해줄 거죠?"

"그래요, 말해 줄게요."

"갈게요."

비비안은 벌떡 일어나더니 들어올 때처럼 황급히 집무실을 떠났다. 비비안이 나가자마자 바흘이 들어왔다. 바흘은 걱정스러운 표정으로 라일에게 물었다.

"가터가의 영애 아닙니까?"

"맞아요."

"그녀가 왜 이런 곳에 온 걸까요?"

"그러게요."

비비안의 명예를 생각하여 말을 아꼈다. 다행히 바흘은 더 이상 캐묻지 않았다. 그는 그것보단 루와 케이의 행방이 더 중요한 듯했다.

"라일 님, 루와 케이의 수배령을 내려야 합니다. 바빈터 백작 님이 변두리의 귀족이라고는 하나, 제 영지를 가지고 있었습니다. 그의 죽음을 계속 감출 수는 없습니다."

라일은 관자놀이가 지끈거렸다.

"그래요, 감출 수는 없겠지요."

귀족의 죽음은 철저히 다뤄져야 했다. 루를 고문하다가 죽임을 당한 거라고는 해도, 이대로 넘어가기는 힘들었다. 그때 케이가 순순히 잡혀 주었더라면 어떻게든 손을 써 주었을 텐데. 그들의 죄가 더 무거워졌다.

"우선 바빈터 백작의 영지에 그의 죽음을 알리고, 화가를 불러 케이의 초상화를 그리세요. 바빈터 백작의 영지에서 소식이 오는 대로, 케이를 수배하도록 하세요."

라일이 루를 위해 해 줄 수 있는 것은, 수배령을 늦추는 것뿐이었다. 바흘은 곧바로 수배하자고 했지만 라일은 일언지하에 거절했다.

*　　*　　*

수배령이 내려지리라는 것을 짐작했기에, 그들은 최대한 인적이 드문 곳을 선택하여 달렸다. 끼니를 해결할 때와 잠을 잘 때를 빼고는 거의 쉬지 않았기에, 루는 니아가 걱정됐다.

"오늘 오후쯤에 도착하는 곳에 호수가 있을 것 같아요, 대장. 오늘은 좀 쉬다 가는 게 어떨까요?"

창백해진 니아가 걱정되어 루는 케이에게 제안했다.

"호수? 어떻게 알았지?"

"그냥요. 이 길을 대충 알고 있거든요."

사실은 눈을 감고 쉴 만한 곳을 찾아 대지 위를 더듬다가 알게 되었다. 루가 대지의 축복을 받았기에 가능한 일이었지만, 케이에게는 말할 수 없었다.

언젠가는 말해야 한다는 걸 아는데 쉬이 꺼낼 수가 없었다. 나 때문에 티그리스가 멸망한대요, 나 때문에 마법이라는 것 자체가 사라질지도 몰라요, 라는 말을 어찌할 수 있겠는가.

"그래, 하루쯤은 쉬는 것도 나쁘지 않지."

케이는 의심 없이 루의 제안을 받아들였다. 그를 속이는 게 싫었지만 어쩔 수 없다.

루는 다시 말에 박차를 가했다.

"케이는 모르나요?"

루의 앞에 안기듯이 앉아 있는 니아가 작은 목소리로 물었다. 루의 뛰어난 청각이 아니었더라면 들을 수 없을 만큼 작은 속삭임이었다.

"네, 말할 수가 없어서."

"말해도 괜찮을 텐데."

"글쎄요."

마법이 사라져 가는 세상에 대해 이야기하던 그의 쓸쓸한 눈빛을 기억하고 있었다.

"그럴지도 모르지만 말 못 하겠어요."

"응, 그럼 하지 말아요."

니아가 작게 속삭이고 루에게 등을 기댔다. 작은 새 같은 그녀가 안겨 오면, 루는 어째서인지 안심이 되었다. 어린 동생을 보살피는 기분이었다.

하지만 케이는 기분이 영 좋지 않았다.

이곳에 오는 내내 루에게 니아를 넘기라고 했지만, 루는 어떻게든 니아를 자기가 끼고 있으려고 했다. 잠을 잘 때도 니아의 곁에서 자고, 밥을 먹을 때도 니아의 곁에서 먹는다. 게다가 말을 타고 달리는 내내 니아를 끌어안은 듯한 자세로 달렸다. 짜증난다. 굳이 저렇게까지 붙어 있을 필요가 있는 걸까?

이윽고 호수가 나타났다. 무척이나 넓고 맑은 호수였다. 호수 주위로는 포슬포슬한 잔디가 깔려 있었다.

말을 풀어 두고 야영할 준비를 했다. 똑똑한 주아는 야영을 해야 할 때마다 어디선가 마른 장작을 물어 왔다.

"고마워, 주아."

머리를 쓰다듬어 주었더니, 주아는 기분 좋은 듯 루의 허벅지에 머리를 비볐다. 그리고 니아의 곁에 가서 똬리를 틀고 누웠다. 니아가 마음에 드는 모양이다.

"그동안 말린 고기만 먹었으니 간만에 제대로 된 고기 좀 먹죠. 뭐든 잡아 올게요. 주아, 가자."

루가 주아와 함께 야영장을 벗어나 숲으로 들어갔다.

케이와 니아는 어색한 사이였기 때문에, 둘만 남으니 할 말이 없었다. 케이는 나무에 등을 기대고 앉아, 말들이 풀을 뜯는 걸 지켜보며 물을 마셨다.

"루에게 고백을 해 보지 그래요?"

"콜록콜록."

니아의 느닷없는 제안에 케이는 사레들렸다.

"뭐라고?"

"루에게 마음을 알리라고요."

"무슨 소리를 하는 건지 모르겠군."

케이가 어색하게 중얼거렸다.

"무슨 소리를 하는 건지는, 케이가 더 잘 알 텐데요."

"아니, 전혀."

"시간은 기다려 주지 않아요. 사람은 언제 어떻게 될지 모르죠. 언젠가 갑자기 루나 당신에게 무슨 일이 생기면, 후회하지 않겠어요? 그 마음을 품고만 있었던 걸."

"아무 마음도 없어."

"사람이 사람을 사랑하는 데에 성별이라는 게 그렇게 중요한가요?"

"……"

"마음의 깊이가 더 중요한 거 아닐까요?"

"왜 나와 루의 관계에 그렇게 신경을 쓰는 거지? 재미있는 미래라도 봤나?"

"그래요, 봤어요."

"어떤 미래인지 말해 줄 필요 없어. 미래를 타인에게 전할 때마다 네 생명이 깎이겠지."

"……"

"네 말대로 마음의 깊이가 중요한 거겠지. 하지만 나는 내 마음보다 루의 마음이 더 중요해."

"루의 마음?"

"그래. 나는 루의 대장이고, 루의 주인이다. 내가 내 마음을 밝히면, 루는 곤란하겠지. 혐오스러워도 그것을 드러내서는 안 되니 난처할 거야. 받아 줄 수도, 그렇다고 받아 주지 않을 수도 없어서 곤란하겠지."

"……"

"나는 루가 곤란해지는 걸 원하지 않아. 그러니까 이 얘기는 여기서 끝내지."

케이가 단호하게 말했다.

니아는 속으로 한숨을 삼켰다.

사실 케이가 루에게 고백한 경우의 미래는 보지 못했다. 하지만 둘의 마음을 알고는 있었다. 케이도, 루도 서로를 사랑하면서 그 말을 하지 못했다.

니아는 루가 좋았다. 그녀가 가지고 올 미래는 끔찍하지만, 어릴 적부터 꾸준히 보아 온 루를, 가족의 마음으로 사랑할 수밖에 없었다.

그 때문에 루가 행복하기를 바랐다. 아주 잠시라도. 단 며칠이라도.

케이의 고백은 루의 가슴을 달콤하게 채워 주리라.

'루는 사랑을 고백할 수 없겠지. 드래곤과의 계약이 있으니까. 하지만 케이는…… 그가 용기만 내면 언제든 마음을 알릴 수 있어.'

"쓸데없는 짓 하지 마. 니아."

문득 니아의 귓가에 라크의 음성이 울렸다.

"못된 드래곤 같으니."

그녀는 케이가 듣지 못하도록 작은 목소리로 속삭였다.

"내가 못됐다고?"

"당신이 루에게 한 짓을 알고 있어요."

"난 대가를 받았을 뿐이야. 대지의 아이를 아끼지만, 대가 없이 움직이기에는 드래곤의 자존심이 허락하지 않거든."

"그래도 아주 못된 짓을 했잖아요. 다른 걸 받아 갈 수도 있었을 텐데."

라크의 기척이 사라졌다. 자기 할 말만 하고 사라지다니. 정말로 얄미운 드래곤이다.

루는 사슴 한 마리와 토끼 두 마리를 잡아서 돌아왔다. 주아도 숲 돼지 한 마리를 입에 물고 왔다. 그들이 잡아 온 것들을 손질해서 괜찮은 저녁을 먹었다. 니아가 챙겨 온 향신료와 양념 덕분에 꽤 호화로운 저녁 식사를 즐길 수 있었다.

간만에 배불리 먹고 나니 노곤했다.

"호수도 있는데."

문득 니아가 입을 열었다.

"루, 같이 목욕할까요?"

사실 루는 별생각이 없었다. 니아도, 자신도 여자니까. 노곤한 탓에 '남자' 역할을 하고 있다는 걸 잠시 잊은 것이다.

"그럴까."라고 대답하자마자 케이가 벌떡 일어났다.

"그게 무슨 소리지?"

멍하니 그를 올려다봤다. 그의 눈동자에 노기가 서려 있었다.

'왜 화를 내는 거지?'

의아하게 생각하다가 뒤늦게 깨달았다.

'아, 맞다. 나 남자지.'

루는 실수했다는 당혹감을 감추려고 노력하며 변명을 하려 했는데, 니아가 먼저 대응했다.

"루랑 같이 목욕하려고요. 깨끗한 호수가 있잖아요."

"그게 말이 된다고 생각하나?"

"말이 안 될 건 뭐죠? 호수가 앞에 있는데 목욕도 하지 말라고요?"

"그런 말이 아니라!"

"상관없잖아요. 내일 일어나자마자 또 바삐 움직일 텐데, 같이 목욕하는 게 어때서요."

"어떻다니……."

케이는 이 여자가 제정신인가, 하는 표정으로 니아를 쳐다봤다. 하지만 니아는 뻔뻔하게 말했다.

"루가 날 태우고 오느라 고생했으니까 목욕 시중을 좀 들어주고 싶어요. 괜찮죠, 루?"

"아니, 저기……."

루는 난처했다.

니아는 루가 여자라는 걸 알고 있지만, 왜 남자인 척하는지도 알고 있었다. 루가 여자라는 걸 밝히지 않겠다고 약속한 건 아니지만, 그동안의 행동으로 봐서는 말할 생각이 없는 것으로 여겼다.

그런데 지금 왜 이러는 거지?

"내가 하지."

케이가 말했다.

"내가 루의 목욕 시중을 들지."

"안 돼요!"

이번엔 루가 확실하게 반대했다. 언성을 높여 가면서까지 단호하게 반대하는 루의 모습에, 케이는 상처를 받은 듯했다. 니아가 말할 때는 가만히 있었으면서, 자신에게는 딱 잘라 반대한 것에 충격을 받은 것이다.

"안 된다고?"

그의 음성이 낮아졌다.

"네, 안 돼요. 저는 대장의 목욕 시중을 받을 생각 없습니다!"

"저 예언가 계집의 시중은 받을 거고?"

"아뇨."

"그래?"

"네, 전 누구의 목욕 시중도 필요 없습니다. 혼자서도 목욕할 수 있어요."

"오늘 많이 힘들었잖아요. 내가 도와줄게요."

니아가 루의 손목 위에 살며시 손을 올려놓으며 말했다. 그걸 본 케이의 안색이 어두워졌다. 그는 잠시 머뭇거리다가 성큼성큼 다가와 루의 다른 쪽 손목을 잡아 일으켰다.

"나랑 얘기 좀 하지."

"어머, 질투하는 건가요, 케이?"

"질투는 무슨 질투! 앞으로의 일에 대해 이 녀석과 진지하게 할 얘기가 있는 것뿐이야."

"네, 그러시겠지요."

니아가 생긋 웃었고, 케이는 그런 니아를 한 대 때리고 싶어졌다. 깜짝 놀랄 만큼 얄미운 여자다.

호호 웃는 니아를 두고, 케이는 루와 함께 깊은 숲으로 들어갔다. 루는 대체 무슨 일이 벌어지는 건지 알 수 없었다. 이 두 사람, 왜 이러는 거지?

라크는 하늘 높은 곳에서 누운 자세로 그들의 모습을 지켜보고 있었다. 라크의 입가에 즐겁다는 미소가 떠올라 있었다.

'쓸데없는 짓 하지 말라니까.'

그런 생각을 하면서도 입가에 서린 미소를 지울 수는 없었다. 사랑에 빠지기 전의 반푼이가 어떤 녀석이었는지는 모르겠지만, 루에게 푹 빠진 반푼이는 귀엽다.

예언가와 드래곤이 자신을 두고 무슨 생각을 하는지 꿈에도 모르는 케이는 커다란 나무 아래에 멈춰 고민에 빠졌다.

자, 일단 예언가 계집의 손에서 빼내 오긴 했는데 무슨 말을 해야 할까.

"대장, 니아와 무슨 일 있었습니까?"

루가 먼저 침묵을 깨뜨렸다.

"아무 일도 없었다."

"정말요?"

"그래, 내가 저 꼬맹이와 무슨 일이 있었다고 생각하는 거지?"

"싸운 거 아닙니까? 대장은 여자랑도 싸우고, 꼬마랑도 싸우잖아요."

"묘하게 건방져졌군."

"오만함을 유지하라면서요."

"쯧……."

케이가 가볍게 혀를 찼다.

"니아와 싸우지 마세요. 니아는 나쁜 사람이 아닙니다."

그런 건 알고 있다. 만약 그녀가 속이 시커멓다고 생각했다면, 합류하는 걸 허락하지도 않았을 것이다.

하지만 루가 니아의 편을 들어주니 케이는 속이 뒤틀렸다. 안 그래도 내내 같은 말을 타고 달리는 모습을 보는 게 영 불쾌했는데.

"루, 저런 어린 계집이 취향인가?"

"네?"

"니아를 좋아하느냐고."

"대장, 무슨 말씀을 하시는 겁니까? 니아를 좋아하긴 하지만 그런 의미로는 아닙니다."

"그런 의미라니."

"지금 대장이 생각하는 그런 의미요."

"내가 생각하는 그런 의미가 뭔데?"

"됐습니다. 놀리는 거라면 그만두세요. 니아 혼자 남겨 둔 게 마음에 걸려요. 가 보겠습니다."

휙 돌아서는 루의 손목을, 케이가 거칠게 낚아챘다. 끌어당기는 힘을 이기지 못하고 휘청거리다가, 그의 품에 안겼다. 그는 루의 잘록한 허리를 한 팔로 단단히 감싸 안았다.

"놀리는 거 아냐."

그가 루를 내려다보며 낮은 목소리로 말했다. 여느 때보다도 깊고 진지하게 빛나는 그의 붉은 눈동자가 숨 막힐 정도로 가까이에 있었다.

"널 놀리는 게 아니다, 루."

"아……."

무슨 말이든 해야 할 것 같은데, 목소리가 나오지 않았다. 그의 가슴을 밀어내야 할 것 같은데, 그조차 할 수 없었다. 루는 그저 멍하니 그를 올려다봤다. 그의 시선에 사로잡혀, 그의 음성이 만들어 내는 마법에 휘감겨 품에 가만히 안겨 있었다.

이대로 있으면 이 마음을 들킬 것 같은데, 그의 향기와 체온에 뛰는 심장박동이 들릴 것 같은데, 움직일 수가 없다.

"나는, 널……."

속살거리는 듯한 그의 음성이 거기서 멈췄다. 그의 미간에 깊은 주름이 생겼다. 그는 어째서인지 고통스러운 표정으로 루를 가만히 응시하다가 눈을 감았다.

다시 눈을 떴을 때, 그의 눈빛은 원래대로 돌아와 있었다.

"다른 녀석들에게 어디까지 진행되었는지 전령을 보낼 생각이다."

"아, 네에."

"독수리가 빠르겠지."

"네, 그렇겠죠?"

"그럼 독수리 몇 마리를 잡아야겠군."

"아, 그러세요."

루는 케이가 무슨 생각을 하는 건지 도통 이해할 수가 없었

다. 조금 전까지의 이상한 분위기는 어디로 갔는지, 그는 일 이
야기를 했다. 그러면서도 루를 안은 팔에서 힘을 빼지는 않는 통
에, 그에게 안긴 채로 이야기를 듣는 수밖에 없었다.

이제 슬슬 빠져나올 때인가 싶어서 똑바로 서려 했지만, 그는
팔에 더 힘을 줘서 루가 꼼짝도 못 하게 만들었다. 케이의 팔이
닿은 부위가 뜨거웠다. 분명 옷을 입고 있는데도, 알몸으로 그에
게 안긴 기분이었다.

컹─

주아가 크게 짖는 소리에 둘은 자연스럽게 떨어져 나갔다. 호
수 방향에서 주아가 으르렁거리고 있었다.

"니아."

루가 먼저 땅을 박찼다. 케이는 가볍게 손을 휘둘렀다. 루에
게는 보이지 않았지만, 케이가 손을 움직이는 동시에 니아의 주
위에 불의 벽이 생겨났다.

니아의 앞을 둘러싸고 있던 산적들은 갑자기 퍼지는 불꽃에
당황한 듯 뒤로 물러섰다. 그때, 루가 그곳에 도착했다.

'불? 아, 대장이 만든 건가?'

빠르게 상황을 판단한 루는, 등에 메고 있던 두 자루의 검을
양손에 단단히 쥐고 산적들을 향해 달려들었다. 케이가 그곳에
도착할 무렵, 상황은 모두 정리되어 있었다. 산적은 고작 다섯
명이었고, 총 한 자루 없는 그들은 루의 상대가 되지 않았던 것
이다.

"본거지가 따로 있을 겁니다."

루가 쓸 만한 것을 찾아 산적들의 옷을 뒤지며 말했다.

"그렇겠군."

"이자들이 돌아오지 않는 걸 수상하게 여기고 찾아오겠죠. 정리하고 올까요?"

"내가 하지."

"제가 하겠습니다."

"아니, 내가 하고 오지. 쉬어라, 루."

케이가 루의 머리를 가볍게 쓰다듬고, 니아의 주위를 둘러싼 불의 벽을 없앴다. 니아는 아무 일도 없었던 것처럼 다소곳이 앉아 있었다.

다시 숲으로 걸어가며, 케이가 니아에게 작은 목소리로 말했다.

"목욕은 하지 마."

니아의 눈이 가늘어졌다.

"생각해 보고요."

"얄미운 여자 같으니."

＊　　　＊　　　＊

케이가 자리를 떠난 후, 루는 산적들의 시체를 숲으로 치워 뒀다. 주아가 루의 다리 주위를 빙글빙글 돌았다. 제때에 알렸으니 칭찬해 달라는 것 같아서, 루는 잘했어, 하고 주아의 머리를 쓰다듬었다.

"니아."

"네?"

"아까 그건 대체 뭐였어?"

"아까 그거요? 아아, 목욕 시중?"

"응, 대체 왜 그런 거야? 대장은 내가 여자라는 걸 몰라."

"응, 그렇겠죠."

"그런데 왜 그랬어?"

"그냥요. 아, 케이가 뭐라던가요?"

"응?"

"숲에서 케이가 무슨 말을 하던가요? 재미있는 말이라도 하던
가요?"

숲에서의 일이 떠올라 얼굴이 붉어졌다. 루는 황급히 돌아서
서 검을 닦는 척했다.

"아니, 별로. 독수리를 잡는다고 하시던데."

"독수리?"

"응, 다른 단원들한테 전령을 보내야겠다고 하시더라고."

"그뿐이었어요?"

"응."

"정말로?"

"응."

거짓말은 아니다. 케이가 한 말이라고는 그것뿐이니까.

니아는 무슨 행동을 했느냐고 묻지 않았으니, 그가 이상할 정도로 꼭 끌어안고 있었다는 대답은 해 주지 않아도 될 것이다.

"티그리스의 작은 호랑이는 생각보다 패기가 없네요. 그렇게 밀어 줬는데도 안 되다니."

니아가 알 수 없는 말을 중얼거렸다.

"응? 뭘 밀어 줘?"

"아니, 아무것도 아니에요. 그나저나, 루."

니아의 음성이 은밀해져서 루는 무슨 일인가 싶어 돌아봤다. 니아는 눈을 가늘게 뜨고 루를 응시하며 속삭였다.

"우리 같이 목욕이나 할까요?"

*　　*　　*

"대장."

산적들의 본거지를 정리한 후, 숲을 걸어가는데 나무 위에서 작은 목소리가 들렸다. 고개를 들자, 커다란 나무의 굵은 나뭇가지에 루가 걸터앉아 있었다.

케이는 훌쩍 뛰어올라 루의 옆에 앉았다.

"여기서 뭐해?"

"니아가 씻고 있어서요."

"아아."

케이는 내심 안도했다. 본거지를 정리하러 가 있는 동안, 니아와 루가 함께 목욕을 할까 봐 걱정했는데.

"정리하셨습니까?"

"그래."

마법을 마음껏 사용할 수 있는 상태에서, 산적 본거지를 정리하는 건 어려운 일이 아니었다. 손가락 한 번 터는 정도로 끝나는 쉬운 일.

케이에게 있어서 어려운 일은 루를 향한 마음을 억누르는 것뿐이었다.

고개를 돌려 루의 옆모습을 응시했다.

반듯한 이마와 일자로 뻗은 가지런한 눈썹, 아래에 그늘을 드리울 만큼 풍성하고 긴 속눈썹과 커다란 눈, 굴곡 없는 콧대와 작은 콧방울, 도톰하고 붉은 입술, 작은 턱.

어디를 봐도 예쁘다.

'어머니를 닮았다고 했지.'

오르딘 공작이 루의 어머니에게 푹 빠졌다가 그녀를 잃었다고 광분한 것도 이해가 된다. 루의 어머니가 이러한 얼굴이었다면 정신을 못 차릴 수밖에 없었을 것이다.

그렇기에 케이는 더더욱 루에게 자신의 마음을 밀어붙일 수 없었다. 오르딘 공작과 같은 인종이 되고 싶지 않았다.

"혹시나 해서 여쭙는 건데요, 대장."

문득 루가 입을 여는 바람에 깜짝 놀랐다. 훔쳐보고 있던 걸 들킨 건 아니겠지. 서둘러 시선을 갈무리하고, 아무렇지도 않은 척 답했다.

"뭐지?"

"만약 제가 지금 아무것도 하지 말고 끝내자 하면, 그냥 우리 토스카가 살 만한 작은 땅에서 숨어 살자고 하면…… 그럴 수 있을까요?"

"앞으로의 싸움이 무서운가? 아니면 니아의 예언이 마음에 걸리나?"

"아니요, 그런 게 아니라……."

루는 무언가를 망설이고 있었다. 곤욕스러운 듯 찌푸린 미간마저도 사랑스러워서, 케이는 루의 눈썹 사이에 입 맞추고 싶은 충동을 견뎌야 했다.

"대장께 말씀드리지 않은 일이 있습니다."

"뭐지?"

"저는…… 대장. 저는……."

루가 고개를 숙였다.

"저는 대지의 축복을 받은 아이입니다."

"그렇군."

무슨 대단한 비밀인가 싶었는데.

루가 대지의 축복을 받은 아이라는 것쯤은 이미 짐작하고 있었다. 루는 간혹 너무 잘 듣고, 잘 느꼈다. 게다가 전투가 벌어졌을 때 움직이는 모양새는 일반인이 훈련을 통해 얻을 수 있는 게 아니었다.

"티그리스에 전해지는 예언 중에 대지의 축복을 받은 아이가 티그리스를 멸망시키리라는 예언이 있다고 들었습니다. 저 때문에 마법이 사라질지도 몰라요."

"어차피 사라질 마법이라면 네 손에 사라지는 것도 괜찮겠지."

루가 천천히 고개를 돌려 케이와 눈을 맞췄다.

루의 새파란 눈동자를 케이는 사랑했다. 처음 본 순간부터, 루가 파필리아의 괴물이라 불리던 그때에도, 저 푸른 눈동자가 사랑스러워 견딜 수가 없었다.

저 파란 보석을 오롯이 가질 수 있다면, 무어라도 할 수 있을 텐데. 마법이든, 손이든, 뭐든 다 내어 줄 수 있을 텐데. 루를 사랑해야 하는 심장만 빼고.

"그게 전부입니까?"

"그럼 뭘 더 해야 하지?"

"절 죽이셔야지요."

"왜?"

"저 때문에 마법이 사라지니까."

"마법은 아무래도 좋아. 시대가 변하면 사라져야 할 것들은 사라지고, 새로운 것들이 그 자리를 채우는 법이지. 내가 널 죽이고 마법을 지킨들 이 마법이 언제까지 살아남을까. 100년 후, 200년 후?"

"……."

"사라지는 걸 붙들기 위해 몸부림치는 것만큼 흉한 것도 없지."

"하지만 저는 대장이 마법을 사용하는 걸 보는 게 좋아요."

"그래?"

케이는 빙그레 웃으며 루의 머리를 쓰다듬었다.

"그렇다면 내 마법만큼은 끝까지 붙들고 있어야겠군."

"……왜요?"

작은 목소리라 제대로 듣지 못했다.

"응?"

되물었더니, 케이를 응시하는 푸른 눈동자가 일렁 흔들렸다. 그래서 그 안에 담긴 케이의 모습 또한 일렁거렸다.

"대장은 왜 이렇게 저에게 잘해 주시는 거죠?"

루의 눈가가 붉었다.

착각일까?

루의 감정이 격해질 이유가 없었다. 하지만 케이의 눈엔 루가 내부에서 일어나는 감정의 격돌 때문에 울고 싶어 하는 듯이 보였다.

아니, 어쩌면 루가 아닌 나 자신이 그런 기분을 느끼고 있는지도 모르겠다. 그래서 루 또한 그렇다고 생각하는 것일지도.

"그건 내가……."

흔들리는 푸른 물결을 보았기 때문일까.

입이 멋대로 움직였다.

안 돼, 라고 말려 보지만 어쩔 수 없었다.

"내가 널……."

안 돼, 절대 안 돼.

이 감정을 루에게 알릴 수 없었다. 루를 향한 이 마음을 밀어붙여서는 안 된다.

"사랑하니까."

결국 케이는 토해 내듯 마음을 쏟아 내고 말았다.

안 된다고 하는데도 제멋대로 움직인 입술이 루를 향한 터질 듯한 마음을 끄집어내고 말았다.

"너를 사랑해서, 루."

그만둬.

"네가 원하는 건 다 들어주고 싶어."

안 돼.

절망했다.

고백하지 않을 생각이었다. 루를 향한 사랑이 너무나 커서 심장이 썩어 문드러지더라도, 이 마음으로 루를 질식시키고 싶지 않았다.

하지만 한 번 토해 낸 마음을, 중간에서 멈추기가 어려웠다.

"네가 세상을 원한다면 세상을 주고, 마법을 원한다면 마법을 주고 싶어. 너로 인해 마법이 사라져도, 세상이 사라져도 상관없어. 나는 너만 존재하면 되니까. 너만 있으면, 그걸로 되니까."

푸른 눈동자가 크게 부풀어 올랐다. 그것은 루의 눈에 고인 눈물 때문이었다. 고였던 눈물은, 흐르지 않고 순식간에 사라졌다. 하지만 루의 눈가는 여전히 붉었고, 루의 눈동자는 여전히 혼들리고 있었다.

"나는, 대장."

루의 음성 역시 눈동자만큼이나 떨리고 있었다.

"대장, 나는……."

도톰한 입술이 달싹달싹 움직였다. 루는 무슨 말인가를 하고 싶은 것 같은데, 그것을 끝맺지 못하고 삼켰다.

"나는…… 대장……."

이 음성이 '케이아스'라고 불러 주었으면 했다. 애정을 담아 케이아스라고 불러 준다면 세상을 다 가진 기분일 텐데.

하지만 그것을 종용하지 않을 만한 이성은 있었다.

"미안."

"대장……."

"미안하다, 루. 나는……."

말을 끝낼 수 없었다. 루의 손이 케이의 입을 막았기 때문이다.

루의 눈동자에 담긴 감정이 무엇인지, 케이는 읽을 수 없었다. 두려움? 경멸? 혹은 짜증이나 분노?

"대장, 나…… 가 볼게요."

손을 뗀 루가 잡을 틈도 없이 휙 뛰어내렸다. 나뭇잎 사이로 보이던 루의 자그마한 형체가 완전히 사라진 후에야, 케이는 두 손으로 얼굴을 가렸다.

"빌어먹을."

　　　　　　　　*　　　　*　　　　*

'어떡하지?'

루는 호수 앞에 멈춰 서 숨을 골랐다.

방금 벌어진 일이 꿈결처럼 느껴졌다.

'내가 꿈을 꾸고 있었나?'

믿을 수가 없었다. 조금 전 벌어진 모든 일을, 루는 현실이라고 생각할 수가 없었다.

마법.

그래, 마법이다. 누군가 지독한 마법을 걸어서, 간절히 원하는 것을 보여 준 것이리라. 루를 농락하기 위해.

— 너를 사랑해서, 루. 네가 원하는 건 다 들어주고 싶어.

심장이 녹을 정도로 달콤한 케이의 음성이 생생하게 떠올랐다. 그 말을 하는 동안 루에게서 떨어지지 않았던 붉은 눈동자, 그 안에 가득한 열기.

— 내가 널 사랑하니까.

루는 두 눈을 질끈 감았다. 침을 삼켜 보았지만, 입 안이 바싹 말라 있었다.

'말도 안 돼. 나는 꿈을 꾼 거야.'

케이가 자신을 사랑할 리 없다고, 루는 생각했다. 케이는 루가 여자라는 것을 모르고 있다. 남자인 루를 사랑할 리 없었다. 그는 남색을 즐기는 자들을 경멸하니까.

'하지만……'

꿈이 아니라는 걸 루는 알고 있었다.

그에게서 번지던 아카시아 향, 떨어져 있어도 느낄 수 있는 그의 체온은 꿈이 아니었다. 분명히 그곳에 존재하고 있었다. 누군가 환각을 보여 준 것이라면, 그의 향기가 그토록 진하게 느껴졌을 리 없다.

'어떡해……'

얼굴이 붉어질 만큼 달아오른 체온이 쉬이 가라앉지 않았다.

'아, 어떡하지.'

어떻게 행동해야 할지 모르겠다.

루는 그의 사랑을 간절히 바랐다. 바라는 한편, 꿈을 꾸진 않았다. 헛된 희망이라는 것을 알기에 원치 않으려 노력했다. 그와의 달콤한 나날을 상상하는 순간 아주 많은 것을 잃게 될 것 같아서, 더 고통스러워질 것 같아서 두려웠다.

그런데 사랑한다는 말을 들었다. 생각지도 못한 순간에.

나도 사랑한다고 말해 주고 싶었다. 설령 그의 고백이 거짓이더라도, 설령 그의 고백이 꿈이더라도, 그래도 말해 주고 싶었다. 나도 당신과 같은 마음이라고, 나도 당신을 사랑한다고.

그래서 입을 여는 순간, 루는 라크의 기척을 느꼈다. 라크는 드래곤과의 계약을 기억하라는 듯, 그 어느 때보다도 강한 존재감을 드러내고 있었다.

루의 입술은 사랑의 말을 만들어 낼 수 없었다. 루가 만들어 내는 사랑의 언어는 드래곤의 것이었다.

그리하여 루는 실수라는 듯 미안하단 말을 꺼내는 그의 입을 막고 도망치는 수밖에 없었다.

푸르르—

차가운 물방울이 튀어 루는 정신을 차렸다.

니아와 호수에서 놀던 주아가 어느새 루의 곁에 다가와 물기를 털고 있었다. 주아는 혼란에 빠진 루가 걱정스러운 듯 옆에 다가와 몸을 뉘였다.

"루, 무슨 일 있어요?"

니아가 걸어왔다. 그녀는 알몸이었는데, 그것이 부끄럽지도 않은 듯 허리를 꼿꼿이 펴고 있었다. 오히려 루가 부끄러워져서, 황급히 니아의 옷을 찾아내 그것을 들고 일어났다.

"니아, 제발."

니아의 어깨에 옷을 걸쳐 주며 중얼거렸다.

"루, 무슨 일 있어요?"

니아가 다시 한 번 물었다.

"아니, 아무 일도."

니아의 황금빛 눈동자가 반짝 빛났다.

"당신의 대장에게 사랑한다는 말이라도 들었어요?"

"그, 그런 거 아니야."

수건을 꺼내 와 니아에게 건네주었다. 니아는 수건으로 물기를 닦아 내며 말했다.

"당신도 같은 마음이라고 말해 주지 그랬어요? 나도 사랑해, 케이. 그렇게 대답해 주면 케이가 좋아했을 텐데."

"그런 게 아니라니까."

루는 힘없이 중얼거렸다.

나도 사랑해요, 대장.

그 말을 하고 싶었다. 설령 케이의 고백이 한순간의 충동적인 속삭임이었다 해도, 루는 그의 사랑 고백에 답해 주고 싶었다. 나도 마찬가지라고, 나는 아주 오래전부터 당신을 쭉 사랑해 왔노라고.

하지만 그 말을 하는 순간 드래곤과의 계약이 깨진다. 계약을 지키지 못했을 때, 드래곤이 어떻게 행동할지 알 수 없다.

계약자를 죽일까. 아니면 계약의 조건을 거두어 갈까.

차라리 죽는 게 낫다. 이 한 몸만 죽으면 그만이니까. 하지만 계약의 조건을 거두어 가면, 케이는 다시 마법을 사용할 수 없게 된다. 그건 싫다.

"드래곤과의 계약 때문에 그런 거라면, 그런 거 신경 쓰지 말고 말하지 그랬어요."

니아가 루의 생각을 읽은 것처럼 말했다.

"드래곤은 살인을 즐기지 않아요. 계약을 깼다고 해서 당신을 죽이진 않을 거예요. 게다가 당신은 대지의 축복을 받은 아이잖아요. 어떻게 죽이겠어요."

니아는 케이가 루에게 고백했다고 확신하는 것 같았다. 루는 멍하니, 소녀 같은 그녀의 얼굴을 응시했다.

"대장이 날 사랑한대, 니아. 지금 그 말을 믿는 거야?"

니아의 눈이 가늘어졌다.

"그럼 루, 당신은 믿지 못해요?"

"왜 하필이면 나를? 대장은 원하면 어느 여자라도 가질 수 있어. 그런데 왜…… 나를?"

"그러는 당신은요? 당신도 원하면 어느 남자라도 가질 수 있잖아요. 마법이 사라져 가는 시대에 남은 마법사들, 그들에게 쫓기는 마법사 케이보다는, 누가 봐도 앞날이 창창한 라일이 낫지 않아요? 라일은 당신을 여인으로 대우해 주고 아끼는데, 그를 선택하는 게 당신에게는 훨씬 편하고 행복한 일 아닌가요? 그런데 왜 하필이면 케이죠?"

말문이 막혔다.

"케이도 당신과 같은 이유겠죠. 어쩔 수가 없는 거예요, 마음은."

"……."

"당신이 여자든, 남자든, 귀족이든, 평민이든, 케이에게는 그게 중요한 게 아니겠죠."

"대장은…… 남자를 좋아하는 걸까?"

"바보 같긴."

니아가 까르르 웃으며 루의 옆에 앉았다.

"케이는 루를 좋아하는 거예요. 루, 당신이 모든 남자가 아닌 케이를 좋아하듯이."

루는 니아가 이 일을 아무렇지도 않게 받아들이는 게 신기했다. 그래서 그녀를 빤히 응시하며 물었다.

"니아, 이 일을 본 적이 있어?"

"아니요. 나는 케이가 당신에게 사랑 고백을 하는 미래는 보지 못했어요."

"그렇구나. 그런데 어떻게…… 그렇게 아무렇지도 않아? 대장이 내게 고백을 했다는데……."

"알고 있었거든요. 케이 마음."

"대장이 말했었어?"

"아뇨. 말하겠어요, 그 고집쟁이가?"

"그럼 어떻게……?"

"눈에 훤히 보이니까요. 케이가 루한테 하는 행동을 보면, 누가 봐도 사랑에 빠진 남자처럼 보이잖아요. 아마 케이 본인이랑 루만 모르고 있었을걸요."

"……그 정도였어?"

"네, 그 정도였어요. 옆에 보기 민망하더라고요."

"……."

"그렇게 좋으면 속 시원하게 말하면 될 것을."

니아는 금방이라도 흩어질 것 같은 청초한 생김새와 달리, 호쾌한 성격인 것 같았다.

"루, 당신도 그 마음 솔직하게 말하면 좋을 텐데요."

니아의 황금빛 눈동자가 루를 향했다. 오묘한 눈동자가 루의 가슴을 파고드는 것 같았다. 루는 시선을 피하며 중얼거렸다.

"난 안 돼."

"계약 때문에?"

"응. 안 돼."

"아까도 말했잖아요. 계약이 깨졌다고 해서 드래곤이 당신을 죽이지는 않을 거라고. 그저 계약으로 얻은 그것을 거둬 갈 뿐이에요."

니아가 앉은 채로 루에게 바짝 다가와 루의 마른 어깨에 손을 얹었다.

"잘 생각해 봐요, 루."

니아의 음성이 은밀해졌다.

"지금 현재 케이에게 중요한 것이 뭘까요? 마법일까요, 아니면 당신일까요?"

그녀의 음성은 달콤한 유혹이 되어 루의 청각을 자극했다.

"마법을 사용하지 못한다 해도, 당신이 그의 곁에 있어 주겠다 약속하면, 그는 세상을 다 얻은 기분이지 않을까요? 복수 같은 게 무엇이 중요하겠어요? 오르딘 공작, 그 남자는 그렇게 살다가 죽을 거예요. 10년, 20년, 그렇게 시간이 흐르다 보면 그놈은 알아서 죽어 줄 거예요. 굳이 당신의 마음, 그리고 케이의 마음을 포기하면서까지 죽여야 할 만큼 놈의 목숨에 의미가 있나요?"

"결국…… 복수를 포기하게 만들기 위해 이런 이야기를 하는 거야, 니아?"

"아니에요, 루. 나는 이제 아무래도 좋아졌어요, 그런 건. 하지만……."

니아가 살짝 미간을 좁혔다.

"케이가 그동안 당신에게 마음을 알리지 못한 이유, 아세요?"

"몰라."

"당신을 부담스럽게 하고 싶지 않아서예요."

"……."

"내게 그러더군요. 당신에게 멋대로 마음을 밀어붙이고 싶지 않다고. 당신이 자신의 개라서, 부하라서, 자신의 마음이 끔찍이 싫은데도 밀어내지 못하는 상황을 만들고 싶지 않다고. 당신을 부담스럽게 만들고 싶지 않다고."

"……."

"그래서 말하지 못했던 거예요. 그동안, 계속."

루는 그 말을 듣자 두 눈을 질끈 감았다.

순간, 그의 마음이 거대하게 느껴졌다. 꿈인지 아닌지 막연하게만 느껴졌던 그의 애정이 무서울 정도로 강한 무게를 지니고 루를 덮쳐 왔다.

그와 동시에 그동안 그가 루에게 해 주었던 많은 것들이 떠올랐다. 다른 부하들이 아닌, 오롯이 루만을 위한 그의 선택, 그의 행동, 그의 눈빛.

그 무엇 하나, 사랑이 아닌 것이 없었다. 그 어떤 순간에도, 그의 눈동자엔 애정이 가득했다.

기쁜데, 슬펐다.

루를 남자라고 알기에 그 어느 것도 드러낼 수 없었던 그를 떠올리니 미안하고 슬퍼서 눈가가 시큰거렸다.

"여자라고 말해도……."

쉰 목소리가 흘러나왔다.

"화내시지 않을까?"

"그런 사소한 것에, 화를 낼 사람인가요? 당신의 대장은?"

"……아니."

그런 사람이 아니다. 그래도 두려웠다. 그동안 그를 속인 것 때문에 미움을 받을까 봐서.

"가요, 루. 드래곤이라든지, 오르딘 공작이라든지 그런 건 생각하지 말아요. 티그리스, 마법, 그런 것도 중요한 게 아니에요."

니아가 루의 손등에 손을 올렸다. 루는 그 자그마하고 창백한 손을 빤히 응시했다.

"가서 이야기해요. 당신의 마음을. 그래서 케이에게 세상을 안겨 줘요."

　　　　　*　　　*　　　*

"용기를 냈군, 반푼이."

라크의 음성이 바로 옆에서 들려왔다.

"만용이지요. 이 감정을 감추지 못한 탓에 루를 부담스럽게 만들고 말았습니다."

"흐음."

라크가 모습을 드러냈다. 그는 나뭇가지 위 케이의 옆에 엉덩이를 걸치고 앉아 호수가 있는 곳으로 시선을 던졌다.

"당분간 루를 부탁드립니다."

"뭐야? 루의 마음을 뒤흔들어 두고 도망치겠다는 건가?"

"네, 제가 생각보다 겁이 많고 비겁한 모양입니다."

"이봐, 반푼이."

"그편이 루에게도 좋을 겁니다. 제가 곁에 있어 봐야 제 기분을 신경 쓰느라 전전긍긍해야 할 테니까요."

케이가 훌쩍 나무에서 뛰어내렸다.

"그리고 루가 없는 편이 저도 행동하기 편합니다."

라크는 나뭇가지 위에서 케이를 내려다봤다.

"학살을 할 생각인가?"

"필요하다면."

케이의 눈동자가 위험스럽게 번뜩였다.

"남부를 정리하고 거처를 마련해 두겠습니다. 이동 시간까지 생각하면 세 달쯤 걸리겠군요. 그때까지 루를 부탁드립니다."

"루가 더 이상 네놈 곁에 있기 싫다고 하면?"

케이의 어깨가 움찔 떨렸다.

"그렇다면…… 앞으로 남은 여생 루가 후회 없이 살 수 있도록 혼자서 오르딘 공작을 처리하겠습니다. 그 소식이나 루에게 전해 주십시오."

라크는 나뭇가지를 손가락으로 톡톡 두드렸다.

반푼이는 라크의 생각보다 훨씬 더 바보고, 훨씬 더 곧은 마음의 소유자였다. 일직선으로 뻗은 마음을 가진 바보를 라크는 싫어하지 않았다.

"이동 시간은 줄여 주지."

라크도 나뭇가지에서 뛰어내려 케이의 앞에 섰다.

"어디로 보내 줄까?"

순간 이동은 아무리 케이라도 할 수 없는 최고난도의 마법이었다. 짧은 순간 육체를 분산시켰다가 원하는 장소에서 재구축해야 하는 위험한 마법. 과거에 마법 부흥기 때에도, 순간 이동을 할 수 있는 마법사는 거의 없었다.

하지만 라크는 드래곤이었다. 그 어떤 마법도 완벽하게 소화 가능한 마법의 생물.

케이는 호수 쪽을 한번 돌아봤다. 다시 라크에게 시선을 맞췄을 때, 그의 붉은 눈동자는 단단한 각오로 빛나고 있었다.

"히센과 휴이가 있는 곳으로."

13장

루가 달려왔을 때, 케이는 그곳에 없었다. 루는 라크의 기척을 느끼지 못할 만큼 케이를 만나야 한다는 생각에, 그에게 이 마음을 전해야 한다는 생각에 빠져 있었다.

"그 감정을 전하러 왔나, 루?"

라크가 앞을 막아섰을 때에야, 루는 그가 있다는 사실을 깨달았다.

"대장은?"

"그 감정을 전하러 왔느냐고 물었어, 루."

"대장은 어디 있어?"

"너와 나의 계약을 잊지는 않았겠지?"

"대장에게 무슨 짓을 한 건 아니지?"

루의 푸른 눈동자가 차갑게 빛났다. 만약 케이를 건드렸다면, 아무리 드래곤이라도 가만두지 않겠다는 눈빛이었다.

"너는 날 이길 수 없어, 루."

"라크."

"나와의 계약을 깰 수도 없고."

라크가 루의 볼에 손바닥을 가져갔다.

"예언가 계집이 무슨 소리를 지껄였는지 모르겠지만, 드래곤과의 계약을 깬다는 건 목숨을 잃는 것과 마찬가지야. 나는 그렇게 너그러운 드래곤이 아니거든."

"라크, 대장을 어떻게 했어?"

"나는 널 아껴, 루. 그래서 네가 나와의 계약을 깨고 생명을 잃는 걸 원치 않아."

"라크, 말해 줘. 대장을 어떻게 한 거야?"

"반푼이는 녀석이 원하는 곳으로 보냈다."

"대장이 원하는 곳?"

"녀석은 네게 고백한 것을 후회하고 있더군. 도망자의 생활에 지쳐서 한순간의 감정에 취한 것이겠지. 머리 좀 식히라고 남부로 보냈다."

"남부…… 형님들이 있는 곳에?"

"그래."

"나도 거기로 데려다줘."

"내 말 못 들었어, 루?"

라크가 루의 가느다란 목을 움켜쥐었다. 라크의 커다란 손에 힘이 들어가는데도 루의 표정은 변하지 않았다. 루는 담담하게 라크를 응시했다.

"녀석은 네게 고백한 걸 후회하고 도망치는 걸 택했어. 네가 따라가 봐야 녀석을 혼란스럽게 만들 뿐이야."

"대장이 날 사랑한대."

"때로는 혼란스러운 상황에 빠졌을 때에 일어나는 감정의 격돌을, 사랑이나 증오로 착각하기도 하지."

"아니, 착각이 아니었어. 대장은 착각으로 그런 말을 할 사람이 아니야."

"예언가 계집의 말에 단단히 홀렸군."

"날 대장에게 보내 줘."

"안 돼."

"왜?"

"반푼이가 너와 떨어져 있고 싶다고 했거든. 네 얼굴 보고 싶지 않다면서."

"그럴 리 없어."

"이번 대지의 아이는 고집이 세군. 이기적이기도 하고."

"날 남부로 보내 줘."

"미안하지만 그건 안 되겠어."

"라크, 제발."

"내 대지의 아이가 다른 놈 때문에 애원하는 꼴은 못 봐 주겠군. 잘 지내, 루."

"라크!"

라크가 사라졌다. 모습만 사라진 게 아니라 기척이 완전히 사라졌다. 루는 주먹을 꽉 쥐고, 조금 전까지 라크가 서 있던 곳을 노려봤다.

*   *   *

남부에는 식인을 즐기는 '코거족'이 있었다. 코거족은 그 역사가 오래되어 부족이라기보다는 하나의 나라를 이루고 있었다. 근처를 지나가는 여행객이나 상인들을 잡아다가 식량으로 삼았는데, 그 소문 때문에 지나가는 이들이 줄자 다른 부족을 잡아들여 식량 창고를 채우고 있었다.

수많은 코거족을 휴이와 히센 둘이서 상대하기란 쉬운 일이 아니었다. 이 때문에 휴이와 히센은 근처 부족들을 설득하여 코거족을 치는 일에 끌어들이는 중이었다.

근처 부족들은 많아야 100명 남짓 되는 작은 부족들뿐. 그나마도 부족민들이 여기저기 흩어진 부족이 많아서 힘을 모으기가 쉽지 않았다.

몇몇 부족에게는 돕겠다는 약속을 받고, 몇몇 부족에게는 힘을 빌려줄 순 없지만 코거족을 없애 주기만 하면 충성을 바치겠다는 맹세를 받아 냈다. 하지만 그것만으로는 충분하지가 않아서, 휴이와 히센은 쿠반을 기다리고 있었다.

쿠반과 쥬엔이 남부를 향해 출발했다는 이야기를 들었기에, 서남부 지역에 사는 시카족의 힘까지 빌려 코거족을 칠 생각이었다.

"시카족은 부족민도 많은 편이고 강하니까 희생 없이 코거족을 정리할 수 있을 거야."

휴이가 중얼거리며 냄비를 저었다.

근처 부족들은 코거족 때문인지 경계심이 많아서, 외부인을 안으로 들이려 하지 않았다. 그 때문에 휴이와 히센은 며칠째 노숙을 하는 중이었다.

"코거족 족장에게 성이 있는 건 잘된 일이야. 공략은 어렵겠지만, 다 쓸어버리고 나면 성을 유용하게 사용할 수 있겠지. 그릇 좀 가져와 봐."

최근 제대로 먹지 못해 굶주린 히센은 얼른 그릇을 가져가 휴이에게 내밀었다. 휴이는 걸쭉한 고기 스프를 그릇에 가득 담았다. 얼마 전 근처 숲에서 잡은 뱀과 늑대를 넣어 만든 고기 스프였다.

"대장은 지금쯤 작위를 받았을까?"

"일이 예정대로 돌아가고 있으면 아마도……."

거기까지 말했을 때였다.

파사삭—

주변의 나뭇잎이 흔들리기 시작했다. 휴이가 옆에 내려놨던 커다란 도끼를 집어 들었고, 히센도 채찍을 잡았다. 언제든 공격할 준비를 한 그들의 눈앞에 검은 구체가 맺히기 시작했다.

'티그리스에서 보낸 놈인가? 아니, 순간 이동 마법은 불가능할 텐데. 마법 공격이겠군!'

거기까지 판단한 휴이가 커다란 나무 뒤로 달려가며 외쳤다.

"히센, 몸을 피해!"

다급한 외침에 히센도 덩달아 나무 뒤로 달려갔다. 각자 커다 란 나무 뒤에 몸을 감췄을 때, 나뭇잎을 뒤흔들던 바람이 사라지 고, 검은 구체가 먼지처럼 흩어졌다. 그리고 그 안에서 한 남자 가 나타났다.

은발의 장신.

"대장?"

케이였다.

케이는 느릿하게 돌아섰다. 그의 눈은 어둡게 침잠해 있었다.

"저기, 대장 맞아요?"

히센이 조심스럽게 물었다.

"방금 그거 순간 이동이었어요? 순간 이동 마법, 사용할 수 있 었던 겁니까?"

휴이는 여전히 나무 뒤에 몸을 감춘 채로 물었다. 케이는 그들 을 가만히 응시하고만 있었다.

"저기, 대장. 대답 좀 해 주지?"

"쓸어버려야 할 놈들이 누구지?"

"네?"

"쓸어버려야 할 놈들이 누구냐고."

케이가 낮은 음성으로 물었다. 그의 전신에서 흘러나오는 기이한 박력에 휴이는 마른침을 꿀꺽 삼켰다.

"저기…… 코거족이라고…… 거대한 부족입니다. 식인을 즐기는 녀석들인데, 부족인이 거의 만 명이 넘는 것 같고, 성을 세웠어요. 조만간 시카족이 오면 힘을 합쳐서 성을 부수지 않는 쪽으로……."

"성을 부수지 말아야 하나?"

"아무래도 거점을 세우기 편할 테니까요."

"그런 건 됐다."

"네?"

"전부 다 쓸어버리는 편이 편해."

"아니, 저기. 대장."

"다녀오지."

케이가 아직도 팔팔 끓고 있는 스프에 눈길을 줬다.

"스프라도 마시고 있어."

*   *   *

그날 밤.

코거족이 세운 성은 거대한 화염에 휩싸였다. 성벽에서부터 소리 없이 시작된 화염은 순식간에 거리와 건물을 불태웠다. 성

안에서 자고 있던 자들은 무슨 일이 벌어진지도 모르는 채 불에 탔고, 만 명이 넘는 식인종을 태운 화마는 언제 그랬냐는 듯 순식간에 사라졌다.

케이가 한결 개운해진 표정으로 돌아왔을 때, 휴이와 히센은 어리둥절한 표정으로 스프를 먹는 중이었다. 케이는 그들 사이에 끼어들어 그릇을 내밀었고, 휴이는 하얗게 질린 얼굴로 스프를 한가득 덜어 주었다.

느릿하게 스프를 먹으며 케이가 중얼거렸다.

"이제야 좀 후련하군."

*　　*　　*

루는 니아의 앞에 앉아 한숨을 내쉬었다. 울적할 때는 늘 그랬듯 주아를 꽉 끌어안았지만 기분이 나아지지 않았다.

"이런 상황도 본 적 있어?"

니아에게 물었다. 니아는 살며시 고개를 저었다.

"내가 모든 걸 본 건 아니에요, 루."

"그래."

"앞으로 어떻게 할 거예요?"

"너는 내가 다 포기하고 라일과 함께했으면 좋겠지? 복수고 뭐고 다 포기하고 라일 곁에 머물면서, 여자로서의 삶을 살면 좋겠다고 생각하지?"

"솔직하게 말하자면, 그래요. 라일은 당신을 행복하게 해 줄 거예요."

"그런 미래를 본 적 있어?"

"……."

"아, 미래를 말할 때마다 수명이 깎인 댔지. 미안, 대답하지 않아도 돼. 미안."

자조적으로 중얼거리는 루를 향해 니아는 안타까운 시선을 보냈다.

라일과 루가 함께하는 미래를 본 적이 있다. 희미하게 보이기는 했지만, 그래도 행복해 보였다. 루는 아름다운 드레스를 입고, 검은 머리를 길게 기르고 라일에게 안겨 있었다.

"하아."

루는 깊은 한숨을 내쉬었다.

토스카가 된 이후 단원들과 완전히 떨어지게 된 건 처음이다. 옆에 니아도, 주아도 있지만 혼자라는 생각이 들었다. 그들에게 버림받았다는, 이제 두 번 다시는 토스카의 단원이 될 수 없다는 절망이 루의 가슴 안에 어둡게 자리 잡았다.

전과 달리 아름다운 얼굴이 되었다는 건 중요하지 않았다. 토스카를 떠난 자신은, 파필리아의 괴물일 때와 조금도 다르지 않다.

루는 주아의 털에 얼굴을 묻었다.

"하아."

연거푸 한숨을 내쉬는 동안, 니아는 아무 말도 하지 않았다. 루의 결정을 기다리는 것이리라.

'니아가 없으면 더 빠르게 이동할 수 있지만 두고 갈 순 없어. 나즐과 알리는 상당히 멀리까지 이동을 했을 거야. 유진과 텐치는 짐이 많으니 이동속도가 그만큼 느려졌겠지.'

합류하고 싶었다.

'그래도 되겠지?'

하지만 라크의 말이 신경 쓰였다.

　　—때로는 혼란스러운 상황에 빠졌을 때에 일어나는 감
　정의 격돌을, 사랑이나 증오로 착각하기도 하지.
　　—반푼이가 너와 떨어져 있고 싶다고 했거든. 네 얼굴 보
　고 싶지 않다면서.

케이의 고백을 의심하고 싶지 않았다.

그러나 위대한 드래곤이 거짓말을 할 리는 없었다. 그런 거짓말로 라크가 얻을 게 무엇이 있겠는가.

사랑에 빠지면 자신감을 잃게 된다. 루 역시 그랬다. 좋은 쪽보다는 자꾸만 나쁜 쪽으로 생각하게 되었다.

케이의 사랑 고백이 진실이라고 믿어야 마음이 편하리라는 걸 알면서도, 그가 생각 없이 충동적으로 행동하는 이가 아니라는 걸 알면서도 자꾸만 의심하게 되었다. 그의 고백과 그의 마음을,

그 열띤 눈동자와 다정한 행동을.

그간의 행동이 어떠했든, 그는 루를 버리고 갔으니까 의심할 수밖에 없었다.

루는 아랫입술을 잘근 깨물고, 욱신욱신 심장에 머무는 고통을 견디려 애썼다. 약한 모습을 겉으로 드러내고 싶지 않은데, 쉽지 않았다.

차라리 그의 고백을 듣지 않았을 때는 이보다 편했다. 그의 사랑을 받는 걸 포기했으니까. 그가 당연히 어느 여인과 행복한 삶을 살게 되리라 생각했으니까.

하지만 그의 고백을 듣는 그 짧은 순간 생겨난 수많은 감정과 희망과 꿈이 루의 심장을 아프게 만들었다. 그를 바라만 볼 때보다 더 고통스러워서 루는 울고 싶었다.

케이를 보고 싶다.

그의 은빛 머리카락과 붉은 눈동자, 창백하리만큼 흰 피부가 그립다.

"라크가 그러는데, 대장이 내게 고백을 한 건 아마 착각 때문일 거래."

누구에게든 이 마음을 위로받고 싶었다.

"드래곤이 그러던가요?"

"응, 그렇대."

"당신 생각은 어떤데요?"

"글쎄. 반반. 아니, 라크의 말이 옳을 거란 생각이 들어. 드래곤이 거짓말을 할 이유가 없으니까."

"그건 그렇죠."

"대장은 날 보기 불편해서 떠난 걸 거야. 이런 상황에서 내가 대장을 따라가면, 나는 정말…… 눈치 없는 바보일 테지."

"……"

"그런데 눈치 없고 이기적인 바보가 되더라도 대장을 보고 싶어."

"……"

"어릴 때 대장을 본 적이 있어. 그 붉은 눈동자가 가슴이 저미도록 아름다워서 갖고 싶다고 생각했었어. 아버지가 사다 주는 값비싼 보석보다, 어머니가 만들어 주는 맛있는 쿠키보다 더 갖고 싶었어. 그걸 가질 수 있다면 세상을 얻은 것 같은 기분이 들거라고 생각했어."

웅얼웅얼 말하던 루가 주아에게 묻고 있던 얼굴을 들었다.

"가져야겠어."

"루."

"남자로 살기로 했기 때문에 포기했어. 하지만 이젠 아냐. 대장이 내 마음을 흔들었어. 그 책임을 지게 만들 거야."

루가 일어났다. 루의 검은 머리카락이 바람에 휘날렸다.

"하지만 오해하지 마, 니아. 복수를 포기하겠다는 말이 아니니까."

루는 니아의 손목을 잡아 일으켰다. 그리고 휘파람을 불어 멀리 있던 말이 돌아오게 만들었다. 니아를 말에 태워 주며, 루가 말했다.

"오르딘 공작을 죽일 거야. 그리고 대장의 마음을 내가 가질 거야. 네가 본 것처럼, 대장을 오르딘 공작에게 빼앗기는 일은 일어나지 않을 거야. 내가 대장을 지킬 거니까."

*　　　*　　　*

루가 유진, 텐치와 합류해야겠다고 생각하며 이동하고 있을 때, 비비안은 흑의 용병들이 있는 술집에 들어갔다. 가녀린 여인의 등장에 몇몇 용병이 군침을 흘리며 다가왔다.

경호도 없이 사내들만 있는 곳에 들어온 여인이 어떤 꼴을 당할지는 안 봐도 뻔했다. 하지만 비비안은 주눅 든 기색 없이 그들을 향해 주머니를 내밀었다. 금화가 가득 담긴 주머니였다.

"의뢰를 하고 싶어요. 선금으로 금화 한 움큼, 성공하면 그 두 배의 금화를 드리지요."

그제야 용병들은 비비안의 눈빛이 심상치 않음을 깨달았다.

"잭이라고 한다."

한 사내가 나섰다. 철퇴 두 개를 허리춤에 매달고 있는 자로, 그 술집 안에서 가장 덩치가 컸다. 그는 비비안이 내민 주머니에서 금화를 한 움큼 집었다.

땡그랑—

몇 개의 금화가 바닥으로 떨어졌지만, 비비안은 거기에 눈길도 주지 않았다. 잭이 만족스러운 듯 미소를 지었다.

"성공하면 이 두 배로 주겠다는 거지?"

"그래요."

"그래, 뭘 부탁하시려나?"

"한 사내를 죽여 줘요."

"한 명? 고작 한 명?"

"그래요. 루라는 이름을 가진 남자예요."

비비안은 얼마 전 솜씨 좋은 화가를 찾아가서 그린 루의 초상화를 내밀었다. 근처로 몰려든 용병들이 호기심 어린 눈으로 초상화를 살펴봤다.

그런 용병들을 향해 비비안이 매서운 목소리로 말했다.

"누구든 이자를 죽이고 목을 가져오는 자에게, 잭이 들고 있는 금화의 두 배를 지불하도록 하겠어요."

*　　　*　　　*

키이이이잉—

기괴한 소리와 함께 기차가 속도를 줄였다. 이 거대한 기계가 움직일 때 나는 소리는 아무리 들어도 적응이 되지 않는다.

느릿하게 움직이는 창밖의 정경을 지켜보던 바흘이 말했다.

"라일 님, 이 도시는 상당히 큽니다. 어쩌면 놈들이 이곳에 잠시 머물지도 모르겠습니다."

이번에 기차가 멈추는 곳은 라판트 시로, 대장장이의 도시라
고 불릴 만큼 무기와 갑옷 제작으로 유명한 곳이었다.

라일은 며칠 전 수도를 떠나 구온 시로 향하는 중이었다. 어쩌
면 케이와 루가 구온 시의 거점에 갔을지도 모른다는 생각 때문
이었다.

라일은 루의 미움을 사고 싶지 않았다. 어떻게든 케이를 설득
해 잠시 조사를 받게 한 후 풀어 줄 생각이었다. 만약 케이를 찾
지 못한다면 바빈터 백작 부인을 만나 대화를 나눌 예정이었다.
그녀를 잘 구슬리면, 일을 크게 벌이지 않고 끝낼 수 있을지도
모른다.

하지만 그런 라일의 속셈을 모르는 바흘은 케이를 잡아들이
기 위해 눈을 빛내고 있었다. 아니, 케이보다는 루를 잡고 싶은
듯했다. 그는 자신이 좋은 마음으로 가르친 루가 자기들을 배신
했다는 것 때문에, 무척이나 화가 난 상태였다.

라일은 바흘의 어떤 기분일지 알기에 그에게 참으라고만 할
수도 없는 입장이었다.

기차가 완전히 멈췄다.

바흘이 먼저 일어나 라일의 짐을 짊어졌다. 라일은 잠자코 그
의 뒤를 따라 내렸다.

수도와 가까운 만큼, 라판트 시의 기차역은 신식으로 잘 만들
어져 관리되고 있었다. 잿빛 고급 벽돌로 만든 커다란 건물 안에

는 기차를 타기 위해 기다리는 승객들로 가득했다.

라일과 바흘은 그들을 지나 역을 빠져나왔다.

'라판트라.'

라일은 크게 심호흡을 하며 주위를 둘러봤다. 수도의 기계 문화 발달이 라판트 시에도 많은 영향을 미쳤다. 수도만큼은 아니지만 자동 마차라든가, 거리의 조명 같은 것들이 눈에 띄었다. 불과 1년 전 이곳을 지나갈 때와는 완전히 다른 분위기다.

'그들이 이곳에 들릴 가능성이 얼마나 될까?'

만약 케이나 루, 둘뿐이라면 이 도시에 들르지 않을 가능성이 99퍼센트다. 그들은 험한 일에 익숙하니, 긴 노숙을 해도 문제가 없을 것이다.

하지만 그들이 니아를 데리고 떠났다는 정보를 입수했다. 니아는 어린 소녀였고, 앞을 보지 못했다. 험한 곳에서 노숙만 하는 생활을 니아는 오래 견디지 못할 것이다. 계속 말을 타고 이동하는 것 또한 장님 소녀에게는 고된 일이니 몇 번씩은 마을에 들러 회복을 해야 할 필요가 있다.

'이 도시에 들를 가능성이 높군.'

작은 마을보다는 큰 도시에서 사람들 사이에 몸을 감추는 편이 눈에 띄지 않으리라고 생각할 것이다.

라일은 깊은 한숨을 내쉬었다.

이 도시에서 루를 마주치면 어떻게 행동해야 할까?

'바흘은 루를 이기지 못하겠지. 나 역시 마찬가지고.'

그렇다고 해서 아무것도 안 하고 케이를 놓아줄 수는 없었다.

'만약 마주치면 설득을 해 보는 게 좋겠어. 루라면 내 마음을 알아줄지도 몰라.'

라일은 제발 이 도시에서 마주치는 일이 없기를 바라며, 바흘의 뒤를 따라갔다.

* * *

"니아, 괜찮아?"

하루에 12시간 이상 말을 타는 건, 니아에게 무리였던 것 같다. 안 그래도 하얀 니아의 얼굴이 핏기 없이 창백해서 금방이라도 쓰러질 것만 같았다.

"괜찮아요."

니아가 애써 웃으며 말했지만, 그녀의 이마는 땀으로 축축하게 젖어 있었다. 루는 그녀의 이마를 쓸어 주다가 깜짝 놀랐다.

"열이 나잖아."

"난 정말로 괜찮아요, 루."

"안 괜찮은 것 같은데."

루는 걱정스럽게 중얼거리며 주위를 둘러봤다. 이제 곧 숲이 끝나고 평지가 나온다. 가려 주는 것이 없기 때문에, 다음 숲이 나올 때까지 쉬지 않고 달려야 했다. 하지만 지금 니아의 상태로 봐서는 그러기 힘들 것 같았다.

"저번에 지도를 봤을 때, 이 근처에 도시가 있더라. 거기서 며칠 쉬면서 회복하자, 니아."

"왜요?"

"그거야 네가 너무 힘들어 보이니까. 이러다가 죽으면 어떻게 해."

"아니, 그런 게 아니라…… 왜 그렇게까지 해서 날 데려가려는 거예요? 나는 당신의 미래에 대해 저주 같은 말을 퍼부은 사람인데."

"그건…… 그러게. 그렇게까지 깊이 생각해 보진 않았어."

"뭐예요, 그게."

"생각 좀 해 볼게."

루는 니아의 옆으로 가서 니아가 기대어 앉은 나무에 등을 기댔다.

"주아, 뭐라도 좀 잡아다 줘."

생각을 하기 전, 주아에게 명령했다. 주아는 영리하게도 컹, 하고 짖고는 어딘가로 사라졌다. 그리고 루는 눈을 감았다.

주아가 커다란 토끼 한 마리를 잡아 올 무렵, 루는 눈을 떴다. 주아의 커다란 송곳니에 당해 숨통이 끊어진 토끼를 손질하며, 루는 나직한 음성으로 말했다.

"나를 쭉 봤다고 했잖아. 꿈인지, 예언인지로. 내 부모님과 나를 알고 있다고 했잖아. 아마도 그것 때문인 것 같아."

"……."

"내 부모님을, 소녀였던 나를 알고 있는 사람이라서. 그래서…… 네게 보여 주고 싶은 것 같아. 내가 만들어 낸 미래가 끔찍하지 않으리라는 걸."

"바보 같아요, 그런 건. 루, 당신이 바라는 대로 미래가 움직여 주는 일이 있을 것 같아요? 오히려 내게 끔찍한 미래를 바로 옆에서 지켜보게 하는 꼴이 될지도 몰라요."

"응, 그럴지도 모르지. 만약 그런 일이 생긴다면 더 잘됐잖아. 절망하는 내 옆에서 나를 비난하고 비웃을 수 있으니까."

"루……."

"하지만 니아. 나는 이상하게도 끔찍한 미래가 그려지지 않아."

"낙천주의자군요."

"그런가? 내가 그렇게까지 낙천적이진 않은데. 못난 얼굴로 길거리 생활을 하면서 굉장히 부정적이고 자신감 없는 인간이 됐거든."

니아는 한숨을 삼키며, 루의 아름다운 얼굴을 응시했다. 보이지 않아도 알 수 있었다. 검은 머리카락 아래에서 빛나는 새파란 눈동자는 그 어떤 것도 흐리게 만들 수 없으리라. 파필리아의 괴물로 살면서 조롱을 받을 때에도, 저 푸른 눈동자는 흐려진 적이 없었을 것이다.

"힘들면 버리고 가도 돼요. 나는 어디서든 점쟁이 소녀 역할을 하면서 먹고살 수 있으니까."

"응, 알아."

루는 토끼를 손질하는 동안 주아가 모아 온 마른 장작에, 솜씨 좋게 불을 붙였다.

"알고 있는데 내가 널 버릴 일은 없어. 나는 네가 좋거든."

"당신의 과거를 아는 사람이라서?"

"응, 그리고…… 예뻐서."

"그런 얼굴로 여자에게 예쁘다는 말은 안 하는 게 좋겠어요."

"왜?"

"나니까 이 정도지, 다른 여자들이었다면 당신한테 홀렸을 거예요. 여자한테 반하는 여자들이라니. 너무 불쌍하지 않아요?"

"아, 그런가?"

"그래요. 그러니까 당신 외모에 대해 좀 더 자각하고, 여자를 대할 때는 차갑게 대해요. 괜히 잘해 줘서 죄 없는 여자 마음 뒤흔들지 말고."

"기차는 정말 크구나."

도시 근처에 도착했을 때, 굉음과 함께 달려가는 기차를 목격했다. 이렇게 가까이에서 본 것은 처음이라, 검은 연기를 뿜으며 달리는 거대한 기계가 괴물처럼 보였다.

"빠르기도 하고. 저걸 타면 남부까지도 순식간이겠지?"

"구온 시가 종점이니까, 거기서부터는 다시 말을 타고 이동해야 할걸요."

"아아, 맞다. 기찻길이 뚫려 있지 않지."

"게다가 현상 수배가 된 몸이니, 기차를 타면 바로 잡힐 거예요."

루와 니아는 라일이 케이만 수배 중이라는 것을 알지 못했다.

"저 도시에 대해 아는 거 있어?"

"라판트 시예요. 수도에서 가장 가까운 도시고, 대장장이의 도시라고도 불려요. 거주 인구수는 구온 시보다 조금 적은 정도이지만, 용병들의 거점과도 같은 곳이라서 늘 사람이 많죠. 드나드는 사람들이 워낙 많은 터라 성문은 경비도 삼엄하지 않고요."

"며칠 묵었다가 가기 딱 좋겠네."

"좋지 않아요, 루. 수도에서 가장 가까운 곳이니, 수배령도 가장 빨리 도착했을 거예요. 지금쯤 도시 구석구석에 당신들의 초상화가 붙어 있겠죠."

"아아, 그건 그래. 그럼 좀 꾸미고 들어가야겠는걸."

"주아도 데리고 들어가면 안 될 거예요. 희고 큰 늑대를 데리고 다니는 사람은 당신밖에 없을 테니까."

주아가 충격 받은 듯 끙끙거렸다.

"미안해, 주아. 니아가 회복하는 대로 부를게. 어디 가서 몸 좀 숨기고 있어."

루의 단호한 말에 주아는 컹, 하고 짖고는 숲으로 들어갔다. 살랑살랑 흔들리는 흰 털이 숲 그림자 사이로 사라지는 것을 지켜본 후, 루가 말했다.

"확실하게 변장을 하려면 나는 여장을, 너는 남장을 하는 게 좋겠어."

루는 가방에서 가발과 옷을 꺼냈다. 니아가 경이롭다는 듯 중얼거렸다.

"이런 걸 가지고 다녀요?"

"응, 저번에 여장을 한번 해 봤는데 유용하더라고. 혹시나 싶어서 챙겨 왔었어."

"당신은 여자니까, 앞으로 그냥 머리를 길러 보는 게 어때요? 길러서 염색을 하고 여자다운 옷을 입으면, 당신이 루라는 걸 몰라볼 텐데."

"그건 안 돼. 오르딘 공작의 귀에 들어가서 좋을 게 없어."

"아아. 당신은 어머니를 닮았죠."

"응, 어머니를 닮았지. 오르딘 공작은 부모님에게 딸만 있다는 걸 알고 있었으니까, 내가 남장을 한 동안에는 부모님과 날 연결시키지 못할 거야."

"그자가 당신의 어머니를 아직까지 기억하고 있을까요?"

"응, 그럴 거라고 확신해. 우리 어머니는 대륙에서 가장 아름다웠거든. 앞으로도 그럴 거고. 사내는 손에 넣지 못한 보석을 잊지 못하는 법이지."

루는 등에 메고 있던 두 자루를 검을 풀어 내려놨다.

"이것도 놔두고 들어가야겠지."

"그렇죠. 그렇게 큰 검을 메고 다니는 여자는 없으니까."

"단검만으로는 안심이 안 되지만 어쩔 수 없지. 아, 니아. 미안하지만 머리를 잘라야 할 것 같아. 괜찮겠어?"

"괜찮아요. 어차피 또 길 텐데요."

니아는 머리를 짧게 자르고 루의 옷을 입기로 했다. 키가 큰 루가 입던 옷이라 소매와 바짓단을 잘라야 했지만, 그렇게 입으니 오히려 장난기 많은 소년처럼 보였다.

하지만 연보라색 머리카락과 금빛 눈동자 때문에, 그렇게 차려 입었어도 눈에 띄었다.

"후드를 입는 게 좋을 것 같아. 날씨가 더워서 조금 이상해 보이기는 하겠지만, 그 머리카락 색을 보이는 것보다는 낫겠지."

니아는 순순히 루의 말을 따랐다.

파필리아의 괴물로 사는 동안 후드를 챙겨 다니는 게 버릇이 되었는데, 이렇게 유용하게 쓰일 줄은 몰랐다. 니아에게 후드까지 입히고 난 후, 루 역시 여장을 시작했다.

*   *   *

불타 버린 코거족의 성안은 을씨년스러웠다. 여기저기 흩어진, 불에 탄 시체들 사이를 걸어가며 휴이는 혀를 찼다.

"뭐라도 남아 있어야 앞으로 일정에 도움이 됐을 텐데. 이렇게 다 태워 버리면 어쩝니까? 식량 조달도 힘든 판에."

뒤에서 중얼거리는 휴이의 음성이 들렸을 텐데도, 케이는 모르는 척 걷기만 했다. 몸 안에 있는 마력을 다 끌어다가 썼으니, 앞으로 또 다시 마력을 채우려면 꽤나 시간이 걸릴 것이다.

티그리스 본부는 마력이 가득한 땅이라서, 마법을 한껏 사용해도 곧바로 다음 마법을 쓸 수가 있었다. 혹은 마력이 담긴 마력석이라도 가지고 있으면, 그 마력을 끌어다가 사용할 수 있다. 하지만 케이는 마력석 하나 없기에, 미미하게 흩어진 마력을 서둘러 끌어들여야 했다.

지금 누군가 공격을 해 온다면 조금 위험할지도 모르겠다. 그러나 거대한 마법을 사용한 것에 후회를 하진 않았다. 한번 쏟아내고 나니 기분이 한결 나아졌다.

기분이 나아졌다고 해서 루가 생각나지 않는 건 아니었다. 폐허를 둘러보는 내내, 루의 얼굴이 머릿속을 가득 채우고 있었다. 둥근 이마와 그린 듯 반듯한 눈썹, 커다란 눈과 새파란 눈동자, 오뚝하고 작은 코 아래에 자리 잡은 도톰하고 붉은 입술.

원할 때마다 그 입술에 입 맞출 수 있다면 얼마나 좋을까. 그 새하얀 볼을 마음껏 쓰다듬을 수 있다면, 그 손을 꼭 잡고 걸을 수 있다면, 그러면 얼마나 행복할까.

작게 한숨을 내쉬었다.

루는 내가 이러한 생각을 하고 있다는 걸 알면, 날 얼마나 끔찍하게 생각할까.

'아니, 이미 끔찍하게 생각하겠지. 사랑을 고백해 버렸으니.'

더는 감추지 못하고 사랑을 고백할 때에, 경악으로 크게 뜨였던 루의 눈이 생생하게 떠올랐다. 같은 공기를 마시고 싶지 않다는 듯 도망치던 루의 뒷모습도.

또 다시 한숨을 뱉어 냈다.

'그런데도 보고 싶다니. 미치겠군.'

제대로 거절을 당했는데도 그렇다. 도망치는 뒷모습을 똑똑히 보았는데도, 이 마음을 접지 못하겠다. 멀어지면 조금이나마 흐릿해질까 싶어 이곳으로 왔는데, 흐려지기는커녕 그리움이란 감정까지 더해져 점점 짙어지는 것 같다.

그러다 보니 사랑이라는 감정이 얼마나 더 짙어질 수 있을지 궁금해지기까지 했다.

"저기, 대장."

묵묵히 뒤를 따라오던 휴이가 조심스럽게 케이를 불렀다.

"왜?"

"성 하나 없앴는데 왜 그렇게 힘이 없어 보여요? 배고프시면 뭐라도 만들어드릴까요?"

"아니, 생각 없다."

"흐음. 그럼 대장, 혹시…… 이건 정말 혹시나 해서 하는 말인데요."

"그래."

"혹시 여기로 갑자기 오신 게, 루한테 고백했다가 까여서 도망쳤다거나…… 뭐, 그런 건 아니죠?"

"……."

"아니……시죠?"

"……."

"왜 대답이 없으세요?"

"……."

반쯤은 농담 삼아 던진 질문인데 케이가 아예 대답하지 않으니, 휴이는 당황했다.

설마 저 양반이 진짜로 사랑 타령을 한 건가? 루는 남자인데? 똑같은 게 달린 녀석인데?

케이가 남색을 즐기는 놈들에게 얼마나 질색하는지 아는 휴이이기에, 놀라움이 더할 수밖에 없었다. 루에게 유독 잘해 주는 게 신기하긴 했지만, 그런 이유일 거라고는 꿈에도 생각하지 못했던 것이다.

"저기, 휴이. 대장이 남자 좋아해?"

조용히 따라오던 히셴이 작은 목소리로 물었다.

"어? 아니, 어…… 글쎄."

"지금 저 태도로 봐서는 루에게 고백을 했다가 대차게 까이신 것 같은데."

"어어…… 그렇지? 네 눈에도 그렇게 보이지?"

"응. 생각해 보면 허구한 날 루랑 붙어 다니시다가 갑자기 여기로 온 것도 이상하고…… 우리 앞에서 루 얘기를 꺼내지도 않으셨잖아. 아무래도 루 혼자 남겨 두고 오신 것 같은데."

"에이, 설마."

"고백했다가 까여서 홧김에 루를 버리고 오신 거 아냐? 성 하나 날려 버린 것도 그렇고……."

"그건 좀 이상하긴 하지만……."

그래도 휴이는 케이가 사랑 고백했다가 까였다는 이유로, 상대를 버리고 와 버리는 행동을 하는 옹졸한 남자라고 생각하기 싫었다. 누가 뭐라 해도 케이는 자신의 대장이니까. 속 좁고 옹졸한 대장은 최악이다.

"아냐, 아무리 생각해도 대장은 루에게 고백했다가 까여서, 창피해서 여기까지 도망친 걸 거야. 루만 놔두고."

히센이 확신에 찬 목소리로 말했다.

"그럴 리 있냐? 입 조심해, 히센. 우리 대장은 그럴 사람 아냐."

그동안의 정이 있으니 케이를 위해 반박은 했다. 하지만 휴이의 마음속에도 그렇지 않을까, 사실 알고 보면 나의 대장은 무척이나 옹졸한 남자가 아닐까, 라는 의심이 싹트고 있었다.

*　　*　　*

유진과 텐치는 라판트 시를 벗어나 다음 마을에 도착했다. 도시라고 하기에는 조금 작은 마을이지만, 기차가 지나가는 곳이라 그런지 숙박 시설은 잘되어 있었다.

짐마차를 마차 대여소에 맡겨 두고 방을 하나 잡았다. 이 마을을 벗어난 후에는 한동안 숲길을 달릴 예정이기에, 며칠 머물면서 체력을 보충하고 식량을 사 두기로 했다.

"저기요, 형님."

시장 거리를 걷던 텐치가 유진을 불렀다.

"응?"

"저, 아까부터 자꾸 이상한 걸 보게 되는데요."

"……너도?"

"아, 형님도 보셨어요?"

"응. 잘못 봤는지 알고 모르는 척 하는 중이었는데."

"역시 잘못 본 게 아니죠?"

둘은 우뚝 멈춰 섰다.

옷가게 건물 벽면에 붙어 있는 현상 수배서.

이름 — 케이

특징 — 은발. 붉은 눈동자. 장신.

죄목 — 귀족 살해

유진과 텐치는 케이의 얼굴이 아주 잘 그려져 있는 현상 수배
서를 보며 깊은 한숨을 내쉬었다. 유진이 곤란하다는 듯 손가락
으로 안경을 슬쩍 밀어 올리며 말했다.

"대장은 대체 뭘 하고 다니시는 거라냐."

*　　*　　*

태양이 이글이글 타오르는 오후.

라판트 시의 성문 앞에서 진입 허가를 기다리는 여인에게서, 경비병들은 눈을 뗄 수가 없었다. 라판트 시에 진입하는 사람들에게 건성으로 고개를 끄덕이며, 경비병들은 금발의 여인을 흘긋거렸다.

허리까지 내려오는 긴 금발 머리, 하얗고 자그마한 얼굴과 새파란 눈동자의 여인은 숨이 턱 막힐 정도로 아름다웠다. 그 흔한 장신구 하나 없이, 조금은 저렴해 보이는 드레스를 입었는데도 눈이 시리도록 근사했다. 긴 목선 아래로 이어지는 어깨와 쇄골은 우아하면서도 섹시해서, 보는 것만으로도 아랫배에 힘이 들어갈 지경이었다.

긴 금발, 벽안의 여인은 작은 소년의 손을 꼭 잡고 있었지만, 누구도 소년의 존재를 눈치채지 못했다. 그만큼 여인의 존재감이 컸던 것이다.

사실 라판트 시의 성문을 진입할 때는 거의 검사를 하지 않지만, 경비병들은 그녀와 한 마디라도 말을 섞어 보고 싶었다.

"목적은?"

한 경비병이 용기를 내서 그녀에게 물었다.

여인은 경비병을 빤히 응시하다가 부드럽게 미소 지었다. 얼굴 전면에 퍼지는 미소가 어찌나 달콤한지, 경비병은 이제 죽어도 좋다는 생각마저 들었다.

"여행이요. 동생과 함께."

여인은 아름다운 외모만큼이나 좋은 목소리를 가지고 있었다.

"들어가도 될까요?"

여인이 고개를 갸우뚱하며 물었다. 흩날리는 머리카락에, 경비병은 아찔해졌다.

"어, 네. 들어가십시오."

저도 모르게 존댓말을 사용했다. 여인은 경비병을 향해 생긋 웃어 주고는, 동생의 손을 꽉 붙잡고 성문 안으로 들어갔다.

경비병들을 숨 막히게 만든 금발의 여인은, 가발을 쓴 루였다. 무사히 성문을 들어온 루는 속으로 안도의 한숨을 내쉬었다.

성문 옆에 케이의 현상 수배서가 붙어 있었기 때문이다.

"대장의 현상 수배서가 붙어 있었어."

"당신 것은요?"

"대장 것만 있더라. 나는 수배되지 않은 것 같아. 아직은."

"귀족을 죽인 건 케이니까요. 게다가 라일은 당신에게 호감을 가지고 있고."

"라일이 그렇게까지 공과 사를 구분 못 할까?"

"공과 사를 구분 못 할 정도로 당신이 좋은가 보지요."

라일의 다정한 눈빛과 루를 배려하던 행동들이 떠올랐다. 루는 서둘러 그 모습을 떨쳐 냈다. 그는 오르딘 공작의 아들이다. 지금까지 그가 보여 줬던 행동들을 때문에, 중요할 때에 머뭇거리는 일이 생겨서는 안 된다.

라일은 적이다.

"좋은 방에 묵긴 힘들 것 같아. 좀 좁은 방이라도 괜찮겠어?"

"난 아무 데나 상관없어요."

하지만 루는 니아를 좀 더 편한 곳에서 묵게 해 주고 싶었다. 니아는 정말이지 금방이라도 쓰러질 듯 창백했기 때문이다. 이런 걸 두고 보호 본능을 자극하는 여자라고 하는 걸까?

몇 가지 조건을 따져야 했다.

가격이 저렴하면서도 깨끗하고 편한 침대가 있는 조용한 곳. 너무 눈에 띄지 않는 지역에 있고, 무슨 일이 터졌을 때 도망치기 쉬운 곳.

그런 장소를 찾으며 걷는 내내, 루와 니아는 바짝 긴장했다. 도시 곳곳에 케이의 초상화가 걸려 있었기 때문이다.

"생각보다 더 야단이네."

루가 중얼거린 말에 니아가 고개를 끄덕였다.

"아무래도 귀족을 죽인 거니까요."

"그놈이 먼저 날 죽이려고 했는데."

"귀족은 평민을 죽여도 되지만, 평민은 귀족을 죽이면 안 되는 세상이니까요."

그런 이야기를 하고 있을 때, 한 소녀가 루의 손목을 붙잡았다. 포동포동하게 살이 올라 귀여운 소녀였다.

"저기요. 혹시 여행자이신가요?"

소녀는 눈을 반짝반짝 빛내며 루를 올려다봤다. 소녀의 눈이 루의 머리카락과 얼굴, 목선과 가슴을 쭉 따라 내려갔다. 당혹스러울 정도로 달라붙는 시선을 느끼며 루가 고개를 끄덕이자 소녀가 말했다.

"저희 가게에 오실래요? 1층에는 식당이, 2층과 3층은 조용하고 깨끗한 방이 마련되어 있어요. 가격도 저렴하고요."

"얼만데?"

"두 분이 한방에 묵으실 거라면, 하루에 50타리온이요."

"30타리온."

"30타리온이면 남는 게 없어요. 40타리온까지는 해드릴게요."

"30타리온."

"하이고. 귀족분이신 것 같은데 너무 깎으시는 거 아니에요?"

"귀족 아냐."

"정말요? 귀족 같은데."

소녀가 미심쩍다는 시선을 보냈다. 루는 묵묵히 그녀의 시선을 받아 냈고, 소녀는 어쩔 수 없다는 듯 어깨를 으쓱했다.

"알겠어요, 그럼. 30타리온. 어서 우리 가게로 가요."

소녀는 모처럼 잡은 손님을 놓칠 수 없다는 듯, 루의 손목을 잡아끌었다.

소녀는 활발하고 싹싹한 성격이었다. 여관으로 걸어가며 자기 이름은 요나라고, 언니처럼 예쁜 사람은 처음 본다고 말했다.

요나가 말한 여관은 도심에서 조금 벗어난 곳에 있었다. 몇 개의 음식점과 민가 사이에 자리를 잡은 식당 겸 여관. 입지는 나쁘지 않았다. 도심과는 떨어져 있지만 성문과는 가깝다. 골목이 많아서 도망칠 때에도 용이하다.

"아빠, 손님!"

요나가 식당 문을 열고 들어가며 외쳤다.

식당이라기보다는 술집 같은 분위기를 풍기는 가게였다. 맛이 나쁘지 않은지, 점심시간을 막 넘긴 시간인데도 손님들이 눈에 띄었다.

루와 니아가 들어가자 손님들의 시선이 일순간 루에게로 향했다. 그들은 곧 관심 없다는 듯 시선을 돌려 각자의 이야기로 돌아갔다. 루는 미처 깨닫지 못했지만 의심스럽기 짝이 없는 상황이었다.

루와 같은 미인은 보기 드물다. 아무리 도시 사람들이라도, 가게에 미인이 들어왔을 때는 저도 모르게 빤히 바라보기 마련이었다. 하지만 이 식당 안의 손님들은 약속이라도 한 듯이, 아주 잠깐만 루의 얼굴을 확인하고 시선을 뗐다.

"2인실에 묵으실 거래."

요나가 가게 주인에게 말했다. 가게 주인인 요나의 아버지는 요나와 많이 닮았고, 인상이 좋았다.

"어이쿠. 안녕하십니까. 얀신입니다."

그러고 보니 가게 이름이 '얀신의 오두막'이었다.

"불편한 점 있으면 편하게 불러 주세요, 편하게. 방으로 안내

해드리지요."

후덕한 인상의 얀신이 싱글싱글 웃으며 2층으로 올라가는 계단으로 향했다. 루와 니아도 그의 뒤를 따랐는데, 순간 가게 안에 있는 사람들이 루에게 주목했다. 루의 뒷모습을 빤히 응시하던 손님들과 요나가 서로 의미심장한 시선을 주고받으며 씩 미소를 지었다.

*   *   *

넓지는 않아도 깨끗한 방이었다. 번화가와 떨어져 있어서 조용하고 아늑했다.

"방으로 식사를 시킬 수 있을까요?"

편한 시간을 보내라는 말을 남기고 나가려는 얀신에게 물었다. 얀신이 잠시 생각하는 듯하더니 곧 환하게 웃었다.

"물론이지요. 저희 가게는 감자 치즈 그라탱이 특히 맛있습니다. 매운 돼지고기 볶음도 인기가 좋고요."

"그럼 그 두 개 부탁할게요."

얀신이 나간 후, 루와 니아는 크게 한숨을 내쉬며 각자의 침대에 털썩 주저앉았다. 니아는 머리카락과 눈동자 색을 감추느라, 루는 케이의 초상화 때문에 평소보다 긴장해 있던 탓이었다.

"가리고 다니는 것도 보통 일이 아니네요. 케이나 라크가 있었다면 외모 좀 바꿔 달라고 했을 텐데."

"그러게."

"라크는 어디로 가 버린 거예요?"

"모르겠어. 그냥 떠났어."

"꼭 필요할 때는 없다니까."

"머리카락 색을 바꾸는 약이 있다는 얘기를 들은 적이 있는데 하나 구해 볼까?"

"어마어마하게 비쌀 거예요. 500타리온은 한다더라고요."

"비싸긴 비싸네. 그래도 하나 구하는 게 좋을 것 같아. 눈동자 색이야 눈을 감고 있으면 된다고 해도, 머리카락 색은 너무 눈에 띄어. 어차피 가발도 비슷한 가격이니까 염색을 하자. 원하는 색 있어?"

"분홍색?"

"……우리는 눈에 띄면 안 돼, 니아."

"분홍색 머리카락을 가져 보는 게 소원이었는데."

"그래도 안 돼. 다른 색."

"음. 평범한 걸로 해야 한다면 갈색이 최고죠."

"그래, 그럼 갈색 염색약을 구해 볼게."

그런 이야기를 하고 있을 때, 요나가 음식을 가지고 왔다. 음식이 담긴 접시를 테이블에 내려놓는 동안에도, 요나의 시선이 루에게서 떨어지지 않았다. 왜 이러나 싶을 정도로 집요한 시선에 루는 불편해졌다.

"왜 그렇게 봐?"

요나가 흠칫했다.

"아, 아니요. 그냥…… 정말 예쁘신 분이라는 생각이 들어서요. 호호호호."

누가 봐도 어색한 변명에, 루가 살짝 미간을 좁혔다.

'설마 내가 대장의 동행이었다는 걸 알아봤나? 아니, 라판트 시의 소녀가 내 얼굴을 알 리가 없는데.'

루는 창문을 한번 돌아봤다. 무슨 일이 생기면 언제든 도망칠 수 있도록 창문까지의 거리와 안고 뛰어야 할 니아의 무게, 성문까지 도망칠 때의 시간을 계산했다.

"그럼 좋은 시간 보내세요. 필요한 게 있으면 불러 주시고요."

요나가 호호 웃으며 나간 후, 니아와 루는 곧바로 포크를 들었다. 그동안 밖에서 생활하느라 제대로 된 음식을 보는 건 오랜만이었다. 꼭 허기 때문이 아니더라도, 요리는 얀신이 자랑스러워 할 만큼 맛있었다.

정신없이 음식을 먹는 동안, 루는 요나의 의심스러운 태도에 대해 니아에게 말을 할지 말지 고민했다.

'괜히 니아까지 싱숭생숭하게 만들 필요는 없지. 니아는 체력을 회복해야 하니까 일단은 편하게 쉬게 해 주자.'

어차피 수배를 당한 건 케이뿐이니, 니아에게 해가 될 일은 없을 것이다. 만약 경비병들이 잡으러 온다면, 니아는 '협박에 의해 잡혀 왔다.'라고 말하기로 되어 있었다. 니아는 황제에게 도움이 되니, 부당한 대우를 받는 일은 없을 것이다.

니아에게 조금 쉬라고 말해 둔 후, 가게를 빠져나왔다. 거리를 돌아보며 지리를 익히고 염색약을 살 생각이었다.

'대장장이의 도시라더니, 굉장하네.'

번화가 쪽으로 들어오자 무기상과 방어구상이 즐비했다. 예전에는 어땠는지 모르겠지만, 근 50년간은 큰 전쟁이 없었다. 그래서 무기상과 방어구상이 많이 사라졌다. 한 도시에 하나쯤 있을까 말까인데, 라판트 시는 대부분이 무기상과 방어구상이었다.

생전 처음 보는 무기와 방어구에 시선을 빼앗겼다.

루는 무기와 방어구를 하나하나 꼼꼼히 살펴보며 걸었다.

비록 가발이기는 해도 긴 머리를 흩날리며 걸어가는 아름다운 여인은 눈에 띌 수밖에 없었다. 상점가의 사람들이 일손을 놓고 루를 바라봤다.

미모에 대한 자각이 없는 루는 그저 무기를 구경할 뿐이었다. 마침 눈에 들어오는 무기가 있었다. 평소에는 단검인데, 버튼을 누르면 장검으로 바뀌는 방식의 검이었다.

클레이모어 두 자루를 휘두르는 게 어렵지는 않지만, 평소 가지고 다닐 때에 부담스러운 면이 있었다. 거대한 장검 두 자루를 등에 X자 형태로 메고 다니는 건 눈에 띌 수밖에 없는 모양새였다.

이동하는 일이 많아지고 남들 시선을 피해야 하는 상황에서는 휴대하기 쉬운 무기가 최고였다.

루가 관심 있게 살펴보는 걸 눈치챈 무기 상인이, 몸소 그 검을 들고 시연을 했다. 검을 좀 배웠는지 절도 있는 동작으로, 검을 펼쳤다가 접기를 반복했다. 움직일 때마다 짧아졌다가 길어졌다 하는 검을 보니, 점점 더 탐이 났다. 저런 방식이라면 적의 틈을 노리는 데도 도움이 되리라.

'하지만 가격이…….'

검의 가격은 하나에 15실버. 두 자루를 사려면 30실버, 즉 1골드가 필요했다.

현재 수중에 있는 돈은 15실버뿐. 니아에게 돈을 빌리더라도 모자란다. 게다가 앞으로 갈 길이 먼데 여기에 돈을 다 쏟아부을 수도 없다.

단기간에 돈을 벌 수 있는 방법을 찾아야 했다.

'1실버 정도 깎는다 해도 상당히 돈이 필요해. 돈을 벌 만한 일이 없을까?'

무기 상점 앞을 벗어나서 쭉 걸어가다가 또 다시 케이의 초상화를 발견했다. 케이의 수배서 옆에는 살인이나 도둑질을 한, 다른 범죄자들의 현상 수배서도 붙어 있었다.

'흐음. 현상 수배라.'

그러고 보니 현상 수배자들만 본격적으로 사냥하는, 현상범 사냥꾼이 있다고 들었다.

'벌이가 꽤 괜찮다고 들었는데. 대장을 잡으면 5골드로군.'

케이의 현상금은 5골드. 그 옆에 붙어 있는 부녀자 살인범은 1골드였다. 여러 명을 죽인 부녀자 살인범보다 케이에게 높은 현상금이 걸린 이유는, 귀족을 죽였기 때문이리라.

'그렇다고 대장을 잡아다가 넘길 수도 없고. 다른 녀석들을 몇 명 잡아 볼까?'

그런 고민을 하며 한동안 수배서 앞에 서 있었다. 누군가 루의 어깨를 톡톡 건드렸다. 루는 반사적으로 검을 뽑기 위해 어깨 너머로 손을 가져갔다가, 두 자루의 검을 도시 밖에 놔두고 왔음을 떠올렸다.

"돈이 필요한가 보지?"

뒤에서 걸걸한 음성이 들려왔다. 처음 듣는 목소리였다.

루는 뒤를 돌아봤다. 어딘가에서 본 것 같은 외모의 남자 두 명이 싱글싱글 웃으며 서 있었다.

"현상금이라…… 뭐, 나쁘지 않지. 요새 현상범 사냥꾼들 벌이가 쏠쏠하다고 들었거든."

"하지만 너 같은 여자는 이런 일 하기 힘들어. 목숨이 아깝지 않아?"

"현상범들이 어디에 숨어 있을지도 모르는 일이고. 벌이가 좋기는 해도, 운 좋게 현상범을 찾아냈을 때의 일이지. 보통은 못 찾거든. 이런 놈들이 나 잡아 잡수, 하면서 돌아다니는 건 아니니까. 대부분 변장을 하지."

"응, 응. 맞아, 맞아. 쉽지 않지. 정말 운이 좋아야 가능한 일이야. 게다가 찾아내더라도 쉽게 잡을 수가 없어. 현상범 녀석들은 눈치가 빠르거든."

"그럼. 늘 촉각을 세우고 있으니, 자기를 주시하고 있다 싶으면 곧바로 도망을 치거나 갑작스럽게 공격을 해 오지."

"자칭 현상범 사냥꾼이라는 녀석들이 늘 이기기만 하는 건 아니거든."

"대다수가 죽어 나가지. 상대는 진짜 범죄자란 말이야. 사람을 수십 명씩 죽인 범죄자들이 태반이야."

"그중에는 용병처럼 몇 명씩 모여서 팀을 이룬 놈들도 있어. 그런데 그런 가녀린 몸으로 놈들을 상대할 수 있겠어?"

두 남자가 번갈아 가며 쉴 새 없이 떠드는 통에, 루는 대꾸할 기회를 찾을 수가 없었다. 루의 혼을 쏙 빼놓은 두 남자가 서로 시선을 나눈 후, 루를 향해 씩 웃었다.

"그래서 말인데."

"여자가 하기에 썩 괜찮은 일이 있지."

"위험하지도 않고."

"돈벌이도 되는 일."

"시간도 오래 안 걸려."

"어때? 해 볼 생각 있어?"

루는 간신히 정신을 차렸다.

"몸 파는 짓은 안 해."

단호한 루의 말에 사내들이 웃었다.

"뭐야, 그런 일은 소개 안 시켜 주지."

"그런 일을 시킬 거면, 여기서 네 입을 틀어막고, 끌고 가면 그만이야."

"이래 봬도 우리가 한 싸움 하거든."

킬킬 웃으며 말하는 사내들의 모습이 밉진 않았다. 어디서 본 얼굴인가 싶었는데, 얀신의 오두막의 식당에 앉아 있던 자들이었다.

굳이 뒤따라와서 이상한 소리를 늘어놓는 그들이 수상하긴 했다. 하지만 그들에게 질 것 같은 기분은 들지 않았다.

"어디로 가야 되는데?"

"이 근처야."

"도시 안?"

"당연히 도시 안이지."

도시 안이라면 경비병들이 돌아다닐 테니 큰 문제가 생기지도 않을 것이다. 루는 그들을 한번 훑어본 후, 가볍게 고개를 끄덕였다.

라판트 시 경비본부의 경비 대장과 도시 방범에 대한 이야기를 나누고 돌아가는 길. 바홀은 집요하다 싶을 정도로 라일의 곁에 붙어 있었다.

아마도 저번에 루에게 당한 일 때문에, 라일을 혼자 놔두기 불안한 것이리라. 라일은 루가 자신을 죽일 리 없다고 생각했지만, 바홀은 그렇지 않았다. 그는 루에 대한 배신감에 치를 떨었고, 루가 케이를 위해 언제든 검을 겨눌 것이라고 확신하고 있었다.

—케이보다 루가 더 위험합니다. 루는 케이에게 눈이 멀
었어요. 라일 님도 아시잖습니까. 대장에 대한 충성심 때문
에 옳고 그름을 판단하지 못하는 놈들이 있다는 것을.

　바흘의 말은 옳았지만 하나는 틀렸다. 루가 케이에게 품은 마
음은 단순한 충성심이 아니었다. 사랑이었다. 그리고 사랑은 충
성심보다 위험하다. 사랑에 눈이 멀면 옳고 그름뿐 아니라, 그
어떤 것도 보지 못하게 되니까. 단 한 사람만 시야 안에 들어오
니까. 지금의 라일처럼.

　"라판트 시를 샅샅이 뒤져 보고 떠나는 게 좋을 것 같습니다,
라일 님. 이 도시에 몸을 숨겼을 가능성이 높아요."

　바흘의 말을 건성으로 들으며 걷던 라일은, 두 남자의 뒤를 따
라 걸어가는 한 여성을 보았다. 스쳐가듯 지나간, 키가 조금 큰
편인 여자의 옆모습이 루와 많이 닮았다고 생각했다.

　순간 그녀를 향해 손을 뻗을 뻔했다. 바흘이 없었다면 그녀의
뒤를 따라가서라도, 그 얼굴을 제대로 확인했을 것이다.

　'루일 리 없지.'

　그러나 루가 라판트 시에서 표표히 돌아다닐 리가 없다. 라판
트 시는 수도에서 가장 가까운 데다가 곳곳에 케이의 현상 수배
서가 붙어 있다. 어지간한 강심장이 아니고서는, 이런 도시를 누
비고 다니기 힘들 것이다.

　'아니, 루는 강심장인 편이야.'

거기에 생각이 미친 라일이 휙 뒤를 돌아봤지만, 긴 금발의 여인은 보이지 않았다.

＊　　　＊　　　＊

와칸은 아주 곤란한 상황이었다.

기차를 타고 구온 시까지 이동한 후, 말을 타고 쉴 새 없이 달려 남부 시카족 부락에 도착한 것까지는 좋았다. 휴이에게 코가족을 섬멸하는 힘이 필요하다는 서신이 도착한 것은, 시카족 부락에 머문 지 닷새가 지난 시점이었다.

시카족은 부족들을 지켜 줄지도 모르는 쿠반과 와칸에게 아주 호의적이었다. 문제는 쿠반이었다.

"빌어먹을!"

코가족의 거주지까지 걸리는 시간은 3, 4일이 걸린다고 했다. 가는 내내, 쿠반은 욕설을 내뱉었다. 마음 같아서는 뒤통수를 한대 후려치고 싶지만, 내분이 일어났다는 말을 듣고 싶지 않아 꾹 참았다.

"성질머리 좀 줄여, 쿠반."

"빌어먹을!"

"쿠반."

"말이 되냐? 엉? 말이 돼?"

"말이 안 될 건 또 뭐냐?"

"말이 안 되지. 저 시카족 계집은 나랑 결혼을 하게 되어 있다고. 그렇다면 내가 하고 싶다고 할 때 해 줘야 마땅한 거 아냐? 엉?"

그랬다.

수도에 있을 때부터 지금까지, 쥬엔은 쿠반의 잠자리에 응하지 않았다. 잠자리뿐 아니라 쿠반의 손길조차 거부하고 있었다. 구온 시에서와는 딴판인 그녀의 태도에, 쿠반은 충격을 받은 듯했다. 와칸은 쿠반이 충격을 받든 말든, 남의 연애사에 끼어들고 싶지 않았다. 하지만 옆에서 계속 징징거리는 걸 참는 것도 한계가 있다.

"그러게 평소에 좀 잘하지."

"평소에 못한 건 또 뭐냐?"

그걸 몰라서 묻는 걸까?

와칸은 진심으로 쿠반의 정신 상태가 걱정스러웠다.

지금껏 쿠반은 쥬엔에게 다정하게 대해 준 적이 없었다. 오히려 같은 남자라고 알고 있는 루에게 더 다정하다. 쥬엔의 입장에서는 질투가 날 수밖에 없는 일인데도, 그녀는 내색하지 않고 잘 참아 왔다. 루에게 괜한 심술을 부리지도 않았다.

쥬엔은 보면 볼수록 괜찮은 여자다. 쿠반에게는 아까울 정도로.

"게다가 그 족장 말이야. 대체 나한테 뭔 짓을 한 거지?"

"왜?"

"이상하게 불편하단 말이야."

"흐음."

"대장이랑 있을 때보다 더 불편해. 뭔 말을 못 하겠어."

그러고 보니, 쥬엔의 아버지인 시카족 족장과 함께 있을 때의 쿠반은 그답지 않게 긴장하곤 했다.

'어찌되었든 결혼할 여자의 아버지라 긴장하는 건가?'

여자를 사랑해 본 적 없는 와칸이기에, 쿠반의 마음을 잘 알 수는 없지만 주워들은 것은 많았다. 단지 장인이 될 사람이라서가 아니라, 사랑하는 여자의 아버지이기에 잘 보이고 싶다는 마음을 갖게 된 것이리라.

말을 해 줄까 하다가 관뒀다.

그러든가 말든가. 저러다가 차이든가 말든가.

"죽여 버릴까?"

쿠반이 잿빛 눈동자를 빛내며 중얼거렸다.

"뭐?"

"시카족 족장 놈. 죽여 버릴까?"

이제 진짜 못 참겠다.

퍽—

와칸은 쿠반의 뒤통수를, 온 힘을 다해 후려쳤다.

"아프잖아, 이 자식아!"

퍼억—

한 대 더 때렸다.

"너 먼저 죽을래?"

퍼억-

세 대쯤 때리고 나니 기분이 좀 나아졌다. 쿠반은 뒤통수를 문지르며 와칸을 노려봤다.

"이 미친놈아. 정신 좀 차려."

"미친놈은 네놈이야. 친구가 고민을 하는데 왜 때리고 지랄이야, 지랄이!"

"지랄의 의미를 잘 생각해 봐. 모르나 본데, 네놈이 지금 하는 걸 지랄이라고 한다."

"내가 뭘!"

"쥬엔에게 좀 친절하게 대해."

"더 이상 어떻게!"

퍽—

"야, 와칸! 너 진짜⋯⋯!"

"루를 대하는 것의 반만이라도 친절하게 대해 봐. 일단 그 빌어먹을 '시카족 계집'이라고 부르는 것부터 관둬. 쥬엔이라는 이름을 놔두고 왜 계집이라고 부르는 거지?"

"난 원래 계집 이름 안 불러!"

"쥬엔이 그냥 계집이냐? 너랑 곧 결혼할 여자잖아."

"곧 결혼은 지랄. 내가 진짜로 그 계집이랑 결혼을 할 것 같냐? 그런 사나운 계집애는 내 취향이 아니야. 나는 좀 더 야들야들하고⋯⋯."

버럭버럭 외치던 쿠반이 입을 다물었다. 와칸은 슬쩍 곁눈질
을 했다. 나무 사이에, 쥬엔이 서 있었다. 몸에 달라붙는, 검은색
가죽옷을 입은 쥬엔은 나무 그림자에 가려져 잘 보이지 않았다.
아마 쿠반은 쥬엔이 이 근처에 있다는 것을 몰랐을 것이다.

쥬엔은 가만히 쿠반을 응시하고 있었다.

'큰일 났군.'

와칸은 속으로 혀를 찼다.

쿠반의 목소리가 너무 크다 싶었다.

"뭐, 뭘 봐? 난 그저……."

"두 시간만 더 걸으면 코거족의 성에 도착해요. 해가 지기 전
에 도착해야 하니까 이제 그만 출발하죠."

쥬엔이 아무 일 없었다는 듯 담담한 목소리로 말하고는 휙 몸
을 돌렸다. 위로 질끈 묶은 주홍빛 머리카락이 흔들거렸다.

"어이, 시카족 계집."

쿠반이 당황해서 그녀를 불렀지만 쥬엔은 돌아보지 않았다.

퍽—

와칸은 쿠반의 뒤통수를 한 대 더 때려 주고는, 앉아 있던 바
위에서 일어났다.

코거족의 성에 도착하기까지 두 시간. 분위기는 최악이었다.

구온 시에서와 달리, 움직이기 편한 복장으로 머리를 질끈 묶
은 쥬엔에게서는 냉기가 풀풀 흘러나왔다. 돕기 위해 따라온 시

카족들조차도 쥬엔의 눈치를 봤고, 쿠반은 말할 것도 없었다.

쿠반은 이 상황이 몹시 거슬렸다. 왜 이렇게 쥬엔의 눈치를 보게 되는 건지 모르겠다.

다른 때라면 성질을 버럭 내면서 분위기 흐리지 말라고 욕이라도 할 텐데, 어째서인지 그럴 수가 없었다. 다 타 버린 성 앞에 도착할 때까지, 쥬엔은 쿠반에게 단 한 번도 눈길을 주지 않았다.

"이게 어떻게 된 거지?"

시카족 한 명이 중얼거렸다.

"불이라도 났던 것 같은데."

"이 근처에 벼락이라도 떨어졌나?"

"제국 쪽에서 토벌을 왔을지도 몰라."

그런 말이 나올 수밖에 없을 만큼, 코가족의 성은 처참한 모습으로 변해 있었다.

"휴이와 히센은 어디에 있는 거지?"

사태의 심각성을 깨달은 쿠반은, 쥬엔의 눈치를 보는 걸 멈추고 주위를 둘러봤다.

"녀석들도 당한 건 아니겠지?"

"쉽게 당할 녀석들은 아니야. 근처에 있을 거다."

성에 들어가는 건 조금 미루고 주위를 살펴보기로 했다. 남부에서 가장 큰 부족인 코가족의 성이 며칠 사이에 엉망으로 만들어진 이유를 찾아내야 했다.

"어이, 시카족 계집. 위험할지도 모르니까 내 옆에 딱 달라붙어 있어."

쿠반이 말했다. 쥬엔은 역시나 쿠반에게 눈길도 주지 않았다.

"야, 대체 왜……!"

삐친 거야, 라는 말을 하려고 할 때였다.

"쿠반, 와칸!"

귀에 익은 음성이 들려왔다.

"휴이!"

휴이가 풀숲을 헤치며 그들에게 달려오고 있었다. 다친 곳은 없어 보였다.

"쿠반, 와칸. 오랜만이다."

가까이 와서 멈춘 휴이가 쿠반과 와칸의 어깨를 두드리며 말했다.

"히센은?"

"성안에."

"성이 대체 왜 저렇게 된 거냐? 제국군이라도 왔었냐?"

"아니, 대장이."

"뭐?"

"대장이 싹 다 태워 버렸어."

"그게 무슨 말이야?"

주위를 경계하고 있던 시카족들이 하나둘 휴이 곁으로 다가왔다.

"그게 말이야. 며칠 전에 이 근처에서 너희들 오기를 기다리면서 야영을 하고 있었거든. 스프를 끓이고 있었는데…… 알잖냐. 이 근처에 재료가 영 부족해서…….”

“쓸데없는 소리하지 말고, 본론만 말해.”

휴이가 스프에 대한 일장 연설을 늘어놓기 전, 와칸이 단호하게 끊어 냈다. 휴이는 아쉬운 듯 입맛을 다시고는 말했다.

“하여간 대장이 갑자기 순간 이동을 해 왔어.”

“순간 이동이라니.”

“허어. 아직도 그걸 할 수 있는 마법사가 있다고?”

시카족들이 놀랍다는 듯 중얼거렸다.

와칸과 쿠반은 아마도 드래곤의 도움을 받았을 거라고 생각했지만, 굳이 설명해 주진 않았다. 시카족에게는 케이가 강하다고 알려져 있는 편이 낫다.

“딱 도착하자마자, 우리한테 그러더라고. 스프나 먹고 있어.”

“그래서?”

“먹었지.”

“…….”

“히센이랑 같이 스프를 먹고 있는데, 갑자기 불이 치솟더라고. 성 전체에. 순식간이었어. 싹 다 태우고 돌아오시더니 그러더라.”

“……스프 한 그릇 달라고?”

“응.”

“하아, 대장.”

와칸은 한숨을 내쉬었다.

코가족에게 성이 있다는 말을 들었을 때, 내심 쾌재를 외쳤다. 최대한 성을 훼손하지 않는 방향으로 싸워 이긴 후, 그 성을 본거지로 삼을 작정이었다. 물자도, 돈도 부족한 상황이니 마침 잘되었다고 생각했는데 케이가 다 망쳐 버렸다.

"하여간 안으로 들어가자. 대장이랑 히센이랑 다들 안에 있어."

휴이가 먼저 성 쪽으로 걸음을 옮겼다.

"뭐 남은 것 좀 있냐?"

쿠반이 물었다.

"아니, 아무 것도. 어찌나 깔끔하게 태우셨는지, 건물들이 손만 대면 부스러진다."

"대체 왜! 대장은 생각이 없는 거야? 성을 활용할 방법을 해야지! 싹 다 태워 버리면 어떻게 하란 거야?"

가장 생각이 없는 쿠반에게 저런 소리를 듣다니. 케이의 위신도 땅에 떨어졌다.

"대장은 대체 왜 그랬대? 계획이 있는데도 갑자기 여기로 날아온 이유는 뭐고? 설마 루한테 고백이라도 했다가 대차게 까였대?"

"……응."

"……뭐?"

"응, 그러신 것 같아."

쿠반이 벌린 입을 다물지 못했다. 농담처럼 던진 말인데, 휴이의 반응이 심상찮을 만큼 진지했던 것이다.

"설마…… 정말?"

"응."

"정말, 정말? 진짜로? 그렇대?"

"대장이 딱 잘라 그렇다고 대답하신 건 아닌데…… 답을 못 하시더라고. 맞는 말이니까 그런 거 아니겠냐?"

"하지만 루는 남자잖아."

쿠반이 멍하니 중얼거렸다.

"어, 남자지."

"대장은 남자 싫어하잖아."

"어, 싫어하지."

"그럼 루는 여자야?"

"그럴 리가 있냐?"

"그, 그렇지?"

"미치겠다. 루가 어지간한 여자들보다 예쁘기는 하지만, 그래 도 사내 녀석인데…… 대장한테 고백 받는 기분이 끔찍하기도 했을 거야."

"루가 어디로든 꺼지라고 했을까?"

"그럴지도."

"그래서 꺼져 주는 김에 이쪽으로 와서, 성을 본거지로 삼자는 우리의 계획을 망쳐 버린 거고?"

"아마도?"

"대장 때문에 되는 일이 없네?"

"그렇지."

"우리 계획을 엉망진창으로 만드는 건, 오르딘 공작 놈이 아니라 대장이네?"

"아무래도…… 그렇지."

"대장이라고 하나 있는 분이 저러시니, 우린 망했네?"

"일단 망했다고는 생각하고 있어. 그래도 어쩌겠냐. 대장을 배신할 순 없으니까."

"가는 길이라도 편안하도록 끝까지 붙어 있자, 그건가?"

"아니면 오르딘 공작 놈한테 붙든가."

"오르딘 공작 놈은, 적어도 일을 이렇게까지 망치진 않겠지?"

"응."

"거 고민되네."

휴이와 쿠반이 케이를 불쌍할 정도로 욕하는 동안, 와칸은 속으로 한숨을 삼켰다. 루에 대한 케이의 마음을 모르는 건 아니었지만, 이런 일이 생길 줄은 몰랐다. 고백을 하고 차였다고 도망을 치다니.

'대장, 대체 어쩔 생각이십니까.'

*　　*　　*

사내들이 루를 데리고 간 곳은 도시 중심에서 조금 벗어난 곳에 있는 어느 집이었다. 너무 넓지도, 좁지도 않은 4층짜리 건물. 나무로 만든 육중한 문에는, 사자 얼굴 모양의 문손잡이 장식이 달려 있었다.

안에서는 작게나마 드륵, 드륵 시끄러운 소리가 흘러나오고 있었다.

여차하면 도망칠 길을 찾아보는 루를 놔두고, 사내들이 문고리로 문을 두드렸다.

땅땅땅—

"누구얏?"

안에서 새된 음성이 들렸다. 드륵거리던 소리가 멎었다.

"여자를 하나 데리고 왔는데요."

남자 한 명이 루를 흘깃 쳐다보며 문에 대고 대답했다.

"여자? 상급이야?"

"최상급이요."

사람의 급을 나누다니.

'어째 불안한걸.'

상급, 최상급 등으로 여자의 가치를 나누는 가게는, 유곽밖에 없다.

'역시 몸을 파는 일인가?'

아무리 돈이 급하다고 해도, 그런 일만큼은 하고 싶지 않았다. 낯선 사내의 손이 몸을 더듬는 걸 상상하는 것만으로도 소름이 돋았다.

'도망쳐야겠군.'

막 돌아서려 할 때였다.

벌컥—

문이 양쪽으로 활짝 열렸다.

그 안에서 나온 사람의 모습에, 루는 도망치려던 자세 그대로 굳어 버렸다.

남자? 아니면 여자?

성별을 가늠할 수 없는 인물이었다.

그는 2미터는 넘을 듯한 장신에 호리호리한 체구였고, 긴 머리를 뒤로 질끈 묶고 있었다. 그렇게만 보면 사내 같은데, 짙은 화장을 했다. 눈썹을 얇게 다듬었고, 눈 화장이 진한데다가 새빨간 립스틱까지 발랐다. 옷은 하늘하늘한 블라우스에, 다리 근육이 드러날 정도로 딱 달라붙는 재질의 검은 가죽 바지. 종아리를 가리는 갈색 부츠를 신었다. 손가락에서 반짝반짝 빛나는 여러 개의 반지에 눈이 부셨다.

"애야?"

그가 루에게 시선을 던지며 물었다.

그의 시선이 루의 몸을 꼼꼼히 더듬었다. 이 도시에 처음 왔을 때 만난 요나, 지금 같이 있는 두 남자가 루를 볼 때와 비슷한 눈길이었다.

루의 머리 꼭대기부터 발끝까지 꼼꼼히 살핀 그의 입가에 미소가 떠올랐다.

"어머, 어머. 어디서 이런 최상급을 구했대?"

아무리 봐도 남자인 그는, 여자 같은 말투를 사용했다. 루는 다른 의미로 팔뚝에 소름이 돋는 걸 느꼈다. 사내의 손길이 닿지 않아도 이렇게 소름 끼칠 수 있다는 걸 처음 알았다.

"얀신네 가게 손님이에요. 여행객이래요."

"호오. 그래? 이 도시엔 얼마나 머무를 거고?"

이번에는 남자들도 루를 쳐다봤다. 대답을 기다리고 있는 듯하여, 루는 간신히 목소리를 쥐어짜 냈다.

"오래는 안 있을 거야."

"흐응, 그래? 그거 아쉽네. 이왕이면 전용으로 삼고 싶은데. 일단 들어와."

절대 들어가기 싫다.

루는 슬금슬금 뒷걸음질을 쳤지만, 그가 루의 손목을 꽉 붙잡고 눈을 맞췄다.

"어딜 도망가? 너 같은 애는 찾기 힘들어. 얼른 들어와."

"아니, 저기……."

"어렵게 구했어. 절대 도망 못 쳐."

루는 그를 가만히 응시했다. 질 것 같지 않다. 하지만 다른 의미로 지게 생겼다. 그의 새초롬한 눈빛과 앙 다문 입술이, 루를 진저리 치게 만들었다.

"이 손 놔."

루가 차갑게 말했다.

"그럴 순 없지. 다들 돌아가 봐, 사례는 얀신한테 보낼게."

그는 루를 무시하고 사내들을 향해 말했다.

"최상급이니까 비싸게 쳐줄 거지?"

"당연하지."

사내들이 킬킬 웃으며 그곳을 떠났다.

'사례를 얀신에게 보내겠다니. 그 가게가 인신매매범들의 소굴이었던 건가?'

심장이 쿵 내려앉았다.

'니아가 혼자 있는데, 어떡하지?'

"내 이름은 하라멜라 카진크 베르테닌 유슬이야."

루를 억지로 끌고 들어가며, 그가 자기소개를 했다. 머리가 좋지 않으면 외우기 힘들 정도로 긴 이름이었다.

"그리고 나는……."

건물 안으로 루를 끌어들인 그가 루의 손목을 놔주더니, 연극 배우처럼 두 팔을 양쪽으로 넓게 벌렸다.

"이 대륙에서 가장 뛰어난 방어구 장인이야."

그제야 루는 주위를 둘러볼 여유를 갖게 되었다.

넓은 건물 내부 곳곳에는 방어구를 만들기 위한 기계들이 놓여 있고, 잘 만들어진 방어구들이 진열되어 있었다. 그리고 그곳의 종업원으로 보이는 사람들이 열심히 무언가를 만들고 있었다.

방어구라고 하면, 대장간에서 철을 손질해 갑옷을 만드는 것이라고만 생각했기에, 이색적인 그곳의 광경이 놀라울 수밖에 없었다. 루는 눈을 휘둥그레 뜨고 사람들과 기계들, 그리고 갑옷들을 구경했다.

그런 루의 모습이 만족스러운 듯, 하라멜라 카진크 베르테닌 유슬은 우아한 미소를 지었다. 그는 흘러내린 머리카락을 귀 옆으로 넘기며 말했다.

"예전에는 무거운 쇠로 만든 갑옷이나 질긴 가죽으로 만든 방어구를 착용했었지. 하지만 세상이 변했어. 기계가 생기면서 사람들은 좀 더 편리한 것을 찾기 시작한 거야."

그가 루의 손목을 잡고 걷기 시작했다. 생각지도 못한 곳에 들어오는 바람에 맥이 빠진 루는, 그가 이끄는 대로 따라 걸었다.

그는 2층으로 향하는 계단을 올라가며 말했다.

"쇠로 만든 갑옷을 입고 벗는 건 힘들어. 누군가 도와주지 않으면 입는 데만 오랜 시간이 걸리지. 갑옷을 입다가 적의 검에 맞아 죽을걸."

전쟁터에서 갑옷을 벗는 일은 거의 없을 거라고 생각했지만, 루는 반박하지 않고 그의 이야기를 들었다.

"가죽 방어구는 입고 벗기 편하고 가볍지만 그만큼 방어구로써의 역할을 제대로 해내지 못해. 그렇다고 예쁘지도 않고."

2층은 여러 개의 방으로 나뉘어 있었다. 그는 어느 방문을 열고 루를 데리고 들어갔다. 그의 사무실인 듯, 커다란 책상 위에는 갑옷을 스케치한 그림이 여기저기 널려 있었다. 그는 루를 소파에 앉히고 말했다.

"이제 세상은 평화로워. 평화로운 세상에서는 방어구도 패션이지. 그렇다고 해서 방어구의 기능을 상실하면 안 돼. 가볍고 예쁘고 편리하지만 강한 방어구. 나는 그런 걸 만들고 있어."

맞은편에 앉은 그는 긴 다리를 꼬고 루를 향해 미소를 지었다. 멍하니 그를 응시하던 루가 입을 열었다.

"음, 저기. 하라멜라 카진크 베르테닌……."

"텐이라고 불러."

"아, 그래. 텐. 음, 그래서…… 나랑 뭘 하고 싶은 건데?"

"어머, 건방진 아가씨네. 난 얼굴값 하는 아가씨를 아주 좋아해."

텐이 입을 가리고 호호 웃어서, 루는 도망치고 싶어졌다.

"이름이 뭐야?"

"……엘라."

가짜 이름을 가르쳐 줬다.

"엘라. 좋아. 이름도 마음에 들어."

"나랑 뭘 하고 싶은 건지나 말해."

"성격 급한 아가씨도, 나는 아주 좋아해."

호호 웃는 텐을 한 대 때려 줘야 할지, 루는 진지하게 고민하기 시작했다.

"원래 패셔너블한 방어구는 내가 가장 먼저 만들기 시작했어. 하지만 늘 그렇듯, 세상 모든 천재들은 멍청한 범인들의 도전을 받곤 하지. 다른 방어구 장인들이 나를 따라 하기 시작한 거야. 패셔너블한 방어구를 만드는 장인들이 늘어나기 시작하면서 1

년에 두 번씩 대회를 열게 되었어."

"대회?"

"이름하야, '하늘에서 반짝반짝 빛이 나라, 방어구여.'라는 대회."

하늘에서 빛이 나려면 먼저 죽어야 하지 않을까, 생각했지만 구태여 그 부분을 지적하진 않았다.

"처음에는 검사들이 방어구를 착용하고 일대일로 대결을 하는 토너먼트 경기였거든. 그런데 1위를 한 검사가 입은 갑옷보다 예쁘고 잘생긴 녀석들이 입은 갑옷이 더 잘 팔리기 시작한 거야. 그래서 대회가 아니라 패션쇼가 되었지. 최근에는 대결하는 시늉만 할 뿐, 너도나도 몸매가 되는 모델들을 찾느라 야단이야."

"흐음."

"내가 만든 방어구들은 예쁘기도 하지만 최고로 단단하기도 해. 그런데 작년에는 방어 기능이 전혀 없는 갑옷이, 단지 모델이 예쁘다는 이유로 1위를 했지 뭐야. 나는 아주아주 기분이 상했어."

나도 당신 말투 때문에 기분이 상해, 라는 말은 물론 하지 않았다.

"나는 방어구 역시 튼튼해야 한다고 생각해. 내 방어구는 세계 최고거든. 하지만 시대가 예쁜 모델을 원한다면 따라 줘야겠지."

그가 테이블 너머로 몸을 기울이더니, 팔을 쭉 뻗어 왔다. 그의 커다란 손이 루의 손 위에 겹쳐졌다. 그는 루를 똑바로 응시하며 말했다.

"내 모델이 되어 줘."

"싫어."

루가 딱 잘라 거절했다.

모델이라니. 절대 안 된다. 도망자 주제에 눈에 띄는 짓을 할수는 없다.

"왜? 내 방어구는 최고야. 가볍고 예쁘고 강하기까지 해. 그어떤 검도 내 방어구를 뚫지 못할 거야. 그걸 입고 대회에 나가면 모두가 널 주목할걸."

바로 그 부분이 싫은 거다.

"너처럼 예쁜 여자애는 찾기 힘들어. 키도 크고 팔다리도 길고. 그 어떤 모델들을 데리고 와도 네가 제일일 거야. 걱정하지마. 대회라고는 해도 실제로 싸우는 건 아니니까. 적당히 검을휘두르기만 하면 돼. 진짜로 공격받는 건 아냐. 검술을 몰라도할 수 있어."

검술은 그리 문제가 되지 않았다. 현재로썬 그 누구를 상대해도 질 것 같지 않다.

"대회는 내일모레부터 이틀간이야. 예선이 끝나고 나면 다음날 곧바로 본선 진출. 본선으로 진출하는 건 여덟 명. 둘씩 대결해서 이긴 자가 한 번 더 겨루고, 마지막으로 결승전을 치른 후에끝이 나. 끝나고 나서 우승자와 방어구 장인이 함께 대회장을 쭉돌면 완전히 끝나는 거야. 절대로 무섭지도 않고 어렵지도 않아."

물론 무섭지도 않고 어렵지도 않지만, 곤란한 일이다. 라판트 시는 수도에서 가장 가까운 도시다. 그런 곳에서 얼굴을 드러내는 일을 할 수는…….

"4골드 줄게."

"좋아."

4골드라는 단어가 루를 사로잡았다. 루는 이것저것 따질 것 없이 수락하고 말았다.

4골드라니.

검을 사고도 3골드가 남는다. 3골드가 있으면 적어도 구온 시까지는 편안하게 갈 수 있을 것이다.

'그래, 뭐. 여장도 했고, 수배를 당한 건 대장뿐이니까 내가 위험한 일이 생기진 않겠지. 여차하면 도망치면 되는 거고.'

돈 앞에서, 루는 약해지는 수밖에 없었다.

"계약금으로 반을 줘."

하지만 아주 바보가 된 건 아니었기에, 루는 텐에게 말했다.

"그리고 이왕이면 얼굴이 잘 드러나지 않는 방어구를 입게 해 줘."

"계약금 반을 주는 건 어렵지 않지만 얼굴이 잘 안 드러나는 건 안 돼. 그 얼굴이 필요하다고, 나는."

"이 얼굴 없어도, 당신의 방어구를 최고로 만들어 줄 수 있어."

루가 단호하게 말했다.

"누구도 당신의 방어구에서 눈을 떼지 못하도록 해 줄게. 이 얼굴이 꼭 필요하다면 우승을 한 후에 대회장을 거닐 때 드러내면 되잖아."

그때가 되면 계약은 완료된 후고 도망치기도 용이하다.

"글쎄. 물론 네 몸매가 좋긴 하지만, 그 얼굴을 드러내지도 않고 우승을 할 수 있을까? 이러니저러니 해도 우승까지 가려면 검을 사용해야 돼. 예쁜 모델들 같은 경우는, 관객들이 대회장이 떠나가라고 응원을 하거든. 그 응원 소리가 커질수록 위로 올라갈 확률이 높아지는 거고."

"요는…… 심사 위원과 관객 점수도 많이 따야 한다는 건가?"

"그렇지."

"내가 만약 압도적으로 상대를 이긴다면?"

"그럼 심사 위원도 어쩔 수 없겠지. 하지만 그러려면 검을 제대로……."

"걱정 말고 계약금이나 내놔. 누구도 반박할 수 없는 승리를 차지해 줄 테니까."

＊　　＊　　＊

텐과 계약서를 작성한 후 계약금을 받아들고 나온 루는, 무기 상점에 들러 봐 뒀던 검 두 자루를 구입했다. 강도는 어떤지 모르겠지만 가볍고 날카로웠다.

무기상은 루에게 사용 방법을 가르쳐 주었다. 손잡이에 있는 버튼을 한 번 누르면 길어지고, 두 번 빠르게 누르면 더 길어지고, 길게 한 번 누르면 원래의 길이로 돌아온단다.

괜찮은 무기를 구입했더니 기분이 좋아졌다. 당장이라도 사용해 보고 싶지만, 눈에 띄는 짓을 할 수는 없었다. 어두워지면 성벽을 넘어 숲에 가서 사용해 봐야겠다. 니아가 쓸 염색약과 니아의 몸에 맞는 옷까지 구해서, 즐거운 마음으로 얀신의 오두막으로 돌아갔다.

"텐의 모델이 되어 주기로 하셨다면서요?"

도도도 달려온 요나가 눈을 반짝반짝 빛내며 물었다.

"소문 빠르네."

"손님을 보는 순간, '아, 이분이다!'라고 생각했었어요. 눈부신 미모, 풍만한 가슴, 잘록한 허리, 긴 다리. 텐의 방어구를 최고로 아름답게 만들어 주실 거예요, 손님은."

"하하."

"텐의 방어구는 최고예요. 후회하지 않으실 거예요. 손님은 엄청 유명해져서, 앞으로도 다른 방어구 장인들이 모델로 삼으려고 할걸요. 그때가 되어도 텐을 배신하시면 안 돼요."

"그럴 일 없어."

앞으로 따위는 없다. 모델을 하는 건 이번으로 끝이다. 사람들 앞에서 재주를 부리는 일을, 두 번이나 할까 보냐.

니아는 창가에 앉아 밖을 내다보고 있었다.

"니아, 머리 염색하자."

"즐거운 것 같아요, 루."

"어떻게 알았어?"

"목소리가 들떴어요."

"응, 괜찮은 무기를 구했거든."

"흐응."

"이리 와. 염색해 줄게."

니아는 순순히 창틀에서 내려와 루에게 다가왔다. 머리를 짧게 자른 그녀는 고개를 바짝 올려 루를 빤히 응시했다. 니아가 앞을 볼 수 없다는 걸 알면서도, 괜히 긴장이 됐다. 그녀는 마치 눈이 보이는 것처럼 행동했기 때문이다.

"돈은 어디서 났어요?"

"응?"

"검을 살 돈 말이에요. 어디서 난 거예요? 이곳에서 검을 사려면 꽤 많이 필요했을 텐데. 내가 알기로 당신은 그리 돈이 많지 않았거든요."

"아, 그게……."

니아의 매서운 질문에 말문이 막혔다.

"설마 당신, 위험한 일을 하기로 한 건 아니겠죠?"

"위험한 일?"

"용병 일이라든가, 그런 거요."

"아…… 그러네. 용병 일이 있었구나."

큰 도시에는 하나씩 용병 길드가 있다. 토스카는 신분을 위장

하기 위해, 구온 시에 있을 때에 가터 백작의 도움으로 용병패를 하나씩 받았다. 용병패가 있으면 용병 길드에 들어온 의뢰를 맡을 수 있다.

"그런 위험한 일은 아냐."

"거짓말."

"진짜로."

"나는 눈이 안 보이지만 감은 좋아요. 목소리만 들어도 거짓말을 하는지, 진실을 말하는지 알 수 있다고요. 무슨 일을 하기로 한 거예요, 루?"

"……모델."

"모델?"

생각지도 못한 말이었는지 니아가 미간을 좁혔다.

"방어구 모델을 해 주기로 했어. 일단 머리 염색부터 하자."

루는 니아의 머리를 염색해 주며 아까 있었던 일을 설명했다. 이야기가 끝날 때까지 끊지 않고 듣던 니아가 크게 한숨을 내쉬었다. 외모는 영락없는 어린아이인 니아가 어른스럽게 행동하는 모습을 보는 게, 루는 좋았다.

"바보 같아요, 루. 그건 용병 일보다 더 위험하잖아요. 당신은 얼굴이 드러나면 안 되는 상황이에요. 그러다가 당신 얼굴을 아는 자가 신고라도 하면 어쩌려고 그래요?"

"하지만 4골드를 준대."

"4골드."

"검과 염색약, 네 옷을 사고도 2골드가 넘게 남았어."

"……그렇군요."

4골드는 예언가 소녀도 약하게 만들었다.

"쉬운 선택은 아니었겠군요."

"응. 하지만 어쩔 수 없는 선택이었어."

"하아. 이럴 줄 알았으면 돈 좀 더 챙겨 올걸 그랬나 봐요."

"아니야. 이번 일로 번 돈으로도 구온 시까지는 편하게 갈 수 있을 거야. 정 모자라면 용병 길드에서 일을 받으면 되는 거고."

"그야 그렇지만. 당신에게 짐만 되는 것 같아서 미안해요, 루."

"그런 걸 왜 미안해해. 모델 일이 끝나는 날에는, 너도 대회장으로 나오도록 해. 여차하면 도망쳐야 하니까."

"알겠어요. 조심해요."

"응. 혹시라도 내가 늦은 시간까지 들어오지 않으면 혼자라도 도망쳐. 알겠지?"

"누차 얘기하지만 난 도망치지 않아도 돼요. 황제의 총애를 받는 몸이거든요."

"아아, 그렇지."

"내 걱정은 하지 말고, 당신이나 잘 도망치도록 해요."

염색을 하는 데는 1시간이 걸렸다. 연보라색이었던 머리카락이 갈색으로 변하니, 니아의 인상이 확 달라 보였다. 니아는 수줍음 많은 소년 같은 분위기가 되었다.

"옷도 사 왔어. 나중에 입어 봐."

"고마워요."

니아의 머리를 쓱쓱 쓰다듬었다. 저도 모르게 한 행동이었다. 니아가 자기보다 나이가 많다는 걸 깨닫고 아차 싶었지만, 그녀는 기분 나쁜 기색 없이 미소를 지었다.

＊　　　＊　　　＊

시카족 족장인 뮈르는 하루 늦게 코가족의 성에 도착했다. 그제야 케이는 도시 쪽의 상황을 설명했다.

"그럼 대장. 성을 망친 것도 모자라서 수배자까지 된 거유?"

쿠반이 불퉁거리는 말투로 물었다. 코가족의 성을 잘 꾸며서 편하게 지낼 예정이었던 쿠반은, 계획이 어긋나자 기분이 상한 상태였다. 그건 다른 부하들도 마찬가지였다.

"거기다가 루를 버리고 오셨고?"

그동안은 뻔뻔한 자세를 유지하던 케이가, 루의 이름이 나오자 움찔했다. 그걸 본 부하들은 속으로 한숨을 삼켰다. 이름만 나와도 벌벌 떨 정도로 깊은 상처를 입다니. 우리 대장, 조금 불쌍하다.

"라크 덕분에 원하는 대로 마법을 사용할 수 있게 됐다. 마력을 다시 모으는 데는 시간이 걸리지만, 예전처럼 옴짝달싹 못 하는 상태는 아니지. 굳이 귀족 작위 같은 거 받을 필요 없어."

"물론 작위야 필요 없겠지. 하지만 살 곳은 있어야 할 것 아니요. 그나마 살 만한 곳을 이렇게 망가뜨렸으니, 거점을 잡는 데만도 일 년이 넘게 걸릴 거유."

"대장은 공격 마법 위주니까 건물을 세워 달라고 할 수도 없고."

휴이가 쿠반을 거들었다.

"공격 마법을 쓰면 다른 마법은 못 쓰는 거야?"

히센의 질문에 와칸이 고개를 저었다.

"아니. 사용할 수는 있지만, 보통 특화된 마법을 더 잘 사용할 수 있지. 대장은 성정이 거칠고, 잔혹하고, 옹졸해서 공격 마법을 가장 잘 사용해. 남을 품어 준다든가 보호해 주는, 아량을 베푸는 마법에는 약하지."

족장을 하늘처럼 여기는 시카족들에게, 토스카 단원들의 태도는 경악을 안겨 주었다. 토스카 단원들은 자신들의 대장을 놀리고 짓밟는 데 혈안이 된 것처럼 보였다. 심지어 가장 우직할 것 같은 와칸까지도.

그들을 더 놀라게 한 것은, 부하들의 놀림을 받아들이는 케이의 태도였다. 성정이 거칠고, 잔혹하고, 옹졸하다는 그는 의외로 부하들의 행동에 덤덤한 반응을 보였다.

토스카의 대장은 도무지 가늠하기 힘든 인물이라고, 시카족들은 결론을 내렸다.

*   *   *

"거점으로 삼을 만한 곳이 아주 없는 건 아닌데 말이야."

파이프로 담배를 피우며 이야기를 듣던 뮈르가 끼어들었다. 거부하기 어려운, 낮은 울림을 가진 음성이었다.

시카족 족장인 뮈르는 체구가 작은 백발의 노인이었으나, 눈매가 매섭고 존재감이 있었다. 호리호리한 몸은 근육으로 덮여 있고, 손바닥은 굳은살로 단단했다.

"작은 호랑이께서 그곳을 차지할 수 있을지 모르겠구먼. 위험한 곳이라서 말이야. 이곳 부족들이 거기를 차지하려고 애썼는데 아무도 성공하질 못했거든."

은근히 케이를 도발하는 말이었지만, 케이는 걸려들지 않았다. 그는 뮈르를 향해 담담한 시선을 던졌다.

"어디지?"

"잠깐만요, 아버지."

쥬엔이 나섰다.

"거긴 안 돼요. 거긴 정말로 위험해요."

다른 시카족들도 서로 눈빛을 교환하며 수군거렸다. 마법이라든가, 드래곤, 죽음 같은 단어들이 튀어나왔다. 분위기로 보아 심상치 않은 곳 같았다.

묵묵히 뮈르의 대답을 기다리던 케이가 다시 한 번 물었다.

"어디지?"

"안 돼요, 케이. 아무리 당신이라도 거기는 무리예요. 거기는

금지된 땅이에요. 누구도 들어갈 수 없어요. 당신을 자극하기 위
한 말이 아니에요. 관두는 게 좋아요."

"말해, 쥬엔."

케이가 낮은 목소리로 명령했다. 족장의 딸에 대한 케이의 말
투가, 시카족의 마음에 안 드는 듯 눈빛이 험악해졌다. 하지만
누구도 케이에게 덤비지 못했다. 부하들이 놀림을 당하기는 해
도, 케이는 코거족의 성을 단숨에 파괴한 자였다.

쥬엔은 어쩔 수 없다는 어깨를 으쓱하고는 말했다.

"동쪽 정글 깊은 곳에 들어갈 수 없는 땅이 있어요."

"들어갈 수 없는 땅? 아, 혹시 타우아문의 잊힌 땅을 말하는
건가?"

"당신도 아는군요. 맞아요, 그 땅이에요."

"그저 전설인 줄로만 알았는데 진짜로 있었나?"

"그래요."

타우아문의 잊힌 땅.

대대로 왕의 자녀는 쌍둥이로 태어나는 나라 타우아문. 위험
한 정글 깊은 곳에 있어서 외부의 침략을 받지 않아, 빠른 발전
을 했던 나라.

타우아문의 왕은 절대로 해서는 안 될 일이 하나 있었는데, 자
신의 자녀를 죽여서는 안 된다는 금기였다.

왜 그런 금기가 생겼는지, 어째서 왕은 쌍둥이만 낳게 되는지
는 전해지지 않았지만, 타우아문의 왕들은 결코 자녀를 죽이지

않았다. 왕이 국가를 위해, 혹은 자신의 만족을 위해 자녀를 죽이는 일은 심심치 않게 일어나는 일이지만, 타우아문은 나라가 세워진 이후로 그런 일이 한 번도 벌어지지 않았다.

타우아문의 몇 대 왕이었던가. 쌍둥이가 태어났는데, 한 명은 아름다운 외모를 가졌으나 다른 한 명은 끔찍한 몰골을 가지고 태어났다. 도저히 눈을 뜨고 볼 수 없을 만큼 흉물스러운 외모에, 민심이 술렁거릴 지경이었다.

자라나면서 점점 괴물 같아지는 아들을 보다 못한 왕은, 결국 사람을 지켜 아들을 죽이고 말았다. 그와 동시에, 타우아문은 멸망했다.

"……는 이야기가 전해지죠."

"멸망의 이유는?"

"자세하게는 몰라요. 다만, 그 땅은 들어갈 수가 없어요. 정글을 걷다 보면 들어갈 수 없는 곳이 나와요. 무언가가 앞을 막고 있죠. 예전에 남부로 내려오는 사람들이 많았을 때는, 가끔 용기 있는 마법사나 검사가 억지로 그 안에 들어간 적이 있어요."

"어떻게 됐지?"

"몰라요. 두 번 다시 그들을 볼 수가 없었대요."

"흐음."

"타우아문이 멸망한 지 200년은 됐을 거예요. 운 좋게 그 안에 들어간다고 해도, 그 나라의 성과 건물이 건재할 리 없어요. 어쩌면 그 땅에 들어가지 못하게 되면서 전부 다 무너졌을지도 모르고요."

"입지가 좋다고 했지? 외부의 침략을 받지 않는 곳."

"아무래도 군대를 이끌고 들어가기는 힘든 곳이죠."

"그렇군."

케이가 가볍게 고개를 끄덕이곤 생각에 잠겼다. 그는 검지로 허벅지를 톡톡 두드리며 이것저것 따져 본 후 말했다.

"거기를 우리의 거점으로 삼자."

*　　　*　　　*

오르딘 공작과 카에는 티그리스의 땅 어느 곳에 위치한 커다란 건물 안으로 들어갔다. 사람의 발길이 잘 닿지 않는, 황량한 평야에 위치한 건물이었다. 잿빛 건물 안에서는 기이한 소리가 새어 나오고 있었다.

안으로 들어가자마자 풍기는 고약한 냄새에, 카에는 인상을 찌푸렸다. 하지만 곧 그 표정을 감추고 부드러운 미소를 지었다.

건물 안은 평범했다. 낡은 가구가 놓인, 평범한 민가처럼 보였다.

카에는 엉덩이를 흔들며 안으로 들어가, 발로 바닥을 쿵쿵 굴렸다. 그러자 아무 것도 없던 바닥에 파란색 문양이 그려지더니, 아래로 내려가는 계단이 생겼다. 기이한 소리는 그곳에서 흘러 나오고 있었다.

어두운 계단이었다.

카에가 먼저 엉덩이를 흔들며 계단을 내려갔고, 오르딘 공작이 그 뒤를 따랐다. 계단은 깊은 곳까지 이어져 있었고, 그 끝에는 단단한 돌벽이 있었다.

카에는 돌벽을 주먹으로 쿵쿵 두드렸고, 그러자 또다시 파란색 문양이 그려지며 육중한 철문이 모습을 드러냈다. 카에는 그 문을 열고 오르딘 공작이 먼저 들어가기를 기다렸다.

오르딘 공작은 안으로 들어가 주위를 둘러봤다.

그곳은 티그리스가 비밀리에 만든 마법 연구소였다.

그 안에는 연구 중인 몇 명의 마법사가 있고, 연구용 테이블 위에는 정체를 알 수 없는 시약들이 널려 있었다.

마법사들이 일어나 오르딘 공작와 카에에게 허리를 굽혀 인사했다. 그중에는 새로운 검은 호랑이인 카에가 마음에 안 드는 듯 미간을 좁힌 자도 있었지만, 카에는 신경 쓰지 않았다.

"어떻게 되고 있지?"

오르딘 공작이 물었다.

"전과 같은 상황입니다. 지속이 되지 않습니다."

마법사 한 명이 굽실거리며 대답했다. 오르딘 공작의 표정이 어두워졌다.

티그리스의 마법사들은 오르딘 공작의 명령으로, 인간을 변형시키는 마법 약을 연구하고 있었다. 봉인된 마법을 풀 수 있는 케이를 찾아내지 못할 경우 사용하기 위한 약. 고통을 느끼지 못

하는, 강한 힘을 가진 인간을 만들어 내는 약이었다.

"세다가 얼마 전에 연구용으로 잡아 둔 놈들이 탈출을 했습니다. 연구 재료가 부족합니다, 공작님."

"그래? 어떻게 탈출을 한 거지? 평범한 인간은 여기서 탈출하기가 쉽지 않을 텐데."

"마법 도구를 가진 놈이 있었던 게 아닌가 싶은데……."

"아스의 소행은 아니겠지?"

"네, 아닐 겁니다. 만약 놈이 이곳을 안다면 싹 태워 버렸을 테니까요."

"그 정도로 강한가? 이 건물 하나를 통째로 날릴 수 있을 만큼?"

"……아마도요. 물론 티그리스의 땅에서 멀리 벗어나서 마력을 채우는 게 쉽지 않으니, 예전처럼 강하지는 않겠지만……."

"흐음. 뭐, 재료들이야 나가서 잡아 오면 되는 거다. 연구나 제대로 하도록 해. 최대한 빠르게 완성시켜라. 정 안 되면 차선책이라도 연구하고."

"알겠습니다."

답답하다는 표정으로 휙 돌아선 오르딘 공작이 한 팔로 카에의 어깨를 끌어안았다. 그는 그녀의 가슴을 움켜쥐고 연구실에서 나왔다.

"죄송해요, 공작님. 제가 좀 더 똑똑했더라면 연구를 잘 진행시킬 수 있었을 텐데."

"됐다. 너무 똑똑한 것보다는 지금이 딱 좋아. 똑똑한 놈들은 반항을 하거든."

"후후. 제가 공작님께 반항할 리가 있나요."

카에는 생글생글 웃으며 오르딘 공작의 뺨에 입을 맞췄다. 그녀에게서 풍기는 향긋한 향기에 오르딘 공작의 굳은 표정이 조금은 부드러워졌다.

"걱정하지 마세요. 저는 멍청해도 우리 마법사들은 똑똑하니까, 조만간 황궁을 칠 수 있는 군사들을 만들어 낼 거예요."

*　　*　　*

주아는 영특한 늑대였고, 인간의 말을 알아들을 수 있었다.

라판트 시 근처의 숲에 숨겨 둔 루의 검 앞에서 머뭇거리던 주아는, 결심한 듯 냄새 하나를 따라 달리기 시작했다. 루가 누구를 만나려는지 알고 있기 때문에, 그의 자취를 따라가 그가 루를 기다리도록 하게 하려는 것이었다.

주아가 목적지에 거의 도착했을 무렵, 주아의 목적인 유진과 텐치는 술집에 앉아 새로운 소문을 듣고 있었다.

내일 라판트 시에서 방어구 대회가 열리고 있는데, 텐이라는 장인이 어마어마하게 아름다운 모델을 구했다는 이야기였다.

"죽여준대."

"그 얼굴을 따라올 여자가 없을 거라던데."

"몸매도 좋은가 봐."

"내가 듣기로는 파란 눈을 가졌다고 들었어. 물처럼 깨끗하고 파란 눈동자라고."

"피부가 백옥같이 하얗대."

"으아, 궁금하다. 대체 어떤 모델을 구한 거지?"

"텐이 그냥 그런 소문을 흘린 거 아냐? 그 녀석, 최근에 계속 성적이 부진했잖아."

"하지만 텐이 만든 방어구는 최고야. 굳이 그런 거짓말을 하고 다닐 필요가 있나?"

"방어구가 최고면 뭐해? 최근에는 실용성보다는 얼마나 눈에 띄고 아름다운지가 중요한데."

"내가 들은 건 좀 다른데. 얼굴이 보이지 않는 투구를 써서 외모는 알 수 없대. 몸매가 좋은 건 분명하고. 그런데 실력이 장난이 아닌가 봐."

"실력이라니?"

"검술 실력 말이야. 단숨에 참가자 전부를 제압해서, 얼굴이 보이지 않는데도 관중들의 환호가 도시 전체에 울릴 정도였다던데?"

루가 여자라는 걸 모르는 텐치는 밍밍한 맛의 맥주를 홀짝홀짝 마시고 있었다. 하지만 유진은 그들의 대화가 마음에 걸렸다.

'새파란 눈동자의 미인. 게다가 뛰어난 검술 실력이라니. 설마 루를 얘기하는 건 아니겠지?'

유진은 케이와 루가 떨어졌다는 걸, 아직 모르는 상태였다.

'그래, 뭐. 대장이 수배자가 된 마당에 루가 그렇게 눈에 띄는 짓을 할 리가 없지. 게다가 갑자기 여장을 해야 할 필요도 없을 거고.'

"라판트 시라면 이 마을 전에 들렀던 도시죠?"

텐치가 소시지 하나를 입에 넣으며 물었다.

"응."

"어마어마한 미인이라니까 한번 보고 싶지 않아요? 말 타고 다녀오면 금방인데, 우리 가서 구경해요."

"말도 안 되는 소리하지 마, 텐치."

"앞으로 갈 길이 먼데 미인 좀 보고 나면 힘이 날지도 모르잖 아요."

"머리에 피도 안 마른 게, 벌써부터 여자 밝히고 그럴래?"

"그럼 쿠반 형님은 머리에 피가 바짝 말라서 그렇게 여자를 밝 히는 거예요?"

"그래. 그놈 정신 상태 보면 알잖아. 아주 바싹바싹 말랐지."

"그래서 그렇게 제정신이 아니구나."

텐치가 납득된다는 듯 고개를 끄덕였다.

"꺅!"

"으악!"

술집 밖에서 비명 소리가 울리는 바람에, 유진은 총에 손을 가져가며 벌떡 일어났다. 텐치도 언제든 공격할 준비를 하며 입구를 노려봤다.

"뭐야?"

"무슨 일이지?"

술집 안의 손님들이 웅성거리며 경계하고 있을 때, 문이 벌컥 열리며 희고 거대한 무언가가 뛰어 들어왔다.

"컹!"

짖는 소리와 함께 유진에게 달려든 것은 주아였다.

유진과 텐치의 테이블 옆에 달려온 주아는 꼬리를 붕붕 휘저 으며 유진의 손등을 핥았다. 생각지도 못한 주아의 등장에 유진 과 텐치가 얼어붙었다.

"느, 늑대다!"

"불길한 흰 늑대야!"

"주, 죽여!"

"인간을 공격한다!"

술집 안의 분위기가 험악해졌다. 주아가 이곳에 있는 이유를 알아내는 것보다, 당장이라도 주아를 베려는 듯한 사람들을 진 정시키는 게 우선이었다. 유진은 두 손을 어깨 위치로 들어 올리 며 말했다.

"저, 다들 진정들 하세요. 이 개는 제가 키우는 개입니다."

"개라니! 늑대잖아!"

"아니요, 개입니다."

"거짓말 마!"

"정말이에요. 어디를 봐도 개잖습니까."

"어디를 봐도 늑대야!"

유진과 사람들이 싸우는 동안에도, 주아는 헥헥거리며 꼬리를 붕붕 흔들고 있었다. 유진은 주아의 머리를 쓰다듬으며 말했다.

"보세요. 아주 얌전해요."

"흰 늑대를 키우다니. 불길한 놈들이군."

"에이, 개라니까요. 자, 보세요. 앉아, 주아."

그러자 주아는 척 앉았다.

"손."

주아는 앞발을 내밀었고.

"엎드려."

납짝 엎드렸다.

"얘가 늑대라면 이런 걸 하겠습니까?"

명령에 고분고분 따르는 거대한 짐승을 신기하다는 듯 구경하던 사람들은 미심쩍은 표정을 거두진 않았지만 자기 자리로 돌아갔다. 유진은 사람들의 눈치를 보며 주아를 데리고 가게 밖으로 나왔다. 텐치도 서둘러 둘의 뒤를 따랐다.

인적이 드문 곳에서 멈춘 유진이, 주아를 내려다봤다.

"주아, 루는 어디에 놔두고 혼자 온 거야? 루가 이 근처에 있어?"

"컹컹."

"어디에 있어?"

"컹."

"아, 넌 말을 못 하지."

유진은 쭈그리고 앉아 주아와 눈높이를 맞췄다.

"주아. 맞으면 한 번, 틀리면 두 번 짖는 거야. 알겠지?"

"컹."

"루한테 위험한 일이 생겼어?"

"컹컹."

"루는 지금 라판트 시에 있는 거야?"

"컹."

"혹시 소문의 아름다운 모델이라는 게 루를 얘기하는 거야?"

"끄응."

주아는 무슨 소리인지 모르겠다는 듯 고개를 갸우뚱했다. 이 곳으로 오느라 소문을 듣지 못한 모양이다.

"루가 널 여기로 보낸 거야?"

"컹컹."

"루는 대장이랑 같이 있지?"

"컹컹."

"대장이랑 같이 있는 게 아니라고? 루랑 대장이 떨어졌어?"

"컹."

"왜?"

"끼잉."

"그래, 넌 말을 못 하지."

유진이 크게 한숨을 내쉬었다.

"대장이랑 루가 떨어진 걸까요? 무슨 일이 생긴 건 아니겠죠?"

텐치가 걱정스럽다는 듯 물었다.

"글쎄. 어쩌면 수배자가 돼서 잠시 루와 떨어진 걸지도 몰라. 루는 수배를 당한 게 아니니까."

"그럼 루를 만나러 가야 하는 게 아니에요? 대장이야 어떻게든 살아남겠지만, 루는 좀 걱정스러운데."

이 마을에서 라판트 시까지는 말을 타고 꼬박 하루가 걸린다. 원래 오늘 밤에 떠날 예정이었는데, 라판트 시로 돌아간다면 출발이 늦어질 것이다.

하지만 루를 놔두고 갈 수는 없었다.

유진은 소문의 아름다운 모델이 루일 거라는 생각이 들었다. 루가 여장을 했다면, 텐치에게는 보일 수 없다. 그 가슴은 진짜일 테고, 여장을 한 루는 조심성이 없어서 자기 가슴을 만져 보게 하는 데에 스스럼이 없으니까. 게다가 루가 그런 눈에 띄는 짓을 한 데에는 이유가 있을 거란 생각이 들었다.

"텐치. 난 라판트 시에 다녀올게. 주아랑 같이 여기서 기다려."

"형님, 저도……."

"두 번 말하게 하지 마. 머리통에 바람구멍 나고 싶지 않으면."

〈다음 권에 계속〉